걸어온 인생
가야 할 인생

걸어온 인생
가야 할 인생

인생과 걸어온 길

김광수 지음

좋은땅

1961년도에 태어나 지금까지 살아오면서 현실적으로 느끼고 반성하는 마음으로, 그리고 아쉬움과 앞으로의 삶을 어떻게 보내야 할지에 대해 정년을 맞이하고 난 후 글을 써 보자는 마음을 먹고 두서없이 쓴 글이다.

지나온 과거를 생각해 보면 나 나름대로는 아주 열심히 모든 일에 최선의 노력을 다해 살아온 것 같은데, 실제로 뒤돌아보면 알맹이 없는 껍질로 살아왔구나 하는 것을 느끼게 된다.

지금까지 살아온 날보다 짧지만 남아 있는 인생의 길을, 살아온 것보다는 더 나의 인생답게 가고 싶은 것이다.

태어나서 61년 동안 살면서 유아 시절과 학교생활을 제외하고는 직장생활을 2022년 정년이 되기까지 36년 5개월이라는 세월 동안 했다. 열심히 했다. 자식들 어렵지 않게 대학까지 마치게 했고, 거주할 주택도 큰 것은 아니지만 남부럽지 않을 정도로 마련했으며, 약간의 현금도 가지게 되었으니까.

직장생활도 열심히 해서 사원부터 임원까지 했으니 아주 잘하지는 못했지만 그래도 어느 정도는 성공하지 않았나 하는 생각을 하게 된다.

지금 정년을 맞고 지나온 과거를 뒤돌아보면 인간으로서 기본적인 것 외에는 뚜렷하게 해놓은 것이 별로 없다는 것이다. 왜냐하면 정년을 하고 나서 세상 주위를 둘러보고, 매스컴, 인터넷, 거리마다 널려 있는 각종 광고판 등을 보면 '아, 너무 헛살았구나. 세상에는 별별 일들이 있구나.' 하는 생각이 들기 때문이다.

그저 아침에 일어나 밥 먹고 급하게 출근하고, 직장에서는 주어진 일과에 순종하며 사람에 치이고, 시간이 되면 퇴근해 집에 오고, 아주 단순하게 생활했으니 머릿속에 들어 있는 지식이 별로 없다는 것이다.

아! 잘못 살았구나. "바보 같은 인생살이." 지금에 와서 후회한다고 뭐가 달라지겠느냐마는, 앞으로 남은 인생이라도 아주 뜻깊고 행복한 인간의 즐거움을 느끼며 조금이라도 보람되게 살아보려고 한다.

학교에 다닐 때의 공부, 그런 공부가 아닌 인생에 대해 실제로 나의 피부에 닿는 공부를 해 보려는 것이다.

직장 생활에 얽매여 잘하지 못했던 일들을 찾아 즐거운 마음으로 보람되게 생활하려고 한다.

정년을 맞고 주위를 둘러보니 생전에 알지 못했던 것들이 아주 많다는 것도 알게 되었다.

여유 있는 시간을 활용해 책도 읽고, 영화도 보고, 봉사활동도 하고, 여행도 다니고, 좋아하는 테니스도 열심히 쳐보려고 한다.

직장을 다니며 몰랐거나 궁금했던 것들이 있으면 무조건 경험해 보자는 것이다. 그래야만 후회 없는 인생이 될 것 같아서다.

　걸어온 인생 가야 할 인생

책을 보면 살아오면서 느낀 것과 경험, 부모 관계, 군 생활, 병원 생활, 정년 후 생활 계획 등으로 구성되어 있다.

돌이켜 보면 보이지 않는 생활 전쟁 속에서 보람도 없이 그저 지나가는 인생의 시간에 맞춰 그냥 지내온 기분이다.

좀 더 보람 있게 살았으면 지금의 모습보다는 좀 나은 내가 되지 않았을까 다시 한 번 생각해 본다. 누구 못지않게 열심히 산 것 같은데, 지금 생각해 보면 시간의 노예가 되어 그저 시간만 보내며 살았구나 싶다.

그래서 앞으로는 남은 인생이 저물어 갈 때까지라도 지금까지 살아온 것과는 조금이라도 다르게 인생의 길을 가보고자 한다.

잘 쓰지는 못한 글이지만 읽어주시면 고맙고 감사하다는 말씀을 드리고 싶습니다.

지은이 김광수

차 례

희망

1. 변하자, 아름답게

어려서는 잘 몰랐었던 것 같다. 지구상에 있는 것들 뭐든지 다 변한다는 것은 싫든 좋든 본인에 의해서건 남들에 의해서건 또 그런 것이 세상을 살아가는 순리가 아닌가 생각한다. 이 세상 지구 위에 존재하는 모든 사물들은 변하지 않는 것이 없다. 살펴보면 도로 위를 달리는 자동차부터 시작을 해서 고정적으로 서 있는 건축물들까지. 우리가 셀 수 없을 만큼 아주 많은 것들이 있다.

이런 틈에서도 아주 끈질기게 변하지 않는 것들도 많이 있다. 대표적인 것을 찾아보면 우선 사람의 모습일 것 같다. 물론 나이가 들어서 늙어지면 주름이 생기고 해서 외형적으로는 조금은 변화가 있을 것이라는 생각은 든다. 그렇지만 사고가 아닌 이상 원 상태는 그대로 갖추고 있다.

사회를 둘러보자. 변하지 않는 것이 또 어떤 것이 있는지. 현재로써는 아무래도 우리가 쉽게 알고 보이는 정치권이 아닌가 하는 생각을 해 본다. 4년을 주기로 뽑아 주고 밀어 주시면 잘하겠습니다. 언제나 똑같은 모습으로 우리 즉 국민들 앞에 다가와 인사는 물론 절까지 해 놓고 뽑아

주면 언제 그랬냐는 식으로 변하지 않는 자기들의 본인의 모습으로 돌아가는 그것도 아주 빨리 말이다. 어쩌면 그렇게도 변하지 않고 저번 때와 똑같은 모습으로 돌아가는지 한심하고 성질이 나서 가슴이 터질 것 같은 기분마저 들었다. 제발 하루라도 빨리 변해서 온 국민이 '뽑아 주길 잘했어, 잘했네' 그런 말을 할 수 있게 해 주면 좋겠고 국민들의 성질 난 마음을 편안한 마음으로 돌려놨으면 좋겠다는 생각을 하게 됐다.

고향을 떠나서 타향에서 뿌리를 내리고 산 지도 어언 사십 년이 되었다. 지금도 고향에 일이 있어서 내려가 보면 고향에 뿌리를 심고 태어나서 지금까지도 그 자리 그곳에서 인생을 살아가는 친구들이 여러 명이 있다. 야, 오랜만이다. 잘 지내고 있지. 건강도 괜찮고 식구들도 안녕하시고. 이런 저런 얘기로 인사를 하고 저녁에 술이나 한잔하자며 약속을 하고 고향에서 해야 할 일들을 했다. 어느 정도 일을 마치고 밤이 찾아왔다. 술을 판매하는 도로변 옆에 위치를 하고 있는 가게로 술을 마시기 위해서 그곳으로 갔다. 친구들도 서서히 모이기 시작을 했다. 그래야 서너 명이었다. 술과 간단한 안주로 서로 술잔을 주고받으며 옛날에 자라 오면서 있었던 일들을 시작해서 현재는 어떻게 살고 있는지 등등 궁금한 얘기들로 이야기가 무르익어 가고 있었다. 익어갈 무렵 발견을 하게 된 것이, 아직까지도 변하지 않고 옛날 그때 그 모습이라는 것이다. 변한 것은 조금 늙었다는 것일 뿐. 갑자기 아쉽다는 생각이 들었었다. 어떻게 나이가 들어도 변함이 없이 예전과 같을 수가 있을까?

친구들이 얘기하는 것을 들어 보면 고향을 떠나서 살면 어디서건 곧 죽을 것 같은 기분이 든다는 얘기들이다. 쉽게 말하면 새로운 환경에서 생활하기가 어려울 것 같고 해서 나가기가 벅차다는 것이다. 그러니까 고향을 떠나기가 두렵고 어렵다는 것이다. 그냥 조상들로부터 물려온 땅이나 잘 관리를 하면서 살아가는 것이 백 번 천 번 낫다는 것이다. 참으로 안타까우면서도 씁쓸한 생각마저 들게 했다. 이런 일들도 있었다. 친구들이 운명을 같이한 일이 있었는데. 문제는 이런 거였다. 대도시 아래 도시에 거주하는 사람들도 몸이 아프면 대도시에 있는 큰 병원 즉 대학교 병원을 가서 치료를 받으려고 무척 노력을 하는데 친구들은 그냥 살고 있는 중도시쯤에 있는 병원에서 치료를 받았다고 한다. 너무나 안타까운 일이 아닌가, 하는 생각이 드는 것이다. 세상이 변하면 사람도 변해야 좋으련만 시골에서 조상이 물려준 땅만을 일구며 살다 보니 눈 앞이 어둡고 우물 안 개구리가 되었던 것은 아닌지 묻고 싶다.

군대생활이나 직장 생활에서도 찾아보면 변화는 것을 좋게 생각하지 않고 생긴 고집대로 살아가는 사람들이 적지 않다. 조금이라도 변경을 하면 적응을 못 하고 싫증을 내고 주변을 어수선하게 만들고 자기가 하고자 하는 방식으로 다시 만드는 사람들 말이다. 군대 생활에서도 시대의 흐름에 맞추지 못하고 옛날 방식을 그대로 적용을 시켜서 생활을 하는 사람들이 있으며 생활 하는 모습을 지켜보면 어떻게 저렇게 살까 하는 의심도 생기고 참 대단하다는 생각마저 들 뿐이다.

생활에 변화를 주면 지금보다도 더 편안하고 행복한 생활을 할 수가 있으련만 그렇지 않아서 본인은 물론 주변 사람들까지도 힘들고 어렵게 한다. 본인의 생각에는 그래도 지금까지 해 온 대로 생활을 해야 한다고 생각을 할지는 몰라도 변화를 두려워하는 본인으로 하여금 손해를 보는 주변 사람들도 많이 있다라는 생각을 해야 한다.

회사 생활에 있어서도 본인이 하는 일을 남이 알면 본인은 그만큼 할 일을 잃게 되어 회사에서 해고를 당할지도 모른다라는 걱정으로 본인에 일을 꾹 움켜쥐고 회사 생활을 하는 사람. 어떻게 보면 본인을 위해서는 좋을지 모르지만 회사로 보면 손해라고 볼 수도 있다는 것이다. 경력자이자 간부라면 본인의 일은 아래 후임에게 가르치고 물려주고 본인은 본인에 맞는 즉 회사의 발전을 위해서 새로운 일을 발취하고 적용을 하는 것이 올바른 사명감을 가지고 간부로써 생활을 하는 것이 아닌가 하는 생각이 든다.

이런 책도 있다는 것을 회사 간부쯤 되는 직장인이라면 알아 두면 좋을 것 같다. 간부가 변하지 않으면 회사는 망한다. 한국 생산성 본부에서 출간한 책이며 난 이 책을 읽고 지금도 보관을 하고 있다. 읽은 결과는 간부라면 얼른 한 시간이라도 빨리 변해야 하며 그런 것이 회사 간부로서 살아가는 표준이 되지 않을까 하는 생각을 하게 된다.

또 같은 동료로서 지금 하고 있는 일에 조금만이라도 변화를 주게 되면 아주 편안하고 쉽게 일을 처리할 수 있을 텐데 그렇게 하지 못하는 사람들도 있다. 변하는 것을 해 보지도 않고 부정적으로 먼저 판단을 하고 변화라는 것을 생각지도 않기 때문이 아닌가, 하는 생각을 하게 된다.

이 세상에 존재하며 살아가고 있는 인간들이라면 이쯤에 서라도 인생에 새로운 변화를 불어 넣으며 사는 것이 어떨까? 질문을 던지고 싶다. 왜 모두 다 변화를 싫어하느냐고.

이 세상 사람들이여 변화를 말해라
이 세상 사람이라면 누구나 언제나
변화를 말할 수가 있는 것이다

변화는 우리의 마음에 양식을 주고
양식을 받으며 행복해 하는 것이
우리들의 참된 모습이 아닐까

변화라는 것을 언제나 우리의 품으로
받아들이자, 다른 길로 가지 않게
점점 더욱 행복해지고 싶다, 변하자

  걸어온 인생 가야 할 인생

2. 길에서 인생을 묻자

우리는 세상에 태어나 살아가려면 길을 걷지 않고서는 살 수가 없다. 온 세상천지가 길로 되어 있어 길을 밟지 않고서는 그 무엇 어떤 거라도 할 수가 없기 때문이다. 봄기운이 서서히 세상을 덮을 무렵 밖으로 나가 보자. 봄기운의 힘을 빌어서 땅 속에서는 파란색을 옷을 입고 세상을 보기 위해서 새싹들이 돋아나고 길가에 서 있는 가로수들도 파란색의 봉우리 같은 싹을 틔우며 세상 밖으로 나오려 기지개를 펴고 있다. 세상의 밖은 어떤 모습일까 궁금하기도 하고 어떻게 세상을 살아가야 하는지 미리 답사를 하기 위해서 나오려고 하는 것이 아닌가 하는 생각을 해 본다. 새싹들이나 가로수들의 싹들도 새로운 세상의 험지를 살아가려면 어떻게 살아야 잘 사는가를 미리 알아보고 그것을 표준으로 하여 앞으로의 살아가는 인생의 길을 좀 더 쉽게 가려고 한다는 것이 아닐까, 하는 생각도 해 본다.

길 위의 바닥에 잘 정돈이 되어 깔려 있는 보도블록을 보면 참으로 견고하다라는 생각이 든다. 각자 다른 색깔들이 그림처럼 그려져 있고 어쩌면 크기가 그렇게도 똑같은지 보기에도 좋고, 아, 누가 깔았는지 참 잘했다 하면서. 내 인생도 길 위에 깔려 있는 보도블록만큼 아름다운 그림처럼 또한 남이 볼 때 참으로 잘 사는구나. 보기 좋게 삶이 진행이 되었으면 너무나 좋을 거란 생각을 해 본다.

길 위의 주변에 나란히 서있는 가계들의 건물을 보면 어! 어제는 틀림없이 간판도 있고 가계가 운영 중인 것을 봤는데 오늘 보니까 간판도 없어지고 문도 닫혀 있고 창문에는 가게 임대한다는 글과 연락처로 보이는 핸드폰 번호가 종이에 적혀서 가게 유리창에 매달려 있는 것이 아닌가. 무엇 때문에 하루아침에 벌거숭이로 변했을까. 궁금해진다. 이유가 있겠지 음식이 맛이 없거나 자리가 좋지를 않거나 친절하지가 않거나 모르긴 했어도 잘하지를 않았기에 끝내는 저렇게 비참하고 민망스러운 벌거숭이가 되었겠지 하는 생각을 하며 살며시 앞으로 살아갈 나의 인생도 생각을 해 보게 된다. 어떠한 일이 벌어져도 저 가게 같은 벌거숭이는 되지 말아야 한다. 혼잣말로 중얼거리며 길 위를 다시 걷는다.

날씨가 더우니 지하철을 타 보자. 땅 밑이라 시원할 것 같고 지하철을 타는 기분도 만끽할 것 같아서다. 지하실 내려가는 입구는 여러 곳이 있었다. 좀 더 편안한 길을 택하기로 하고. 에스컬레이터 앞에 섰다. 내려다보고 놀랐다. 무척 깊고 가파르고 아찔했다. 용기를 내어 에스컬레이터에 몸을 실었다. 전기의 힘을 받아서 자동으로 움직이는 것이다. 참으로 신기하다. 내려가다가 전기라도 잘못되어 혹시 에스컬레이터에 문제라도 생기게 되면 나는 어떻게 되는 걸까? 갑자기 정지를 하거나 빠르게 저 밑으로 내려가거나 하면 말이다. 생각만 해도 아찔한 생각이 들었다. 다시 생각을 하자. 에스컬레이터는 잘 만들었을 것이고 설치 또한 완벽하게 했으리라고 하는 생각으로. 그렇게 하면 마음도 안전하고 편안해질 것이다. 이쯤에서 느끼게 되는 것이 있다는 것이다. 내 인생도 에스컬레이터처럼 안전하고 편하게 잘 살아가는 인생이 되었으면 한다.

요즘 길 주변을 바라보자. 곳곳에 하늘 끝을 찌를 것 같은 아파트들이 너 나 할 것 없이 서로 다투기라도 하듯이 하늘 높이 올라가고 있는 것을 알 수가 있다. 어, 며칠 전에 보았을 때에는 단독 주택들이 쭉 늘어섰던 곳이었는데 언제 저렇게 아파트를 짓기 시작을 했을까, 하고 그냥 쳐다본다. 야. 빨리도 올라간다. 저렇게 빨리 지면은 부실이 발생되어서 큰일이 생기지 않을까 하는 생각도 해 본다. 그렇다. 아무리 바쁘더라도 나의 인생만큼은 서서히 느리게 자주 점검도 하며 철저하게 살아가자 하며 씁쓸한 마음마저도 느끼게 한다.

길 위에는 많은 사람들이 이리 저리 각자의 목적지를 향해서 움직이고 있다. 버스를 타려고 정거장에서 버스가 도착하기를 기다리는 사람. 바쁜지 택시를 타려는 사람. 어디론가 전화를 거는 사람. 옷차림도 가지각색이다. 아침의 길 위의 사람들의 움직임에서 세상을 살아가는 인생살이를 보는 것 같아서 기분이 묘해지기도 한다. 이 세상에 존재하고

있는 모든 만물들도 자기가 생존하기 위해서 어떠한 인생도 살아가려
고 노력을 할 것이며 나 또한 세상의 변화 속에서 살아가는 같은 사람이
라 다를 수가 없다는 생각을 하며 내 인생에 대해서도 뒤돌아보기도 하
고 현실과 미래를 어떠한 방향으로 살 것인가를 알려 주는 길잡이를 위
해서라도 고맙고 감사한 마음으로 인생이라는 것은 참되게 잘 살아야
한다는 것을 언제라도 생각을 해야 한다.

길 위에서 인생을 많이 배우고 느끼고 하면서 다니다 재래시장으로
들어가게 되었다. 날씨가 더워서 그런지 사람들이 많지는 않았다. 시장
이라 이것저것 여러 가지 물건들이 자신을 뽐내며 "좋으이." 자기를 선
택해서 가져가라는 식으로 방긋이 웃으며 손님들을 맞이하고 있다. 언
제 어떻게 팔려 갈지도 모르지만 그래도 자기가 선택이 된다면 좋다는
것이다. 어차피 선택이 되고자 선반 위에 뽐내며 앉아 있는 것인데 한
시간이라도 빨리 선택이 되는 것이 물건들이 살아가는 인생이 아닐까
하는 생각을 해 본다. 인간의 인생도 마찬가지가 아닐까. 누구에게 선
택이 되어서 좋은 곳에서 생활을 하고 싶고 더운 날씨에서는 시원한 곳
이 있으면 그곳에서 생활을 하려고 하는 것이고 이처럼 시장 바닥에서
인생의 길을 찾는 것 또한 사람이라 할 수가 있다.

어느 날 길을 걷다가 중화 요릿집 문 앞에서 쓰러져 자고 있는 사람을
발견을 했었다. 해가 중천에 떠서 더울 것 같은데 길 위에 누워서 자고

있으니 말이다. 젊은 사람인데 팔찌에 귀걸이 등 몸치장을 많이 한 것으로 보아서 우리 같은 평범한 사람으로는 보이지가 않았다. 일으켜 세워서 집으로 가라고 할까? 가까운 파출소에 연락을 해서 경찰들이 해결을 할 수 있게 해 줄까? 이런 저런 생각을 하다가 그냥 지나쳤던 것이다. 저렇게 몸도 가누지 못할 만큼 술을 마시고 길 위에서 무엇을 배우고 느끼게 될까? 하는 생각이 들었다. 야. 나는 그러지 말자. 길 위에서 정신을 바짝 차리고 인생이 살아가는 데 무엇이 도움이 되는 가를 눈 크게 뜨고 바라봐야 하겠다는 생각을 해 본다.

이렇듯이 길 위에서도 인생을 살아가는 데 있어 적용을 시킬 만한 것들이 많다. 나도 술을 한참 많이 먹을 때에는 길 위를 휘청거리며 걸을 때가 없지는 않았다. 길 위에 쓰러져 잠을 잘 때도 있었고 길 위의 벤치에 누워서 잠을 잔 적도 있었다. 그랬다. 잠에서 깨어나면 근방 후회를 한다. 내 인생이 왜 이러나 한숨을 쉬기도 한다. 길 위에서 인생을 배우는 것이 아니라 인생을 망치는 결과가 되었으니 말이다. 망치는 것도 인생을 배우게 하는 일부분이 될 수도 있지 않을까 하는 생각도 해 본다. 인생도 태어나서 죽음에 이르게 되는 것처럼 나 또한 내 인생을 잘 거두고 언제나 행복하고 후회하지 않는 인생이 되도록 항상 조심하며 노력을 해야 한다는 결론을 내렸다. 인생이 끝날 때까지 늘 길 위에서 배운 것을 거울로 삼고 참고로 하여 열심히 살아가 보자. 참으로 힘들고 어려운 인생살이 잘 살아보자는 마음이다.

인생을 살아가는 데 언제나 밤에 꽃을

피우고 있는 등불

모든 사람들이 인생을 살아가는 데

앞을 환하게 비춰 주는 등불이며

인간으로 하여금 머뭇거리지 않고

즐겁고 행복하게 살아가는 데 있어

없어서는 아니 될 주인공이다

3. 앞으로의 살길을 찾자

나는 지금까지 이렇게 살아왔다. 부모님 덕분에 알지도 못하는 이 세상에 태어났다.

언제 어디서 어떻게 변할지도 모를 세상 아무런 걱정도 하지 않고 그냥 부모님의 뜻에 따라 태어난 것이다. 유아 시절에는 부모님께서 해 주시는 대로 받기만 하며 행복하게 살았던 것 같다. 아침에 일어나라고 하면 일어나고 밥을 해서 먹으라고 주시면 먹고 부모님께서 만들어 주신 허한 벌판 땅 위에서 더러운지도 모르고 이리저리 나뒹굴며 살았다는 것이다. 먹는 것이며 입는 것, 노는 것, 잠자는 것, 모든 것을 부모님께서 해 주시는 대로 살았다.

한 단계 위인 초등학교 시절에서도 마찬가지로 부모님의 보호 아래 아무런 어려움 없이 살았던 것 같다. 아침에 일어나 씻으라면 씻고 아침을 먹고 학교에 가라고 하면 무엇을 하러 가는지도 뚜렷이 알지도 못하면서 갔다는 것이다. 학교에 갔다. 학교에는 학생들을 가르치는 선생님이 계셨다. 집을 떠나서 학교에 왔으니 지금부터는 선생님의 말씀을 듣고 생활을 한다는 것이다. 그래서 학교에 있는 동안 선생님의 말씀대로 책도 읽고 운동장에서 뛰기도 하고 여러 가지를 하다가 선생님께서 집으로 갈 시간이라고 해서 집으로 왔었다.

집에서는 다시 부모님 말씀을 들어야 했다. 학교에 갔다 왔으니 깨끗하게 씻어야 한다고 해서 씻었다. 저녁이 되어서 부모님께서 해 주시는 밥을 먹고 밤이 되어서 잠을 자는 것이다. 중, 고등학교를 다닐 때에도 마찬가지로 부모님께서 이끌어 주시는 대로 그저 편하게 생활을 했었다. 모든 것을 수동적으로 받아들이고 행동을 하면서. 그러나 대학교 생활부터는 달라졌던 것 같다. 스스로 사리를 판단을 해야 하고 좋은지 싫은 건지 일거수일투족을 스스로 혼자서 결정을 해야 할 일들도 많아졌다.

물론 대학이라는 학교 규정은 있다. 대학 생활에서 학교생활을 하려면 규정을 준수하며 생활을 해야 하는 것도 일상인 것이다. 대학 생활을 마치고 남자라면 그 누구라도 가야 하는 군대라는 곳이 있다. 군대에는 군대에서 생활을 하기 위해 군대 생활의 규정이라는 것이 엄하고 살벌한 내용으로 만들어져 부대 내에 비치되어 있고. 언제 어디서건 군대 생활을 하기 위해서는 틀림없이 엄한 군대 규정을 지키며 생활을 해야 한다. 아침에 일어나는 것부터 시작을 해서 아침 점호, 아침 식사, 하루 업무, 저녁 식사, 저녁 점호, 취침이 이루어질 때까지 무조건 규정을 지켜야 한다. 군대에서 지급하는 옷을 입어야 하고 군대에서 주는 식사를 하고 모든 생활을 하기 위해서는 군대에서 지급해 주는 물건들을 사용을 해야 하며 그래야 아무런 사고도 일어나지 않고 즐겁고 편하게 군대 생활을 할 수가 있기 때문이다. 그토록 엄한 규정을 지키며 생활을 시작한 군대 생활이 끝나고 이제는 생존 경쟁을 하기 위한 취업이라는 것이 눈앞에 나타나 있다.

이 세상에 태어났으면 어느 누구도 할 것 없이 생명을 가지고 있다면 일을 해야 의식주가 해결이 된다. 집에서 농사일을 하던 가공 같은 일을 하던 모든 것을 통틀어 취업이라고 할 수도 있는 것이다. 사회에 형성이 되어 있는 관공서나 일반 회사에 들어가서 일을 하는 것 또한 취업이라고 할 수도 있다. 이렇듯이 생존 경쟁을 위해서 취업을 하고 생활을 하는 곳, 그곳에서도 생활 규정이 있고 서로 선의에 의한 경쟁도 하며 생활을 하게 되고 취업을 해서 적당한 시기에 좋은 사람, 마음에 드는 사람을 만나 결혼도 하게 되고 자식들도 태어나게 되는 것이다. 물론 의식주가 모두 편하게 해결이 된다는 것이다. 모든 일들이 잘 진행이 되어 자식들도 자리를 잡고 본인들도 어느 정도 경지에 이르렀을 때 정년이라는 것을 맞이하게 되는데 정년을 맞이하게 되는 것이 인생에 있어서 큰 문제가 될 수 있다는 것이다.

지금까지는 그 장소에 맞는 규정이 있어서 그 규정 속에서 생활을 했기에 별로 어려움 없이 생활을 했지만 정년을 맞이하는 곳은 규정이 만들어져 있지 않은 곳 그러니 자유로운 곳에서 생활을 해야 하기 때문에 어려움도 많고 힘도 많이 들어가고 스트레스라는 것 또한 무척이나 받으면서 생활을 해야 한다는 것이다.

야. 이제 어떻게 하지. 앞으로 어떻게 살아야 하지 규정이라는 것은 늙으면 죽는다는 것 단 하나뿐인 것인데. 앞으로 살아갈 걱정이 앞을 가로막고 있는 것이다. 그러나 어느 누구도 내가 가야 할 길을 찾아 주지는 않는다. 이제는 스스로 가야 할 길을 찾아야 한다는 것이다.

요즘 정년을 맞고 하루하루를 생활을 하는 것이 이렇다고 할 수 있다. 우선 걱정이 없다. 아직 정년을 맞은 지가 얼마 되지가 않았고 그냥 좀 쉬고 싶다, 라는 생각 하에 하루를 보내는 것이 여서 그런지 편안하고 자유를 누리고 있다는 것이다. 홀로 시내 구경도 하고 전철을 타고 가까운 곳에 여행도 하고 맛이 있는 음식도 챙겨 먹고 잘 지내고 있다는 것이다. 이런 상황이 언제까지 이어질지는 모르지만 지금은 그렇게 생활을 하고 있다는 것이다. 솔직히 표현은 하지 않았지만 걱정이 아주 없고 안 하는 것은 아니다. 세상을 살아가려면 우선 의·식·주가 해결이 되어야 하는데 걱정을 안 하는 것은 아니라고 할 수 있다는 것이다. 우선 수입이 있어야 먹고 싸고 최소한 생활을 할 수가 있기 때문이다.

그래서 조만간에 앞으로 어떻게 살아가야 할 것인가 하는 길을 찾아야 한다. 요즘 100세 시대라고 말들을 많이 하고 있지만 앞으로 길게는 20년 정도 건강한 육체를 가지고 살아야 한다는 목표를 정하고 실천을 해야 한다는 것이다. 이 나이에 아직까지는 자식들의 손을 빌려서 생활을 하고 싶지는 않다는 것이다. 어떻게 보면 사회에 형성되어 있는 제도라는 것들이 정년을 맞이한 사람들이 취업하기가 무척 어렵게 되어 있다. 얼마든지 일을 할 수 있는 정신력과 체력도 갖고 있는데 참으로 너무나 아쉽다는 생각이 든다. 그러니 어떻게 하겠나. 목숨이 살아 있는 한 무엇이든 간에 해야 한다는 것에는 변화가 없다는 것이다.

나는 처음 직장 생활을 시작할 때부터 정년을 맞은 지금까지 회계 쪽에서만 일을 해 왔다. 지금 정년을 맞이한 이 나이에 다시 회계 쪽으로 취업을 할 수가 있을까 의심을 가지지 않을 수가 없다. 능력 있고 젊은 인재들도 많은데 우리 같은 사람들이 설 자리가 있느냐 하는 것이 문제라고 할 수 있다.

나는 이렇게 하기로 마음을 먹었다. 그동안 시간이 생길 때마다 써 온 글들을 모아서 책으로 출판을 해 보려고 한다. 수입 관계를 떠나서 우선 도전해 보고 싶고 만약에 도전한 것이 잘 이루어지면 계속해서 글 쓰는 길로 나가 보려고 한다. 요즘 글 정리를 하느라고 매일 컴퓨터와 씨름을 하고 있으며 멀지 않아서 지면상에 내 이름과 함께 발표가 될지도 모른다는 생각 하에 열심히 글 모음을 하고 있다. 모든 것이 처음부터 배부를 일이 없듯이 내가 글을 쓰는 것 또한 시작에 불과하니 큰 기대는 하지 않기로 했다. 잘되어서 만인들이 보는 글이 되었다면 내가 앞으로 살아갈 길은 찾았다고 환호성 지르고 계속해서 글을 쓰려고 한다.

4. 산을 오르면 보이는 삶

나는 오늘도 산으로 간다. 산이 왜 이리 좋은지 나이가 조금 들어서 알게 된 것 같다. 또 한 지금은 직장에서 정년퇴직을 하고 집에서 쉬고 있는 중이라 시간도 많고 해서 더 산을 오르는 것 같다. 아침에 눈을 떴다. 창문을 열고 밖을 바라다본다. 하늘을 한번 쳐다보고 땅도 한번 살펴본다. 비가 오지는 않을까 땅은 젖지 않았네. 혼잣말로 중얼거리며 세수를 하고 간단히 아침을 먹고 자그마한 등산 가방에 물과 빵 하나를 넣고 비상사태를 위해서 접는 우산도 같이 넣는다. 옷은 등산복으로 입고 등산모자도 챙겨서 쓰고 아파트 정문을 나선다.

아파트에서 산 입구까지는 2km 정도로 20분 정도가 소요되는 것 같다. 복잡하고 자동차 소음으로 시끄러운 시내를 홀로 걸으며 이런저런 생각을 하게 되는 것 같다. 보도블록은 왜 이렇게 생겼을까? 누가 깔았는지 잘했네. 도로 양옆으로 늘어서있는 각종 상점들. 상점이 무엇을 파는지를 알리는 간판은 자기 멋대로 생긴 대로 자랑을 하며 건물에 매달려 있고 참으로 어지럽다 하며 나도 지금까지 어지럽고 힘든 인생을 살아왔지 하면서 걷다 보니 어느새 등산을 시작할 산 입구에 도달하게 되었다.

산 입구에 도달해 보니 나와 같이 산이 좋아서 왔는지는 잘 모르겠지만 여러 등산객들이 삼삼오오 모여서 대화를 나누며 산에 오를 준비를 하고 울긋불긋 여러 가지 색상으로 만들어진 옷을 입고 신발도 아주 튼튼해 보이는 등산화로 신고 있다. 이따금씩 매스컴을 통해서 맨발로 산을 오르는 사람을 봤지만 이곳에도 신발을 신지 않고 맨발로 등산을 하려는 등산객들도 있다. 속으로 참으로 대단하다. 맨발로 산을 오른다고 얼마나 가다가 멈추려고 혼잣말로 중얼거리며 산을 오르기 시작을 한다.

오늘은 어느 쪽으로 산을 탈까? 산을 올라갈 수 있는 길이 몇 개의 방향으로 있어서 한곳을 집어야 한다는 것이다. 마음속으로 결정을 하고 산을 오르기 시작을 한다. 시내에 근접해 있는 산이라 시에서 등산로를 잘 만들어 주어서 산을 오르기에는 크게 어렵지는 않은 것 같다. 그래도 산은 산. 마음을 든든히 먹고 출발을 했다. 오늘은 잘 좀 가 보자. 힘들어도 정신력 끈기로 이겨내면서 올라가자. 이 같은 마음으로 산을 오르는 등산객들에 어울려 등산을 시작한다. 시작 처음에는 웃으며 힘차게 등산을 한다. 점차 산을 오르게 되면 숨도 차오르고 힘도 빠지고 걸음걸이도 늦어지고 몸은 서서히 땀으로 적셔지고 모자를 쓴 머리에는 김이 서려 나오고 괜히 왔나 돌아갈까. 아니지, 한번 해 보자. 가다 보면 정상이 오겠지, 하면서 산을 오른다. 시작에서는 머리를 들고 힘차게 오르지만 어느 정도 오르고 힘이 들면 머리는 어느새 땅 쪽을 향하고 숨소리는 커지고 입 또한 벌어지기 시작을 하게 된다.

　앞 사람의 신발 뒤꿈치를 보면서 걷다가 주위를 둘러보면 산을 잘 오르는 사람들 중에는 빠르게 올라가는 사람, 서서히 올라가는 사람, 기진맥진 힘들어하는 사람 여러 형태의 사람들이 정상을 향해서 열심히 올라가는 모습들을 볼 수 있다. 사람들의 모습을 보면 울긋불긋 등산복에 등산용 가방을 매고 여지없이 등산 가방 옆에는 물통들이 담겨져 있다는 것이다. 모자도 여러 가지 모양으로 생긴 것들을 쓰고 힘들면 모자를 벗어 목에다 걸고 등산을 한다. 오르다 보면 힘들어서 중간 중간에 잠시 등산을 멈추고 쉬는 등산객이 있는가 하면 꾸준히 잘 올라가는 등산객도 많다. 그런데 나는 왜 이렇게 못 올라갈까. 너무 힘들어 잡고 등산을 하라는 줄을 만들어 놨는데 그 줄에 의존을 하면서 숨을 헐떡이며 가다 쉬다 하면서도 정상을 향해서 오른다는 것이다.

　등산을 하면서 알게 된 것은 나이는 속이지 못한다는 것이다. 내가 그리 많은 나이는 아니지만 그래도 산을 오르기에는 젊은 나이가 아닌 것 같다는 생각이 든다. 고향이 강원도 오지 마을 집 마루에서 서서 앞을 보나 뒤를 보나 사방을 둘러보아도 높은 산들에 둘러싸여서 자랐기에 산에 오르는 것쯤이야 했는데 아! 힘들다, 정말 힘이 든다는 것이다. 힘에 부쳐서 땅만 보면서 오르다 힘들어 머리를 들어 보면 아직도 정상은 저 멀리에 있고 아휴 힘들어 그냥 돌아갈까 정상 포기할까 하는 생각도 여러 번 하게 된다.

도중에 세워져 있는 거리를 알려 주는 표지판. 정상 앞으로 몇 km라는 문구를 보면 꼭 마라톤 경주를 하는 것 같은 기분이 든다. 또 한 인생의 항로를 그리는 것 같은 생각도 든다. 힘들어 숨을 헐떡이며 머리는 하늘을 쳐다보며 아직도 멀었네. 이것밖에 못 왔나. 죽겠다, 혼잣말로 중얼거리며 '그래, 힘들어도 올라가자. 가다 보면 정상이 나오겠지' 하면서 다시 무거운 발걸음을 정상을 향해서 한발 한발 옮긴다. 힘들어 하며 오르다 보면 비슷한 연배인 것 같은 등산객이 '아저씨, 힘든데 쉬어서 갑시다'라며 옆으로 비켜 땅 바닥에 주저앉는다. '네, 그럽시다' 어느새 나도 모르게 같이 동행하는 등산객이 되어서 이런저런 이야기를 나누며 힘을 내어 다시 산을 오른다. 기진맥진 힘도 소진이 다 되고 녹초가 되어 버린 몸을 이끌고 드디어 정상에 도착했다.

야호라는 소리를 지르고 싶지만 너무나 힘들어 그냥 땅 바닥에 주저앉고 만다. 잠시 쉬며 힘을 충전해 바닥에서 일어나 산 아래 저 멀리에 보이는 시가지를 멍하니 바라도 보고 속으로 식 웃기도 한다. 야! 어떻게 여기까지 왔을까 참 대단하다. 혼잣말로 속으로 나 자신을 대견스럽게 생각을 하며 정상까지 어쨌든 왔구나하며 정상에 선 성취감을 잠시나마 만끽하기도 한다.

내 인생도 이렇게 힘든 상황을 겪으며 지금까지 살아왔겠지 기쁨과 슬픔을 같이 안고 온갖 산전수전을 겪으면서 참 내 인생도 대단했구나 하며 다시 한 번 세월의 흐름을 되새기며 잠시 생각에 잠겨 보기도 한다. 이제 쉬었고 정상도 밟았으니 하산을 해야 할 시간이다. 눈앞이 캄캄하다. 이거 어떻게 내려가지? 우선 걱정이 먼저 마음을 답답하게 만든다. 괜히 올라왔나. 어떡하지. 후회 아닌 후회를 하며 한 발 한 발 올라왔던 등산로를 이번에는 다시 거꾸로 내려가야 한다. 등산, 산에 오르는 건 건강을 위해서도 좋다. 하지만 올라올 때도 힘들었지만 내려갈 때가 더 힘들다는 것이다. 다리는 힘이 다 소진이 되어서 부들부들 떨리는데 한발 한 발 내려놓기가 무척 힘들고 넘어지지나 않을까 조바심도 생기며 '이제 앞으로는 다시는 산 정상에는 오지 않을 것이다' 속으로 중얼거리며 하산을 하게 된다. 걸으며 쉬며 하면서 드디어 산 아래 출발했던 그 장소에 도달했다. 벤치에 앉아서 여정을 풀고 신발도 벗고 올랐다 내려오느라 힘들었던 몸을 편히 쉬게 하며 내 인생을 다시 한 번 생각해 본다.

언제든 내 인생도 종착지가 있겠지 산을 내려온 것처럼 힘들고 어려운 일들이 늘어져 있을 것 같은 인생의 반평생 남아 있는 반평생 지금까지 살아온 것보다는 조금이라도 쉽게 인생이 흘러갔으면 너무나 좋을 것 같다는 생각도 해 본다. 지금까지는 산을 오르는 것처럼 어렵고 힘들게 집안을 일으키고 자식들의 뒷바라지에 무척 힘들었지만 산을 내려오는 것처럼 이제는 집안도 그렇고 자식들도 잘되어서 내 인생을 즐기며 조금이라도 쉽게 살아보고 싶다는 생각도 하게 된다. 사람이라면 이

런 것을 어느 누구나 똑같은 생각을 하지 않을까 하는 생각을 해 본다는
것이다. 이제 몸도 쉬어서 가벼워지고 힘도 충전이 되어서 집으로 향한
다. 장하다. 나 자신을 위로하며 걱정하며 참 장하다. 대견스럽다. 속으
로 말하며 웃으며 등산의 길을 마감을 한다.

산이 부른다 오늘도 나를 보고 싶다고
나도 산을 그리워하며 부르는 곳으로 간다
어머니의 가슴 속 만큼이나 포근한 산
포근한 산의 부름이 나는 언제나 반갑다

5. 길 위의 작은 음악회

오늘 점심쯤 점심도 걸으며 가방을 메고 아파트 문을 열고 길을 나섰다. 무작정 나서는 것은 아니고 그래도 어디를 가며 무엇을 하려고 하는지는 대충 계획을 세워서 나간다.

도보로 20여 분 걸어서 경인교대 지하철역까지 가서 지하철을 타고 다음 원인제역에 하차를 해서 신문을 사고 경인선 전철로 갈아타고 지하철 인천역까지 가서 또 경인선 1호선 전철을 갈아타고 부평역에 내려서 지하상가 구경을 하고 지상으로 올라가 부평시장 구경을 하고 구경이 끝나면 583번 마을 버스 타고 집으로 간다라는 계획을 가지고 나선다. 계획대로 차근차근 진행을 해 나가고 있으면 모르긴 해도 군데군데 계획대로 진행이 되지 않는 것들도 있고 쓸데없는 시간을 소비할 때도 있다.

우선 계획대로 20여 분 걸어서 지하철역에 도착해서 지하철을 타려고 에스컬레이터를 탔다. 내려다보니 너무나 깊었다. 한참 내려가 다시 계단을 걸어서 내려가 승강장에서 카드를 접속하고 승차 앞에 다다랐다. 벽에 설치되어 있는 간판 시계의 시간을 보니 전역 도착이라고 알리고 있었다.

근방 지하철이 도착했다. 지하철에 올랐다. 토요일이라서 그런지 승객이 많지는 않았다. 빈자리가 많아서 쉽게 자리에 앉을 수가 있었다. 자리에 앉아서 핸드폰에 이어폰을 귀에다 꽂고 음악을 들으며 다음 역으로 이동을 하기 시작을 했다. 전철 속의 풍경은 아름답고 즐겁고 행복해하는 모습들이 나의 눈을 즐겁게 하고 있었다. 울긋불긋 아름다운 옷들로 차려입은 사람들의 모습, 나와 같이 이어폰으로 음악을 듣고 즐거워하는 사람들, 다정한 사람끼리 오순도순 이야기를 나누는 사람들, 산에 갔다 오는 길인지 등에다 등산 가방을 메고 있는 사람들, 피곤함이 몰려오는지 눈을 붙이고 있는 사람. 모든 것이 나의 눈을 기쁘게 해 주고 사람들이 살아가는 모양의 일부를 보는 것 같아서 마음이 흡족하고 좋았었다.

어느새 원인제역에 도달했다. 전철에서 내려 신문을 구입하고 다시 갈아탈 경인선 전철역으로 올라갔다. 기다리던 전철이 금방 온 것이다. 다음 역은 인천역이었다. 전철이 도착해 몸을 실고 인천역으로 향했다. 인천역에서 내려 다시 전철 1호선을 탔던 것이다. 부평역에서 내려 부평 지하상가 구경을 하고 지상으로 올라와 부평 시장을 구경하기 시작했다. 그런데 계획대로 잘 진행이 되고 있는데 갑자기 돌발 사항이 일어나 나의 발길을 멈추게 했다. 그것은 시장 길 가장자리에 무대가 꾸며지고 있다는 것이다. 가만히 지켜보니 노래를 하려고 하는 무대인 것 같았다. 무대 주변에는 검정색상에 하얀 글씨가 새겨진 유니폼을 이고 열심히 무대를 설치하고 있었으며 무대 앞쪽으로 길게 만들어져 있는 의자에는 여러 사람들이 앉아서 설치되어 가고 있는 무대를 응시하고 있었다. 아, 이때다. 나도 같은 사람이 되어 보자고 의자에 앉았다는 것이다. 잠시 생각을 했다. 가다가 이렇게 무작정 의자에 앉아도 되는 건지 머릿속에서 나를 이렇게 지시를 한다. 넌 시간도 많고 크게 할 일도 없고 꼭 가야 할 곳은 집뿐 구경이나 해라였다.

솔직히 말하면 정년을 맞은 지 얼마 되지 않은 나는 사실 시간도 많고 특히 할 일이 있는 것도 아니었고 뚜렷한 계획도 없다는 것이 현실이었다. 단 한 가지, 지금 글을 쓰고 있다는 것일 뿐. 어떻게 보면 지금 이 장면이 나에게 좋은 글을 쓰게 할 좋은 재목이 될 환경인 것 같아서 길을 가다가 잠시 멈추고 그래 이 참에 이 자리에서 글을 써 보자 하는 생각에 다른 사람들 틈에 끼어서 의자에 앉았다. 어느새 나의 엉덩이는 무거워지고 자리에서 일어나기를 꺼려하는 것 같아서 다행이다 하며 서서히 웃음이 가득해지고 있었다. 좋다. 거리의 풍경을 글을 써 보자 기분이 좋아지고 있었다. 의자에 앉아서 둘러보니 점점 사람은 많아지고 앉았다 가는 사람, 다시 앉는 사람, 마이크 테스트를 하는 사람, 무대 위를 꾸미는 사람들의 행동이 계속해서 반복이 되어 가고 있었다. 그러던 중 어느새 무대는 다 꾸며지고 간간히 음악 소리도 나오고 있었다. 이런 저런 생각을 하고 있는데 지나가는 한 사람이 몇 시에 시작을 하나 하고 물으니 6시라고 한다.

지금이 4시 30분 앞으로 한 시간 30분을 더 기다려야 한다. 그냥 일어날까 집으로 갈까 말까 하다가 기다리던 시간도 아깝지만 눈앞에 그려질 무대가 궁금하고 어떤 가수들이 나오는지도 궁금해서 끝까지 공연을 보기로 하고 기다리기로 했던 것이다. 주위를 둘러보았다. 많은 사람들이 의자에 앉아서 꾸며지는 무대를 응시하고 아니면 핸드폰을 보는 사람 등 여러 가지들을 하는 것 같았다. 나 또한 그중 한사람이다. 지금 이 순간 어떤 생각을 하며 의자에 앉아 있는 걸까. '꾸며질 무대를 머릿속에 그리며 기다리고 있겠지?'였다. 기다리는 순간에도 꼭 유명한 연예인이 아니라도 지금의 장소를 아름답게 수놓으면 유명 연예인이 되는 것이 아닐까 하며 지루한 시간을 이겨 내고 있다.

간간히 오픈 공연을 하며 지루함을 느끼는 관중들을 즐겁게 하는 것이 보이기도 했다. 같은 유니폼을 입고 악기를 어깨에 메고 기타는 치고 하모니카는 부르고 하면서 정식 공연 앞에서 서서히 관중들을 모으고 보람된 공연을 하고자 최선을 다하는 모습이 내 눈가에 들어온다는 것이다. 오픈 공연이지만 노래도 잘하지만 기타도 무척 잘 치는 것 같고 하모니카도 최상의 수준급에는 여지가 없어 보였다.

잘한다. 가수는 가수다. 기타도 잘치고 부럽다. 지금 나도 기타를 연습하고 있는데 언제 저 사람들처럼 될 수 있을까 하며 속으로 씩 웃어 보기도 하고 마음속으로 혼자 다짐을 한다. 빨리 연습을 많이 해서 저 가수들만큼은 아니라도 남 앞에서 기타 치며 노래를 부를 수 있을 만큼은 해 보자.

6시 정식 공연이 시작되었다. 기타소리, 오르간 소리, 드럼소리. 등의 악기 소리와 아름답게 들리는 화음을 자랑하는 가수들의 목소리. 재미있다. 아, 즐겁네. 가수들의 노래가 끝날 때마다 의자에 앉아 있는 사람과 서서 앞을 응시하며 즐기고 있는 사람들의 박수가 터져 나오곤 한다.

아, 이런 거구나. 보잘 것 없어 보이는 시장터에 소규모로 설치되었을 무대에서도 즐겁고 남에게 행복함을 안겨 줄 수 있는 작은 음악을 할 수 있구나. 너무 보기가 좋았고 너무나 대견하다는 생각도 하게 된다.

관중들의 얼굴을 보니 어느새 웃음꽃을 띠며 행복해 하고 있다. 그래 사람이 살아가는데 조금이나마 행복을 주는 작은 음악회 가수들은 힘들어도 사람들의 피곤함을 풀어 주는 가수들에게 고맙다고 말하고 싶다.

난 오늘 길을 걷다가 뜻밖의 큰 선물을 받았다. 정년을 맞고 매일매일 허전한 나날을 보내고 있는데 어떠한 대가를 받고 무대를 꾸미고 마이크 실험을 하고 영양가 없는 오픈 공연을 하는지는 모르지만 너무나 부럽다. 큰 무대도 아니고 소규모 무대지만 많은 어려움에 도취되어 있는 사람들로 하여금 조금이나마 즐거움과 행복함을 누릴 수 있게 해 주는 가수들이 무척 곱다고 말하고 싶다. 무대를 보면 9명의 밴드로 만들어진 그룹사운드인 것 같아 보였다.

남자 5명에 여자 4명 드럼, 오르간, 피리 같은 특수 악기, 하모니카는 각 1명씩이고 나머지는 모두가 기타를 치는 조직으로 이루어진 그룹 사운드인 것 같았다. 공연 모습을 보면서 느낀 것은 모두가 각자의 악기 다루는 솜씨는 어느 정도 경지에 오른 것 같았다. 그러니 대중 앞에서 아름다운 소리를 내어서 들려줄 수 있는 것이 아니겠는가 하는 생각이 든다는 것이다. 물론 노래도 잘하는 것 같다. 한 소절의 노래가 끝나고 소개를 한다. 우리는 서울 경기 강원도를 순회공연을 하는 민들레 트리오라고 한다. 얼굴을 보니 나이는 나와 엇비슷해 보였다. 참으로 즐겁고 신나게 보람차게 세월을 살아가는구나 하며 나 자신을 보게 되었다. 민들레 트리오 정말 있는 걸까 하며 즉시 핸드폰으로 검색을 해 보았다. 있다. 정말 가수구나. 놀라웠다. 더 보기 좋고 흐뭇하게 해 주는 문구가 있었다.

무대 앞에 쓰여 있는 2025년 문화 가는 날 실버마이크라고 알리고 있었다. 참으로 좋았다. 글씨보다도 글에서 뿜어져 나오는 실버라는 자신감. 나도 실버가 될 수 있는가 생각해 보았다. 나도 열심히 살며 기타도 더욱 열심히 해서 공연은 아니라도 주변 사람들과 기타 치며 함께 노래도 부를 수 있는 것까지 힘차게 달려 보자.

얻었다. 작은 규모에 시장 가장 자리에서 음악으로 많은 사람들을 행복하게 해 주신 실버마이크 가수들께 감사의 말을 전하고 싶다. 한껏 기분 좋은 마음을 안고 자리에서 일어나 집으로 왔다. 오는 내내 너무나 즐겁고 무엇이든 하고자 하면 안 될 것도 없겠구나. 삶에 큰 용기를 얻을 수 있어 좋은 마무리를 한 것이 너무 좋았다.

제2장

인생살이

1. 배려하며 살자

지금까지 세상을 살아오면서 무수한 일들을 겪고 했지만 그래도 변하지 않는 것 배려하며 살자는 것이다. 지금 이 글을 쓰는 순간에도 배려하는 마음을 갖고 글을 쓰려고 한다. 어떤 내용을 먼저 쓸까 하는 고민도 하고 썼다가 지우고 다시 써 보기도 하고 배려는 언제나 좋고 행복한 글이었다.

사실 어렸을 적에는 배려라는 말 자체를 잘 몰랐고 배려라는 게 있는지도 몰랐었다.

유년기를 지나 학교라는 과정을 모두 마치고 군 생활을 하고 있을 때 조금 그것도 확실치 않고 그냥 세월의 흐름 속에서 같이 함께 생활을 하면서 알게 되는 것 그 정도인 것 같았다.

군대를 입대해서 훈련병 생활을 잘 마치고 자대에 배치되면서 본격적인 군 생활이 시작이 되었다. 하급 병사일 때에는 남들보다 한발씩 조금 빨리 움직여서 동료들의 힘든 일들을 나눠서 했던 일들이 가장 많았던 것 같고 어려운 일이 닥치면 우선 먼저 어려운 일에 힘을 보태서 해결을 했었다. 시간이 흘러 중간층 병사 시절에는 하급 병사들을 위해서 배려를 많이 하면서 생활을 했던 것 같다. 어렵고 힘든 일이 있으면 언제나 솔선수범의 마음으로 위로와 용기를 보태 주며 생활을 했었다. 상급 병사가 되었을 때에도 언제나 늘 하던 자세로 병사들을 보살피고 이끌어 주고 어려움이 닥치면 함께 힘을 모아서 해결을 같이 하고 잘 지냈었다. 하급 병사가 건강이 좋지를 않아서 근무가 어렵다고 하면 힘들고 피곤해도 대신해서 근무를 해 주고 걱정거리가 있으면 같이 걱정해 주는 여러 가지로 배려를 하면서 생활을 했었다. 그렇게 생활을 하다 보니 어느새 하급 병사들이 나를 잘 따라왔고 군 생활도 어려움 없이 했었던 것 같다. 그렇게 지내다 어느덧 전역의 시간 이별과 아쉬운 마음을 달래기 위해서 울기도 하고 내무반에서 전역 회식도 하고 부대를 나올 때 병사들과 일일이 악수를 하고 헤어졌던 것이 기억에 아주 많이 남는 것 같다.

친구들의 관계에서도 배려라는 것은 항상 존재를 하고 있었다. 기쁜 일이 있으면 같이 기뻐해 주고 슬픈 일이 있으면 먼저 가서 같이 슬퍼해 주고 했던 일들이다.

친구에게 기쁘거나 슬픈 일이 생겨도 얼굴도 내밀지 않는 친구들, 참으로 딱한 친구이지만 꼭 있었다. 그러다 본인에게 일이 생기면 아는 척하는 친구. 정말로 안쓰럽기까지 했었다. 특히 친구 집에 초상이 일어나면 밤낮을 가리지 않고 열심히 도움을 주었던 일이 가장 기억에 남는 것 같다.

사회생활에는 배려라는 글자가 더 필요로 하는 집단인 것 같았다. 신입사원부터 임원이 되어서까지 그랬던 것 같다. 신입 사원일 때에는 조금 늦은 나이에 취업을 해서 그런지 일을 하는데 애로사항이 많은 시기였었다. 그럴 때마다 연배가 같거나 나보다 어린 동료 직원들의 배려의 힘으로 도움을 참으로 많이 받았던 것 같다. 책상 정리정돈부터 시작해서 각종 서류 작성 및 위 상사에게 결재를 받는 과정까지 전부 다 도움을 받았었다. 아침에 출근하면 출근카드 찍고 업무를 준비하고 업무가 시작이 되면 장부정리부터 각종 전표를 정리하고 위 상사에게 결재를 받는 것까지 도움을 받았다.

중간 관리가 돼서는 상사의 도움도 받으며 평사원에게는 내가 상사에게 도움을 받았던 대로 열심히 가르쳐 주고 함께 같이 열심히 일을 했었다. 사무실 정리 정돈부터 평사원이 해야 할 일들을 가르쳐 주는 것은 물론이고 어려울 것 같으면 직접 내가 업무를 처리하곤 했었다. 간부가 되어서는 모든 업무를 지휘하며 이끌어야 하기 때문에 힘도 들고 어려움도 많았었다. 가장 어려운 것은 직원들과의 의사소통 같은 것이다. 어떻게 해야 자존심을 건드리지 않고 업무를 무난하게 처리를 해야 하는지가 큰 과제였던 것 같다. 어렵지 않는 일들이야 직원들이 알아서 처리를 하면 되지만 새로운 일이거나 어려움이 좀 있는 업무들은 처리하기가 버거울 것 같기 때문이었다.

난 그런 일이 발생되면 급한 일이 아니면 같이 의논을 나누고 가르치며 일들을 처리했으며 급한 일이면 우선 직접 업무를 처리해서 상사에게 보고하고 다시 직원에게 가르치고 알려 주는 것으로 일을 마무리를 하곤 했다.

이런 업무를 처리할 때 직원들의 자존심을 지켜 주기 위해서 많이 신경을 썼던 것 같다. 사무실 정리 및 간단한 청소도 직원들의 업무에 방해가 되지 않고 업무의 진행을 위해서 홀로 솔선수범해서 조용하게 일들을 처리를 하곤 했었다.

회사에서 단체로 하는 회식이나 부서 회식 동료들과 술을 마시게 되면 다음 날 출근을 안 하는 직원들이 있었다. 난 그럴 때마다 출근을 해서 윗사람, 모레 출근을 하지 않는 직원의 집에까지 찾아가서 출근을 독려하고 회사에 늦게라도 출근을 하게 만들곤 했다. 결근을 하면 손해도 많다. 첫 번째로 윗사람에게 찍히는 것이다. 가장 중요한 것 같다. 수당이 까인다는 것이다. 연차 월차 수당이다. 그리고 같은 직원들에 대한 신뢰가 무너진다는 것이다. 반복해서 문제를 일으키면 동료들도 같이 하려고 하지를 않는다. 본인들도 손해를 볼 수도 있기 때문일 것이다.

회사에 근무를 하다 보면 웃기는 여러 가지가 있는 것 같다. 간부라는 직급을 가지고 있는 직원이 자기 자신을 너무 많이 과시 과대 포장 하는 것이다. 또 자기가 하는 업무를 같은 조직에서 근무하는 직원에게 알려 주지 않고 꼭 움켜쥐고 혼자만 알고 업무를 처리하는 것이다. 남들이 자기 업무를 알게 되면 본인의 업무도 줄지만 회사 생활에 어려운 사항이 일어날지도 모르기 때문에 그런 것이 아닌가 한다. 쉽게 얘기를 하면 회사에서 정리 대상자가 될 수도 있을 것 같은 생각에 그렇게 할 수도 있을 것 같다는 생각이 든다. 그렇지만 회사 측에서 보면 손해를 보는 것이 아닌가 싶다. 간부정도면 일들은 조직원들이 잘하게 알려 주고 가르쳐 주고 밀어 주고 하면서 간부라면 조금이라도 좋고 나은 업무를 개발하고 해서 회사 발전에 기여를 해야 하는 것이 아닌가 한다.

나 같으면 그런 간부는 하루라도 빨리 정리를 해야 한다고 생각을 한다. 회사 발전을 위해서라도 해야 한다. 기억에 남는 것 하나를 생각해 보면 어느 날 퇴근 시간이 다 되어 직원들이 각자 정리정돈을 하고 퇴근 준비를 마치고 대화를 나누고 있는데 갑자기 명령이 하달되었다. 전 직원 퇴근하지 말고 특별 사항이 있을 때까지 기다리라는 것이다. 화가 났다. 그것도 우리부서 임원도 아니고 타 부서 임원께서 하시는 거였다. 난 우리 부서 직원들 보고 다 퇴근을 하라고 했었다. 직장인이 하루 일을 마치고 제일로 기다리는 것이 퇴근이 아닌가. 또한 신나기도 하고. 직원들이 다 같이 남겠다고 했지만 정말 화가 나서 문제가 생기면 모든 것은 내가 책임을 진다라며 다 퇴근을 시켰었다. 조금 지나서 퇴근을 중지 시켰던 임원이 우리 부서로 오셨다. "어이, 다들 어디 갔어." "네, 제가 다 퇴근을 하라고 했습니다. 무슨 일인지는 모르지만 제가 다 책임을 지고 하겠습니다." "어처구니 없구나." 하면서 그냥 웃으며 우리 부서를 나가셨다. 다음 날 우리 부서 임원이 "야, 잘했다, 좋았어." 잘했다고 하시는 것이다. 씁쓸한 거, 사유서 한 장 썼다.

　이상한 일도 있었다. 우리 부서 여직원들이 그러는데, 어떤 사람이 부장님만 없으면 자기들한테 욕을 한다는 것이었다. 어느 날 외출해서 근무를 하고 있는데 여직원이 전화를 했다. 전화를 받아 보니 울면서 또 그 사람이 아무 잘못도 하지 않았는데 욕을 했다는 것이다. 정말 화가 났다. 외근을 중단하고 회사로 복귀를 하자마자 욕하는 사람이 근무하는 사무실로 갔다. 사무실로 들어서자마자 싸움을 했다. 왜 내가 없을 때마다 우리 여직원에게 욕을 하냐고 주위 직원들의 말림으로 싸움은 끝이 나고. 그러고 난 다음부터는 그런 일이 없었다. 결론은 직원들에게 조금이나마 배려를 하고 나의 존재를 은근히 챙기는 사건이 되었다. 그렇게 하면서 임원이 되어 직원들에게 배려를 해 주던 것 몇 배로 도움을 받으며 직장 생활을 잘 마무리하고 정년퇴직을 한 것 같아서 기분이 좋다. 아주 행복했던 인생의 한 줄기가 되었던 것 같다. 현재도 열심히 근무하고 있는 직원들에게 고맙고 언제나 행복하라고 전하고 싶다.

　남에게 무엇인가를 베풀어 준다는 것은

　나의 마음을 아주 사랑스럽게 만들고

　어디서나 나의 인격을 존중하게 만든다

　남에게 언제나 배려하며 살아가면

배려하는 만큼 나에게도 배려라는

즐거움이 다가오며 나를 반긴다

세상을 살아가는데 배려라는 말을

언제나 머릿속에 고이 간직하고

배려하고자 할 때 아낌없이 배려하자

2. 척척척하지 말고 세상을 살자

척척척, 웬만하면 이런 글자의 뜻을 알 수 있지 않을까. 나 자신도 확실하지는 않지만 어디에선가 들었던 것 같다.

잘난 척. 있는 척. 아는 척. 이렇게 해석을 하고 싶은데 이 세 가지 척이 우리 생활에서 가까운 언어가 아닌가 싶다.

이 세상에 태어나 살아가고 있는 사람이라면 어느 누구나 할 것 없이 위 세 가지 언어를 사용하지 않는 사람은 없을 것 같다. 사용하지 않고 정직하게만 살면 꼭 손해를 보는 것 같고 남에게 지는 것 같은 생각에서 그러는 것이 아닌가 한다.

위의 세 가지 언어는 우리가 세상을 살아가면서 아주 사용을 할 수도 있지만 반면에 잘못 사용을 하게 되면 돌이키기 힘든 상황을 만들 수도 있어 잘 적재적소에 사용을 해야 하지 않을까 생각한다.

어려서 아주 강촌 같은 곳에서 자랐으므로 별로 잘난 척하는 친구들은 보지 못하고 지낸 것 같다. 그러나 살펴보면 더러 아주 드물게 있었던 것 같다. 우리 집은 이렇다. 우리 형은 공부도 잘하고 공도 잘 찬다. 나는 우리 아빠가 자전거도 사 줬다 등등.

잘난 척을 하는 친구가 있었다. 주의를 돌아보면 특별히 잘난 척할 수 있을 만큼 대단한 것도 아닌데. 어려서는 요정도로도 잘난 척을 할 수 있을 것 같기 때문인 것 같다. 좀 더 커서를 생각해 보자. "야. 그것도 못하니. 야, 나한테 맡겨 봐. 야. 내가 해 줄게. 야. 그거 건들지 마. 그거 가지고 걱정하지 마." 등으로 으스대면서 옆에 있는 사람을 바보 아닌 바보로까지 만들기도 한다. 지나고 보면 본 이도 똑같은 사람인 것을 꼭 그렇게 티를 내고 잘난 척을 하는 사람들이 있다는 것이다. 어떤 때에는 잘난 척이 너무 지나쳐서 자신을 곤경에 빠트리거나 본인의 무능함을 만인의 사람에게 공개적으로 알리는 서글픔까지 닥치는 그런 일들이 생기는 것을 더러 볼 수도 있었던 거였다.

적당히 하면 좋을 텐데…. 목에까지 힘주고 으스대며 했던 말로 남들을 바보로 만들어 놓고 어떤 일에 부딪치면 해결도 하지를 못하고 뒷걸음치며 도망을 가려고 눈치를 보는 그런 사람도 있다. 고등학교에 다닐 때 일이다. 나는 농촌에서 중학교를 졸업하고 고등학교를 중소도시에 있는 학교를 다녔다. 옛말로 촌에서 시내로 유학을 간 것이다. 학교를 다닐 때 하숙을 했는데 토요일이나 방학 때 고향 집으로 가려면 기차를 타거나 버스를 타도 한 번은 갈아타야만 했었다. 기차를 타고 가려면 중간에서 버스로 갈아타야 하는데 그곳에도 남, 여 고등학교가 있었다. 쉽게 말하면 내가 다니는 학교보다는 한 단계 낮은 학교인 것이다. 기차에서 버스를 갈아타려면 내려서 버스를 기다는 동안에 그곳 학생들과 부딪치게 되는데 그때 잘난 척을 한다는 것이다. 야. 난 너들보다 더 좋은 학교를 다닌다라며 으스대곤 했다는 것이다. 여학생들 앞에서는 더 그렇게 자신을 과시했던 것 같다.

지금 뒤돌아보면 웃기는 것이지만 그때는 그것도 자신에게는 큰 자존심이 아니었을까. 한다. 군대에서 생활할 때 있었던 일을 생각해 보면 많은 아쉬움이 남는 일이 있어 한 가지만 얘기를 하려고 한다. 같은 행정반에서 근무를 했던 나보다는 선임이 되고 상병 중 선임 상병이었는데 주특기(가장 잘할 수 있는 일)가 건축과 관련이 되는 임무를 부여받은 거였다. 문제는 이렇다. 부대 내 건축물에 비가 새거나 바람으로 인해서 지붕이 날아가거나 하수구가 막혀서 물이 빠지질 않거나 하면 문제에 대해서 대응을 해야 하는데 그렇게 하지를 못하고 우왕좌왕하면서 헤맨다는 것이다. 사회에서 대학교도 건축공학과를 졸업을 했다고 했는데 부대로는 큰일이 생긴 것이다.

그렇게 시간이 흐르던 중 문제가 된 일을 해결을 하지는 못하고 툭하면 외근을 자주 나가는 것이다. 간부가 이상히 여겨 물어보니 사실 잘 몰라서 밖에 나가서 건축에 관련되는 수선을 하는 사람에게 조언을 듣고자 나간다고 한다. 어쩔 수 없이 휴일 모든 병사들을 동원해서 처리를 하곤 했던 일이 생각이 난다. 안타깝게도 선임 상병은 타 부대에 있다가 적응을 잘하지를 못해서 내가 복무하고 있는 부대로 전입하게 된 것이다. 군대의 시계는 거꾸로 세워도 간다는 속어가 있는데 그래도 군복무를 잘 마치고 전역을 하는 것을 보고 수고했다고 행복하시라고 했던 일이 지금까지도 기억에 남는 것 하나인 것이다.

회사 생활에서는 엄청 많은 일들이 있는데 그중 가장 웃기고 정말 더러웠던 일이 있다. 전혀 아주 전혀 알지도 못했던 것, 남이 말하는 것을 엿듣다 본인이 아는 것처럼 자기 것으로 만들고 잘난 척하는 아주 간신 같은 사람이 있다는 것이다. 머리가 좋은 건지 눈치가 대단한 것인지는 모르지만 남의 것을 자기 거로 만드는 것에 대해서는 아주 특별한 능력이 있는 것 같다. 이러한 방식으로 자기 거로 만들어 생색을 내는 것은 언젠가는 세상에 이랬었다 하면서 나타나는 것은 물론 큰 망신살이 뻗쳐 공동생활을 하는 데 큰 어려움도 있을 수도 있다.

같은 조직에서 문제되는 일이 발생하면 서로 의견을 나누고 문제점을 찾아서 해결을 하면 좋겠는데 혼자만이 알고 있는 것처럼 잘난 척을 하는 사람 꼭 있다.

그런 사람 자세히 살펴보면 앞에서 말한 사람, 그런 사람이라는 것이다. 잘못하게 되면 일을 그르치게 되어 더 크게 일이 벌어져서 힘들게 할 수도 있다.

군대에 있을 때 잘난 척하다가 망신당한 일을 소개할까 한다.

군에 입대를 해서 훈련병일 때 일어난 사건으로 토요일 오후 훈련을 마치고 내부 반에서 쉬고 있는데 당직 사관이 들어와서 "야. 테니스 칠 줄 아는 사람 있나?" 하는 것이다. 듣던 중 "네, 저 칠 줄 압니다." 하고 대답을 했다. 훈련소에는 훈련병들이 엄청 많을 텐데 나보다도 잘 치는 사람도 있을 것이고 잠깐 어떻게 하나 했지만 이미 엎어진 물이라 그냥 지시에 따르기로 했다. 말씀이 일요일 몇 시까지 어느 곳에 테니스장이 있으니 그리로 집합을 하라는 것이다. 고민은 되지만 해 보자 하고 다음 날 아침에 일어나서 당직 사관이 알려 준 곳으로 갔었다. 둘러보니 테니스장이 여러 개가 있었고 테니스를 치러 온 훈련병들도 여러 명이 있었다. 간단한 자기소개가 끝나고 교관들과 짝을 맞춰서 테니스를 치기 시작을 했었다. 한참 힘들게 치고 있는데 교관님 말씀이 "너 안 되겠다. 내 앞에다 공을 똑똑 떨어트려야지." 하는 것이다. 오전만 치고 테니스장에서 퇴장을 했다.

사실은 테니스를 정식으로 배운 적은 없었다. 대학교 다닐 때 학교에서 쳐 본 경험 밖에는 없었다. 그래도 학교에 다닐 때에는 꽤나 실력을 인정을 받곤 했었다. 외부의 테니스 동호회 사람과도 시합을 하며는 이기곤 했으니까 말이다. 결론은 얄팍한 실력을 가지고 잘난 척한 것이 망신으로 마무리가 되었던 것이다. 아휴, 한마디 하고 싶은 말. 내가 앞에다 똑똑 떨어질 만큼 치면 여기 훈련소를 오겠냐. 태릉 국가대표 선수촌으로 가지.

있는 척하는 사람 회사 생활을 하다 보면 많이 있다. '난 일찍 아파트를 분양받았다', '직장을 다니지 않아도 먹고 살 수 있다'는 등등 주위 사람들이 봐도 자동차를 움직이기까지도 힘들 것 같은 사람인데 중형자동차를 갖고 있는 사람, 집도 없으면서 소형차도 좋은데 꼭 중형 자동차를 고집하는 사람. 알고 보면 할부로 구입을 해서 작은 월급에 매월 자동차 할부금 갚느라고 남몰래 허덕이고 있다는 것이다. 왜 그렇게 살까? 가난한 것이 죄라서일까. 안타까운 사람들 많이 있다. 본인의 수준에 맞춰서 얼마든지 살 수가 있을 것 같은데 꼭 그 얄팍한 자존심이 무엇인지 참으로 한심하게 느껴질 때도 있다.

같이 근무하는 임원이 있었는데 늘 말하는 것을 들어 보면 단독에 살고 있고 본인은 월급을 받으면 집에 생활비로 적당히 주고 나머지는 모두 본인의 용돈으로 쓴다. 보통 직장인이라면 월급을 받게 되면 집에다 전액 갖다주고 부인한테 용돈을 타서 생활을 하는 것이 아닌가. 나도 그렇게 하고 있는데 말이다. 더 이상한 것은 상여금을 받을 때에는 지금까지 한 번도 집에다 준 적도 없다는 것이다. 집에서는 상여금 자체를 모른다는 거였다. 그러면서 다른 사람들에게는 돈을 잘 쓴다는 것이다. 쉽게 말하면 음식이며 술 같은 것을 잘 산다. 그것도 아래 직원들에게 특히 그렇다. 그러니 언제나 아래 직원에게는 돈 많고 부자, 그런 임원으로 인식이 되어서 잘 따르고 아첨도 잘한다는 것이다. 그런 것이 좋아서 그런 것인지는 몰라도 한심한 것 같은 생각도 든다. 나중에 알았는데 집은 단독 전세로 살며 자식이 둘이나 되는데 대학교를 보내지도 못했다는 것이다. 정말 아이러니한 일이 아닌가 싶다.

전세에 살았다는 것을 알게 된 것은 집 주인이 사정이 생겨서 집을 판다고 해서 전셋집을 구한다는 소문이 회사에 떠도는 바람에 알게 되었던 것이고 있는 척하지 말고 절약정신으로 잘 살아왔다면 거짓말을 할 필요도 없고 남들과 같은 행복한 가정생활을 할 수 있을 건데 안타까운 생각이 들었었다.

주변에 잘 보면 의외로 아는 척하는 사람 많다는 것을 알 수 있다. 누가 그게 뭐더라 하면 "어, 그거. 그것도 몰라?" 하는 사람 아주 똑똑해 보이고 지혜롭기까지 하다.

모르면서 남이 말하는 것을 쏜살같이 자기 거로 만드는 사람 남이 하는 것을 더 크게 더 훌륭하게 포장을 해서 자기가 아는 것처럼 말하는 사람. 참으로 대단한 것 같다.

이런 일을 소개를 할까 한다. 눈치 백단. 늙은 여우이며 동료 직원들이 과장인 대도속칭 부회장이라고 부르는 사람이 있었다.

본인은 알지도 못했던 것을 동료 직원에게 슬며시 접근을 해서 알아낸 다음 윗사람이 물어보거나 아니면 먼저 임원을 찾아가서 자기가 알고 있는 것처럼 태연하게 보고를 하는 사람이다. 그것도 아주 태연하게 아는 척을 한다. 나중에 정말 알고 있는 직원이 보고를 하려고 하면 윗사람이 "어, 그거 벌써 보고 받았다. ○○한테 받았다. 역시 똑똑해. 좀 배워라." 하는 것이다. 참으로 비참한 것이 아닌가. 그냥 모른다면서 물어보기에 아무런 의미 없이 알려 준 것인데 정작 나를 바보로 만들고 환장할 노릇이 아닌가 하는 생각을 했었다. 언제나 그랬다. 그래도 알려 줘야 하는 것은 배우겠다는 식으로 접근을 해서 어쩔 수가 없었다.

간단하게 몇 가지 예를 들어서 나열을 한 것이지만 우리가 살아가고 있는 이 생활터전에 모르긴 해도 무수히 많을 것들이 있을 것이라는 생각을 해 본다.

자기 자신을 왜곡하지 말고. 있는 그대로. 알고 있는 만큼. 에 더 하지도 말고 척하지도 말고 세상을 살았으면 행복할 것이라는 생각을 해 본다.

아무리 세상살이가 쉽다고 해도
척하며 살지 말자

세상이 쉽게 어떤 모습으로 바뀔지는
모르지만

그래도 우리가 살고 있는 동안만이라도
척하며 살지 말자

이렇게 살자 힘들고 어려운 일들이 있어도

척하며 절대로 살지 말자

3. 양심을 버리지 말자

사람이 세상을 살아가다 보면 자의든 타의든 양심이라는 마음의 양식을 가슴에 안고 살아가는 것 같다. 좋은 일을 처리 하고자 할 때도 그렇고 나쁜 일을 감추기 위해서라도 그렇게 했던 것 같다. 나 역시 지금까지 살아오면서 양심이라는 것을 아주 많이 가슴에 깊이 묻고 살았으리라 생각을 한다. 무엇인가를 감췄다는 것을 본인도 알고 타인도 알고 있는데 모르는 척하고 양심을 파는 것. 사람이라면 누구나 한 번쯤을 경험을 했을 거란 생각을 하게 된다. 양심을 숨겼을 때 일어나는 일들을 생각해 보면 어쩌면 사람이 살아가는 데 없어서는 안 될 필수적인 것이 아닐까 하는 생각을 하게 된다. 좋게는 양심이라는 것을 사용함으로써 삶에 이득이 생기고 또 잘못 사용을 하게 되면 돌이킬 수 없을 만큼 후회 막심한 일이 생길 수도 있다.

나는 회사에 적을 두고 있을 때 주로 재무팀에서 근무를 했었다. 그것도 27년이란 세월을 한 직장 한 부서 언제나 같은 일을 했다. 그러다 보니 본의 아니게 지역 세무서 및 시청, 구청, 국세청 조사를 주기적으로 여러 번 받곤 했었다. 짧게는 한 달 길게는 두세 달 정도로 받았었다. 조사를 나오겠다고 공문이 접수되거나 갑자기 조사를 나오게 되면 마음에 쌓이는 스트레스와 어떻게 해야만 조사관들을 이길 수 있을까 하며 마음속에는 벌써 양심이라는 것이 싹트기 시작을 하게 되는 것이다. 왜 냐하면 양심을 어떻게 사용을 해야 내 자존심은 물론 화사에 누를 끼치지 않고 조사를 맞힐 수 있을까 하기 때문인 것이다. 그냥 사원일 때는 윗분들의 지시에 따라서 조사받는 일을 처리 하면 되었고 직급이 올라갈수록 은근히 책임이 따른다는 것을 느끼게 되었다.

주 책임자가 되어서 조사를 받을 때에는 조사관들과 직접 머리를 맞대고 싸워야 하기 때문에 참으로 어렵고 힘들고. 또 한 조사 중 문제가 발생되면 양심이라는 것을 잘 팔아야 하는 것이다. 그래서 양심을 어떻게 잘 써먹어야 조사 받는 책임자인 나로서도 좋고 회사 역시 벌금 등을 내지 않아도 되니 양면으로 다 좋게 되는 것이다. 사실 재무팀 책임자가 되면 장부정리 및 회사가 조금이라도 잘되기 위해서 편법을 써서 일을 처리한 것은 어느 정도는 거의 알고 있다. 는 것이다. 그래서 양심을 속여서 조사관의 지적 사항을 슬기롭게 헤쳐 나가기도 한다.

이렇듯이 양심이라는 것이 우리 사람들이 살아가는 데 아주 중요한 것임을 알 수가 있는 것이라고 말하고 싶다. 그런가 하면 눈앞에서 양심을 속이는 것들도 많이 있다. 만인이 보는 앞에서 벌어진 일인데도 무조건 아니라고 양심을 속이는 것. 무작정 내밀 때는 죽일 만큼 화가 나지만 양심이라는 것을 잘 사용을 하는 것이기에 어쩔 수 없이 그냥 넘기는 일들도 많다는 것이다. 물건을 구매하고 계산대에서서 양심을 속이는 경우도 있었던 것 같다. 물건이 정리되어 있는 물건 선반대로 가서 물건을 손으로 하나둘 바구니에 담았다. 사려고 했던 물건을 산다는 것 너무나 기쁨 마음으로 계산대로 갔다. 앞에 계산을 하려는 사람이 많아서 줄을 서서 기다려야 했다.

지루해서 계산하는 계산대를 보면서 계산하는 사람들의 물건을 보고 있었다. '와. 많이도 샀다. 엄청 샀네' 하면서 계산을 하는 사람들의 모습을 보게 되었다. 계산하는 직원 "네. 손님, ○○ 얼마입니다."라며 "할부로 하실 건가요. 일시불로 하실 건가요." 하고 알리면 구매자 사방 주위 사람들을 훑어보고는 "네. 일시불로 해 주세요." 하며 카드를 내민다. 계산하는 직원이 계산을 하는 동안 그 짧은 시간에도 사람들은 자기의 양심을 속인다는 생각을 할지도 모른다. 나 또한 그랬다. 물건을 많이 샀을 경우 사고 계산을 하면서 결제를 할 때 '할부로 할까, 일시불로 할까' 망설일 때가 많다. 할부로 하면 좋겠는데 하면서 주위를 한 번 보고는 일시불입니다, 하고 대답을 한다. 직원의 계산이 끝남과 동시에 할부로 했어야 했는데 하며 중얼거린다. 있는 것처럼 양심을 또 속였구나 하는 쓸쓸한 생각을 했었던 것이다.

이쯤에서 양심이라는 것은 이런 것이라고 할 수 있을 만큼 정말 양심이 어떤 것인지를 일깨워 준 사건이 있어 말하려고 한다. 어느 날 즉석 복권이 당첨이 되어서 복권 판매점에 들렀다. "사장님, 복권 좀 교환하려고 왔습니다. 교환 좀 해 주세요." 하고 말을 건넸다. 사장님 말씀이 "지금 그 복권은 교환을 해 줄 수가 없고요. 있어도 팔 수도 없어요."라는 것이다. "어. 뭐 이런 게 다 있어." 마음속으로 웅얼거리며 그러면 다른 것으로 교환해 주세요. 그렇게 해서 다른 복권으로 교환을 했던 것이다. 판매점을 나와서 길을 걷고 있는데 이상한 생각이 들었었다. 어떻게 당첨이 된 것을 알까 하는 의문이 생겼던 것이다. 다시 발길을 돌려서 판매점으로 들어갔다. 사장님한테 물었다. 당첨됐다는 것을 어떻게 아시나요. 하고 문의를 하니 우리는 판매점이라 알아야 하고 일반 사람들도 아는 방법이 있다고 한다. 그러면서 요즘 젊은 사람들은 우리보다 더 빨리 안다는 것이다. 네? 어떻게요. 인터넷 사이트에 들어가면 알 수가 있으며 동행 복권 사이트를 다운받아서 보라는 것이다. 그러면 지금까지 모르면서 지나간 복권을 샀다는 것이 아닌가. 정말 어처구니가 없는 것이다. 또 한 번 새로운 것을 알게 되었던 것이다. 양심을 가지고 세상을 살아야 하겠다는 것도 알게 되었다.

집 안에서 일어난 일인데 참으로 어처구니가 없었던 일이라 한 번 적어 볼까 한다. 어느 날 부부 싸움을 하고 이런 일이 있었다. 아침도 먹지 못하고 회사에 출근을 해서 하루를 엉망진창인 가운데서 보내고 퇴근을 해서 집으로 왔다. 아직까지도 집사람은 분이 다 풀린 것 같지가 안았다. 텔레비전을 보다가 문득 장롱에 보관해 둔 기념주화가 생각이 나서 보려고 장롱 서랍을 여는데 눈에 보이지가 않았다. 선뜻 집사람이 숨겼구나 하는 생각이 들어 물어보았다. "혹시 장 농 서랍에 있던 기념주화 못 봤어?" "어. 못 봤어." 하는 것이다. 서서히 화가 솟아나기 시작을 했다. 내가 회사에 간 사이 도둑이 들어올 리도 만무고 집에는 본인 혼자 있었는데 모른다니 화도 나고 어처구니가 없는 것이 아닌가. 그 기념주화는 내가 화사를 다니며 10년 이상 한국은행에서 한 달에 한 번 경제동향을 알아보기 위해서 실시하는 경제지표 답변서를 해 주어서 그 대가로 받은 것이며 내가 아주 중요하게 생각하며 소중히 간직하고 있었던 것인데 할 말을 잊었었다.

이럴 때 양심이라는 것을 잘 사용을 했으면 집안은 더 시끄럽지 않고 편안한 세상이 될 텐데 사용을 잘못 하는 바람에 집안의 환경은 더욱 더러워지고 말았던 것이다. 그 정도로 양심이라는 것은 우리가 세상을 살아가는 데 있어 무척 중요하다고 할 수 있는 것이라고 생각을 한다. 어쨌든 양심이라는 것을 사용하게 된다면 좋은 방향으로 사용을 해서 편안한 세상을 만들었으면 좋겠다.

양심이라는 것은 착한 마음에서
우러나온다
양심이라는 것은 우리 마음을
아주 편안하게 해 준다

양심이라는 것을 우리는 언제나

따뜻한 마음으로 받자

양심이라는 것이 우리 곁을 영영

떠나지 않게

양심이라는 것을 인생이 다 할 때까지

가슴에 포근히 안고 살아 보자

4. 100원의 함정

사람이라면 이 세상을 살아가는 중 많은 것들로 하여금 유혹의 손짓을 받으며 살아갈 것 같은 생각이 든다. 어려서는 잘 몰랐고 농촌에서 자란 덕분에 또한 몰랐을 것이다. 사실은 초중고 대학교 다닐 때에도 내가 자라온 근처에는 볼 수가 없었던 것이다. 알게 된 것은 혼자 생활을 하게 되면서 슈퍼, 대형슈퍼, 대형매장들을 구경 다니면서 알게 된 것 같다. 매장에 들어가면 과일, 채소, 육류, 해산물 등등 여러 가지 식품들이 사람을 유혹하고 있는데 사방을 둘러보면 아주 재미있는 것을 발견하게 된다. 어쩌면 그렇게도 똑같은지 제품 위에 걸려 있거나 세워져 있는 가격 표지를 살펴보면은 거의 다 아니 전부 다라고 할 수가 있다. 써져 있는 금액을 보면은 전부 다 990원. 9,900원. 99,000원으로 되어 있다.

언제부터 저런 숫자들을 사용하게 되었으며 누가 개발을 했는지 무척 알고 싶다는 생각을 해 보곤 한다. 참으로 이상한 것이란 생각이 들기도 한다. 왜 꼭 100원의 차이를 두고 900원을 고집하는 것인지 가격표를 그렇게 써야만 한다라는 상업 규정이라도 어디에 되어 있는 것인지 무척 궁금한 것이라고 할 수 있다.

다른 매장들을 둘러보아도 다들 꼭 같은 수자의 표지판을 사용하고 있다. 가만히 생각을 해 보라. 화가 나지 않는가. 사람을 유혹한다고 해도 100원의 눈 속임수로 정말로 웃기는 것이 아닌가 하는 생각을 한다. 상회에서 매매가 이루어지기를 바라는 마음에서 그렇게 써서 붙여 놨다고 하면은 할 말은 없지만 그래도 너무한 것이 아닌가 하는 생각을 한다.

요즘은 세월이 바뀌어도 엄청 바뀌어서 동전 같은 것은 어디서 교환을 해 주는지 알 수도 없을뿐더러 보관하기 귀찮은 물건이기도 하다. 지금 가만히 살펴보자. 동전을 그나마 취급을 하는 곳이 어딜까? 살펴보면 그래도 우선적으로 금융기관의 대표적인 곳 은행이 아닌가 하는 생각이 든다. 그리고 세금을 받아들이는 곳들 구청, 시청, 세무서 등등이 지금까지도 동전을 취급하고 있는 곳이란 생각을 하게 된다. 조금은 거추장스럽고 보관하기가 불편해도 큰 혁명이 이루어져서 동전이 필요가 없어지기 전까지라도 잘 보관하고 있어야 할 것 같다. 대한민국 상인들에게 말하고 싶다. 100원의 눈 속임수로 구매자를 유혹하지 말고 100원을 더 받고 좋은 물건을 구매자에게 판매를 하는 것으로 하자고!

5. 시작과 끝나지 않은 것

우리 인간은 세상을 살아가면서 언제나 시작과 끝이 있는 생활환경 속에서 한데 어울려 살아가고 있는 것이 아닐까 하는 생각을 해 본다. 엄마의 배 속에서 세상을 보고자 그 고통스러운 아픔을 힘들게 이겨 내는 엄마의 정신력에, 또한 내 자식이니 어떻겠든 간에 아무런 문제도 없이 세상에 내보내야겠다는 엄마의 투철한 정신 하에 세상에 나왔으며 이것이 시작이 아니었는지 말하고 싶다. 이런 저런 과정을 거치며 세상에 나왔지만 어려서는 사실상 시작과 끝을 잘 모르고 살았던 것이 아닌가 싶어진다. 어려서는 그저 부모님께서 해주시는 대로 생활을 했을 뿐 본인들에 조건과 의견에 의해서 시작과 끝이 이루어지는 것이 아니라는 것이다. 본인의 의견이 아니라 자연적으로 생활을 하기 위해서 부모님께서 이것저것 하라고 지시를 하게 되면 수동적으로 움직이기 시작하고 부모님께서 그만하라고 하시면 그만하게 되는 것이 끝이라는 것이다.

부모님께서 자식들 보고 "애야. 저기 가서 물건 좀 가져와라." 하시면 걸어가서 물건을 들고 오게 되는데 이런 것 또한 시작과 끝이라는 것이다. 어려서는 그저 부모님께서 시키시는 대로 움직이는 것인데 잘 살펴

보면 모든 것에는 시작과 끝이 있다는 것이다. 시작이라는 것이 없다면 중간이라는 것도 있을 수가 없고 마무리 즉 끝이라는 것도 있을 수가 없는 것이라는 것이다. 또한 중간 단계를 걸치면 마무리가 있듯이 언제나 끝이라는 것이 있다.

유년기를 보내고 초등학교에 입학을 하게 되는데 입학이라는 것을 다르게 생각해 보면 시작이라는 것과 같다는 것이다. 수업 시간이 되어서 시작종이 울리는 것 또한 시작이고 수업이 끝났다고 종이 울면 이 또한 끝이라는 것이다. 시작종이 울려서 교실에 들어가서 선생님께서 교실로 들어오시는 것을 보았을 때 예쁘고 아름답다 하면 수업시간도 잘 되고 선생님의 목소리도 예쁘게 들린다는 것이다. 그렇지 않으면 빨리 수업이 끝났으면 좋겠다는 생각을 하며 끝나는 종소리가 울리기를 기다리게 된다. 내가 좋아하는 과목의 시간이 돌아오면 빨리 시작을 하고 기다려지고 천천히 끝났으면 한다는 것이다. 싫어하는 과목이면 천천히 시작을 했으면 하고 빨리 끝났으면 한다. 이렇듯이 좋든 싫든 시작과 끝은 우리의 일상생활에서도 언제나 존재를 한다.

맛있는 점심시간이 돌아왔다. 오전 수업이 시작이 되어 교육을 받고 끝이 났다. 그러면 지금부터 식사 시간이 시작이 되고 식사가 끝나면 식사 시간이 끝나는 것 시작과 끝이라는 것이 존재한다. 이러하듯이 모든 것에는 시작과 끝이라는 것이 언제나 존재하게 되며 인간이란 언제 어디서나 시작과 끝이라는 사이에서 생활을 하게 된다. 똑같은 방법으로 전 학년 생활을 마치면 졸업을 하게 되는데 이것 또한 끝이라는 것이다. 입학과 졸업 곧 시작과 끝이라는 것이며 물론 중고등학교에서도 똑같은 일들이 일어난다.

또 건강한 인간이라면 그 누구도 좋아하는 것 운동경기도 시작과 끝이 있다. 먼저 축구를 보자. 시합에 앞서 심판이 호루라기로 시작을 알린다. 전반전이 시작이 되었고 열심히 부대끼며 시합을 하고 있는데 심판이 호루라기를 불었다. 전반전이 끝났음을 알린다. 잠시 쉬었다가 다시 후반전이 이루어지는데 전반전과 마찬가지로 심판이 호루라기로 시작과 끝을 알려 준다. 이 세상에 존재하고 있는 운동 경기라면 모든 것이 시작과 끝이 있다는 것이다.

시작과 끝은 인간이 살아가는 세상 속에서도 언제나 일어나고 있다. 자, 나는 등산모임에 가입을 했다. 이번 주말에는 무슨 산으로 간다는 문자가 핸드폰을 깨웠다. 들려다 보니 날짜와 시간을 알리는 문자가 있었다. 산에 가는 날 준비를 해서 모이는 장소로 갔다.

많은 사람들이 등산 가방을 하나씩 등에 업고 버스를 기다리고 있었다. 버스가 도착하고 버스를 타고 등산할 목적지에 도착을 했다. 시작이다. 등산을 한다는 것이다. 아휴, 더워라. 더운데 큰일이다, 하면서 사회자의 설명을 듣고 산으로 올라가기 시작을 했다. 힘들고 험한 산을 올랐다. 다시 내려와 모이게 되는데 결론은 등산이 끝이 났다는 것이다. 시작 하고 등산 하고 끝나는 것. 시작과 끝은 어디에서나 존재를 한다는 것이다.

　우리 인간은 언제나 매년 연말이 되면 다음 년도 달력을 구하려고 애를 쓰곤 한다. 본인이 다니고 있는 회사가 달력을 제작한다면 그냥 쉽게 구할 수 있지만 그렇지 않으면 타 회사의 달력이라도 구하려 애를 쓴다는 것이다. 바로 구하려는 목적이 다음 년도 시작과 끝을 체크하려고 하는 것이 아니겠는가. 매년 초에 일 년간의 과정을 알차게 보내기 위해서 계획을 세워서 보내려고 하지만 잘 되지가 않는 일이 많다. 이것 또한 시작은 당차고 좋았는데 끝은 허무하고 엉망이 되었던 것이다. 내가 만약에 어느 누구를 짝사랑하고 있다고 생각해 보자. 아무래도 짝사랑보다는 서로 같이 사랑하는 방향으로 하는 것이 좋을 것 같다는 생각이 들어서 대시를 한다고 하자. 서서히 짝사랑하는 목적물에 접근을 하기 시작을 해서 끈질기게 물고 늘어져 서로 사랑을 시작하게 만들었다면 이것 또한 시작이 되는 거고 서로가 사랑을 하다가 어느 날 싫어져서 헤어지게 되면 곧 사랑의 끝이 아닌가 싶다.

　아침에 동쪽 하늘에 해가 떠서 하루를 하늘에서 서성거리다가 저녁이 다가오면 서서히 서쪽으로 넘어가는 것 또한 시작과 끝이라는 것이다. 이 세상에서 단 시간 내에 시작과 끝이 가장 많이 이루어지는 곳이

어딜까? 모르긴 해도 군대가 아닌가 하는 생각을 해 본다. 누구나 가기 싫어하는 군대이지만 입대를 한다. 훈련을 받는다. 훈련을 무사히 마치고 훈련소를 나온다. 훌륭한 시작과 끝이 아닌가. 하는 생각을 해 본다. 훈련소에서 각기 다른 훈련을 받을 때 역시 시작과 끝이 언제나 존재를 한다. 체력훈련, 총검술, 유격, 각개전투, 포복, 사격 등등 이 모든 훈련에 시작과 끝이 있다.

푹 쉬고 있는데 시작 호루라기 소리가 들린다. '아, 정말 싫다. 또 죽었다' 하며 훈련 장소로 간다. 조교들의 명령에 따라 몸을 움직이며 열심히 훈련을 받는다. '아휴, 죽겠다. 빨리 끝내라' 혼잣말로 중얼 거리며 계속 되는 훈련을 열심히 받는다. 어, 호루라기 소리가 들린다. 조교의 목소리, '오늘 훈련은 여기서 끝이다' 훈련병들을 울리고 웃게 하고 편히 쉬는 것이 못마땅한 건지 힘들게 하는 것 또한 시작과 끝이 아닌가 싶다. 회사 생활에서는 시무식과 종무식이라는 것이 있는데 한해가 시작하는 것을 시무식이라 하고 이런저런 일들로 한해를 보내고 마감을 하게 되는데 이것을 종무식이라고 한다.

이러하듯이 모든 것에는 시작과 끝이 있다는 것을 우리 인간은 알고 지낸다. 어머님의 포근한 몸속에서 세상 밖으로 나와서 인생의 세상살이를 시작해서 살아가게 되지만 얼마만큼의 세상을 살다 보면 인생의 종말인 끝이 있다. 우리 인간은 종말이 오기 전에 인간으로서 하고 싶었던 일들은 전부 다 경험해 보고 끝은 시작과 다르다는 것을 모든 이에게 알려야 좋을 것 같다. 시작이라는 것은 언제나 앞에서 우리에게 볼 수 있게 하지만 끝이라는 것은 볼 수도 없거니와 인생도 끝이라는 것을 모르게 된다.

아직은 종말이라는 것이 오지는 않았지만 멀지 않아 다가오리라는 생각을 하게 된다. 종말이라는 것이 죽음이며 모든 것이 끝났다는 것을 확인해 주는 것이라고 할 수 있다는 것이다. 인생에 있어서 태어남과 죽음 곧 시작하여 모든 것이 끝난다는 것. 시작과 끝이 있다는 것이다. 시작이라는 것은 언제나 바쁘고 진행이 잘 되지만 끝은 좋고 나쁨이 각자 다르게 나타날 수도 있다. 어쨌든 이 세상을 살아가려면 시작과 끝을 항상 되새기며 살아야 할 것 같다. 모든 인생은 시작한 것은 알 수가 있다. 끝은 알 수가 없다. 죽음이 대신 한다는 것이기 때문이다.

시작이라는 것은 언제나 희망이 존재를
한다는 것이다
시작이라는 것은 우리들에게 기다림이
있다는 것을 안겨 주기도 한다
시작이라는 것은 언젠가는 끝이 있다
라는 것을 알려 주기도 한다
인간이 세상에 태어나서 삶을 누리기

시작을 하고

시작이 있기에 인생의 종말인 죽음이

있으며 누구나 끝을 맞이하게 된다

이 세상 모든 것은 시작이라는 것을 가슴에

안고서 살아가지만

언젠가는 세상에도 끝이 있다는 것을

깨우치게 되는 것이다

6. 전철 속의 풍경

사람 사는 풍경을 보자. 자, 어떻게 볼까. 전철 속으로 들어가 보자.

밖은 무덥다. 섭씨 30도가 넘어선 것 같다. 정말 무척 더운 날씨인 건 맞는 것 같다.

전철 속 시원하다. 에어컨 바람이 전철 내부를 시원하게 해주고 있기 때문일 것이다.

에어컨 정말 좋다. 훌륭하고 누가 발명했을까? 이 세상 사람들을 위해서 참으로 큰일을 한 것 같다. 이 무더운 날씨를 시원하게 보낼 수 있게 하니 말이다.

자, 시원한 에어컨의 도움을 받으며 전철 안 풍경을 둘러보자. 아름다울 것 같은 전철 속을!

전철을 탑승하자 빈자리가 있어 앉았다. 다행이다. 시원하고 자리에까지 앉으니 행복이 나에게까지 오려나 보다. 파이팅이다.

먼저 전철 벽을 보자. 많이 어지럽다. 광고판들이 여기저기 붙어서 전철을 이용하는 사람들을 들여다보게 하고 있다. 병원, 의원, 학원 모집 부동산 등 아주 많이 나열되어 있다.

어지러울 정도로 벽에 붙어 있는 광고판이 많이 안쓰럽기까지 하다.

천장에 매달려 있는 이정표 광고판은 전철을 이용하는 사람으로 하여금 안정감을 주기에 딱 맞는 것 같다. 언제나 전철이 정거장에 멈추려 하면 먼저 내릴 방향과 역 이름을 알려 주니 더 말할 이유가 없다. 많이 많이 고마운 광고판이다. 기분이 좋다. 오랫동안 우리 곁에 머물렀으면 좋겠다.

전철 자리를 보면 가지각색의 사람들이 앉아 있다. 긴팔, 반팔, 긴 바지, 반바지, 짧은 치마, 긴치마, 구두, 운동화, 슬리퍼, 여러 가지가지로 울긋불긋 모양과 색상을 자랑하고 있다.

어깨에는 둘러매는 가방, 등에는 짊어지는 가방, 손목에는 조그마한 가방, 여러 가지들의 가방이 제각기 예쁜 포즈를 취하고 있고 아름다운 소리를 홀로 듣는 핸드폰 이어폰이 사람들의 귀와 마음을 즐겁게 하고 있기도 한다. 안경을 낀 사람, 다소곳이 앉아 있는 여자분, 다리를 벌리고 앉아 있는 남자분, 잠에 취해서 자고 있는 사람, 가방을 무릎 위에 가지런히 올려놓고 눈을 감고 잠깐 명상에 취해 있는 사람. 참으로 여러 가지의 사람들이 제각기 인생을 위해서 전철을 이용하고 목적지를 향해서 달려가는 것 같다.

전철이 정거장에 멈춰다 출발할 때는 여러 사람들이 본인들의 목적지를 향해서 타고 내리곤 한다. 서로가 빈자리를 찾아서 앉으려고 한다. 내 옆자리가 비어 있다. 예쁜 아가씨가 앉으면 좋겠다. 속으로 생각도 하고 기대도 하곤 한다. 더욱 기대되는 거, 짧은 치마를 입은 여자 분이 앉으면 금상첨화일 것 같다. 역시 난 아직도 건강한 남자. 괜히 으스대고 싶어진다. 남자는 다 그럴 것 같다. 다리를 꼬고 앉아 있는 사람, 동행과 대화를 나누는 사람, 핸드폰으로 전화를 하는 사람. 그야말로 가지각색이다.

나 역시 전철 속사람들과 다를 게 없다. 왜? 같은 사람이기 때문이다. 오늘도 여러 사람과 같이 전철 속에서 인생을 배우고 터득하며 보낸 것 같다.

어쨌든 너무나 고맙고 행복하게 해 주는 전철. 앞으로도 계속 아끼고 사랑하며 함께했으면 좋겠다. 어느덧 내가 내려야 할 정거장에 전철이 멈췄다. 안녕을 해야 할 시간. 아쉽지만 잘 가시게나! 조만간 또 봅시다.

전철 속은 정말 사람들이 살아가는 풍경인 게 맞겠지.

지하철은 출근시간에 시민들에 용기를 준다
지하철은 퇴근길에 시민들에게 웃음을 준다

지하철은 출근할 때 희망을 안겨 준다
지하철은 퇴근할 때 행복을 안겨 준다

지하철은 시민들의 약속 시간을 맞춰 준다
지하철은 시민의 쉼터로 만들어 준다

지하철은 시민의 여행지를 알려 준다.

지하철은 시민의 볼거리를 제공한다

지하철은 장애인들에게 행복을 안겨 준다

지하철은 노약자들에게 위로함을 안겨 준다

지하철은 언제나 시민의 발이 되어 준다

지하철의 노고에 감사함을 드리고 싶다

7. 인생이란 시한부의 인생이다

이 세상의 모든 것들은 시한부의 과정을 밟고 살아가는 것 같다. 사람이건 짐승이건, 대지 위에 초록색을 띠고 있는 새싹, 점점 늙어지면 누렇게 변화되어 가는 새싹들, 도로가의 가로수들, 농부들의 손에서 태어나고 자라고 있는 곡식들, 자연스럽게 스스로 눈비를 맞으며 잘 살아가고 있는 산천초목들. 모든 것들은 하나도 할 것 없이 시한부 생을 살아가고 있다.

시한부 어떤 일에 일정한 시간과 한계를 가지는 것이라고 한다.

우선 사람을 생각해 보자.

사람은 태어나서 언젠가는 죽는다. 태어나서 수많은 시한부 과정을 걸쳐서 에너지가 모두 소멸되어서 생존하기가 힘들어지게 되면 인생의 끝인 시한부를 맞이하게 된다. 이처럼 가장 준엄한 인간이란 동물도 피할 수 없이 언젠가는 시한부를 겪게 된다는 것이다.

유아기 때를 시작으로 해서 유치원생 초등학교 중. 고등학교 대학 직장 생활. 외롭고 힘든 군인의 생활. 늙어 가고 있는 노년기에 이르기까지 시한부의 인생을 살아간다는 것이다. 유아기 때는 태어나서 유치원에 입학을 하기 직전까지가 부모의 품에서 무럭무럭 행복하게 자라지만 어느 시기가 되며는 유아기의 종결인 시한부 인생을 맞이하게 된다는 것이다. 유치원 입학부터 중·고등하고. 대학교에 졸업을 할 때까지도 지식을 터득하는 배움의 시한부 과정을 걸쳐 끝나게 되면 학생으로서의 종결인 시한부를 맞이하게 된다.

그 누구도 가기 싫어하는 군대. 군대 역시 가기도 싫지만 어렵고 힘든 곳. 직급이 가져다주는 박탈감 속에서도 힘들지만 슬기롭게 헤쳐 가는 생활을 하지만 한편으로는 보람도 함께 가져다주는 군 생활. 군 생활도 기간이 만기되면 끝나게 되는 일종의 시한부다. 직장 생활에서의 시한부라는 것은 많은 단계의 시한부가 적용이 되는 것 같다. 우선 회사에 입사를 해서 회사 생활의 시한부 과정을 걸쳐서 퇴사를 하게 되면 퇴사 직전까지의 직장 생활의 종결인 시한부를 맞이한다. 사원부터 시작을 해서 각 직급을 걸쳐서 부장에까지 이르렀을 때도 지급에 대한 과정을 걸쳐서 직급에 대한 시한부를 맞이할 수밖에 없다. 그 이상 직급인 임원도 대표이사도 모두가 마찬가지로 시작을 해서 끝이 나는 시한부 과정을 걸쳐서 누구나 피할 수 없는 임원 대표이사로서의 시한부를 맞이하게 되는 것이다.

지금까지의 많은 시한부를 마치고 노년기가 되면 지금까지의 삶을 좋았든 싫었든 다 정리를 하고 인생의 종결인 시한부를 맞이할 수밖에 없다.

농지에서 시한부 생을 살아가고 있는 모든 곡식들도 사람의 손에 의해서 봄에 씨앗이 뿌려지고 새싹이 나고 시한부 과정을 걸쳐서 늦가을에 농부들이 추수를 하게 되면 곡식들의 시한부 과정이 끝나고 삶의 끝인 시한부를 맞이하게 된다. 불쌍한 것은 스스로가 아니라 타인에 의해서 시한부를 마감한다는 것이 더 슬프다는 것이다.

도로가의 가로수, 산천초목 또한 마찬가지라는 것이다. 자의든 타인에 의해서든 푸르던 색깔들이 시간이 흘러 누렇게 변해 버리면 피할 수 없는 시한부를 맞이할 수밖에 없다.

이처럼 모든 것은 시한부라는 일정한 시간의 한계 속에서 삶을 살아가고 있다.

이 글을 쓰고 있는 장본인도 또한 마찬가지가 아닐까 생각을 해 본다. 60 평생 아무 탈 없이 시한부 인생을 시작해서 시한부 과정을 잘 지키며 살아오다가 갑자기 큰 문제가 발생하여 어려운 삶을 살았었다.

시한부 과정에 문제가 발생된 것은 2022년 11월 16일 병원에서의 전화를 받고 긴급으로 병원을 찾아가서 입원을 했다. 시한부 과정은 비참했던 것 같다. 간에 문제가 있다고 해서 입원을 했는데 시간이 흐를수록 몸이 전반적으로 나빴다. 여러 가지 검사 치료 수술 여기에 더해서 코로나 감염까지. 정말 한마디로 말해 듯이 몸이 엉망진창이었던 것이다. 입원한 중간 종합병원에서는 진료가 되지 않아서 대학병원으로 이송을 해서까지 진료를 받아야 했느니 시한부 과정이 무척 힘들었던 것이다.

　2024년 1월 6일 1년 2개월 22일 시한부 과정을 거치는 과정에서 정말로 시한부 신세를 여러 번 맞이할 뻔도 했다고 한다. 구사일생으로 시한부를 물리치고 지금은 집에서 쉬며 지내고 있지만 일주일에 2~3번은 신장 투석이라는 것을 해야 하니 이 글을 쓰는 장본인의 인생에 대한 시한부는 언제 어떠한 방식으로 다가오려는지 그 어느 누구도 알 수 없지만 틀림없는 것은 이 세상에 존재하고 있는 사물들과 마찬가지로 시한부라는 것이 꼭 온다는 것이다.

　이러하듯이 이 세상을 살아가고 있는 모든 것들은 시한부다. 좋든 싫든 자의든 타인 의해서든 시한부 과정을 거쳐 언젠가는 생의 종결이라는 넘지 못하는 벽을 맞이하게 된다.

　두렵고 무시무시한 존재, 시한부라는 것. 그 누구도 맞이할 수밖에 없다면 편안하고 웃으면서 맞이함이 어떨까 하는 생각을 해 본다.

　한시적이라고는 하지만 너무나 무섭다

　기간이 정해져 있지 않은 존재이기에

　더욱더 마음을 조이게 하는 시한부

　어차피 피할 수가 없는 시한부라면

　가슴에 포근히 안고 같이 가자구나

　시한부가 우리의 곁을 떠날 때까지

제3장

후회 그리고 아쉬움

1. 나는 이렇게 살지 않겠다

난 그랬다.

남이 나에게 잘못을 하고 사과를 하지 않으면 참지를 못하고 끝까지 잘못했다고 할 때까지 집착해하는 성격이 있다.

남이 잘못을 했으면 변명, 고집보다는 잘못했다. 미안하다. 한 번만이라도 하게 되면 스스럼없이 풀어지고 그런 것에 무척 약한 나다.

지금까지도 그렇게 살아왔고 앞으로도 그렇게 살아가려고 한다.

난 시작, 진행과정, 끝 모두가 중요하지만 진행과정을 무척 중요시한다. 그것은 어디서 잘못이 되었는지 알고 싶어서다. 가장 싫은 거, 앞, 중간, 뒤도 없이 끝만 가지고 따지는 거 정말 무척 싫어한다.

지금 나이가 63이지만 나이에 관계없이 어느 누구에게도 말을 함부로 하거나 반말을 잘 하지 않는 성격이며 나의 생활신조이기도 하다.

친구들 관계에서도 남들이 쉽게 하는 욕. 욕을 섞어서 대화하는 거 난 어색하고 그리고 싶지가 않아서 함부로 욕 섞인 말을 하지 않는다.

직장에서도 남들이 잘 사용하는 아래 직원에게 미스 누구누구라고도 불러 보지 않았고 항상 이름을 불렀다. 상대방에 대한 예의이지만 나의 인격을 다듬을 수 있는 것이기에 항상 그랬다.

결과는 나타났다. 들려오는 직원들의 얘기로는 과장급 이하 직원들의 모임에서 항상 존경스러운 간부로 일 순위가 되었다.

아래 직원들이 언제 어디서나 쉽고 편하게 접근하고 대화를 나눌 수 있는 간부 그 자체였다.

군대 복무시절에도 쉽게 말해 졸병들을 괴롭힌 적이 없었던 것 같다.

그래서인지 졸병들은 나를 언제나 잘 따르고 나의 말이면 이의 없이 시행을 하곤 했었던 것 같다.

나이가 들어 생각해 보면, 우리 어머님! 우리 어머님이 그러셨다. 남들에게 꼭 존댓말을 하셨다. 내 친구들한테는 물론 주위에 있는 많은 사람에게도 말을 함부로 놓는 경우를 본 적이 거의 없는 것 같다.

나는 그런 어머니의 마음을 많이 닮은 것 같다.

지금도 잊을 수 없는 일을 말하자면 처가 식구들의 얘기를 하고 싶다. 나에게 행패를 부렸다. 그 누가 잘못을 했든 간에 나에게 행패를 부린 것에 대해서 한 번이라도 사과를 했으면 집안이 이렇게 되지는 않았을 거다. 성격, 고집, 반성할 줄 모르는 마음을 가진 그런 것이 이 집안을 풍비박산으로 만들었다. 후회는 하지 말자. 지나간 일들 다 잊고 그냥 살자 편하게 하는 마음이다.

싸우면 풀기 위해 각서도 많이 썼다. 나중에 보니 그것도 소송 시 증거 첨부서류가 되어서 나에게로 오더라는 것이다. 화해를 하면 폐기해야 할 서류임에도 폐기를 하지 않고 처가 식구 집에 보관을 했다가 첨부를 했다는 것이다.

정말 대단했다. 난 그래서 모든 것을 잊어야지. 어떻게 더 무엇을 하겠는가.

난 잘못을 하게 되면 즉시 사과를 한다.

또 그렇게 잘못을 빌 정도로 하지도 않는다. 항상 조심하고 남을 먼저 생각을 한다.

나의 마음은 그렇다. 그래서 지금까지 언제나 남에게 욕도 먹지 않고 살아왔으며 남과 잘 어울리고 편안한 사람 격이 없어도 되는 사람 그런 사람으로 살아왔다. 앞으로도 어떠한 일들이 다가와도 지금처럼 넓은 마음과 능동적으로 살아가려고 노력할 것이다.

2. 아쉬웠던 일들

어려서는 잘 모르지만 초등하교 다닐 때부터는 어느 정도 세상살이의 흐름을 조금이나마 알 수 있었던 것 같은 생각이 든다. 초등학교 다닐 때에 있었던 일인데 아침에 학교에 등교해서 첫 수업 시간이었는데 선생님께서 맨 처음 하시는 말씀이 '여러분 미안한 얘기를 하려고 한다' 하시면서 하시는 말씀이 선생님이 개인 사정이 있어서 갑자기 학교를 그만두게 되었다 하시는 것이다.

어리지만 순간 심장이 떨리고 눈앞이 어두워지는 느낌을 받았던 것이다. 뭐 때문에. 왜 그럴까. 여러 가지로 생각을 하며 난 앞으로 어떻게 해야 하지 많은 생각들이 머릿속에서 왔다 갔다 했었다. 그러면서 슬프다 하는 마음마저 들게 했던 것이다. 수업은 끝나고 집으로 오는 중에도 선생님의 모습들이 자꾸만 떠올라서 나를 무척 힘들게 하는 것이다. 집에 와서 잠시 있다 너무나 슬퍼서 다시 학교로 갔다.

지금 생각해 보면 선생님의 모습을 좀 더 보고 싶었던 마음이 있어서 그랬던 것 같다. 학교 정문을 들어서니 학교 건물 한쪽에 선생님께서 우두커니 서있는 모습이 눈에 들어왔다. 순간 나도 모르게 발걸음이 멈춰졌다. 그리고 우두커니 선생님 쪽을 바라만 보다가 발걸음을 집으로 돌렸다. 집에 와서 생각해 보니 학교를 다시 갈 때에는 무언가를 하려고 갔는데 그렇지 못하고 돌아선 것이 너무나 아쉬웠던 일인 것 같다. 지금도 생각이 난다. 초등하교 4학년 때의 일이라는 것이다.

중학교에 다닐 때의 일을 뒤돌아보며 성격적으로 소심했던 나 자신을 말하려고 한다.

내가 사는 동네는 전형적인 아주 소박한 농촌이었다. 초등학교가 하나 있었고 초등학교를 졸업을 하게 되면 상급학교인 중학교는 면소재지에 있는 중학교로 다니게 되었었다. 동네에서 중학교까지는 4km가 조금 먼 곳에 위치해 있었다.

중학교를 다닐 때의 일이었다. 우리 마음에 외지에서 이사를 온 집이 있었는데 이사 온 집 식구 중에 나와 같은 학년인 여학생이 있다는 것이다. 그렇구나 하며 아무런 관심 없이 학교를 다니고 있는데 주변 남학생들이 편지를 써서 나에게 너희 동네 이사 온 여학생에게 전달 좀 해 달라는 부탁을 받곤 했었다. 그냥 아무렇지 않게 받아서 전달을 할 수 있으면 해주고 안 되면 다시 돌려주곤 했었다.

그렇게 하면서 시간이 흘러 어느덧 고등학교로 진학을 하게 되었다. 나는 고향에서 좀 많이 떨어진 도심지에 위치한 고등학교로 진학을 했고 이사 온 여학생은 군 소재지에 위치한 여자 고등학교로 진학을 했다.

나는 도시에서 여학생은 군 소재지에서 각자 학교생활을 하고 서로 볼 수가 있는 것은 내가 토요일 고향 집으로 갈 때 기차에서 내려 버스로 갈아탈 때 우연히도 같은 버스에 타면 볼 수가 있었다.

나는 고등학교를 다닐 때 고향에 가면 집안의 일들을 돕 곤 했었다. 집에서는 농사를 지었기 때문에 농번기 때에는 무척 바쁘고 부모님 일손이 부족해서 항상 그랬던 것 같다. 봄에는 논·밭갈이 같은 일들을 했고 가을에는 추수를 걷어들이는 일들을 했었다. 그런데 어느 날 갑자기 이런 일이 일어났다. 그날도 고향 집에 와서 비가 오는 바람에 사랑방에서 혼자 놀고 있는데 그 여학생이 우리 집에 놀러온 것이다. 직접 내 이름을 부르기가 멋쩍어서 그런지 꼭 내 동생을 불러서 '오빠 왔니' 하면서 들어오곤 했다. 만나면 각자 학교 애기 집안 애기뿐 별다른 애기들은 없었던 것 같다.

재미있는 애기가 하나 있었다. 자기 아버지가 부모 일손을 돕지 않으면 꼭 나를 빗대서 말씀을 하신다는 것이다. 아버지께서 자녀들 보고 "야. 저 건너 ○○ 좀 봐라. 저런 놈이 어디에 있느냐."는 것이었었다. 저런 놈 하고 결혼을 해야 손에 물 묻히지 않고 편하게 산다 하신다는 것이다. 그러며 잘 지켜보라고도 하신다는 것이다.

내가 아버지 일손을 돕는 것이 좋게 보였나 하고 재미있게 웃어넘기고 했던 일이 생각이 난다.

그런데 의문스러운 것이 머릿속에 떠올랐던 것이었다. 중학교에 다닐 때 여러 남학생들이 좋아했던 것으로 알고 있는데 지금도 그러는지 무척 궁금했지만 물어보지는 않았다.

어느 때인지 추석날이었다. 고향 초등학교에서 학교 선·후배 축구 시합을 했었다.

축구 시합을 하는 바람에 월요일 학교에 가는 것을 잊고서 열심히 공을 차고 있었다. 그때였다. 어머니께서 학교까지 나를 찾으러 오셨던 것이다. 내일 학교를 가려면 벌써 도심지로 갔어야 했는데 아직까지 공을 차고 있으니 한 장 한다는 말씀이었다.

나는 부랴부랴 공 차던 것을 멈추고 집으로 와서 대충 씻고 가방을 들고 버스를 타러 정거장에를 갔었다. 버스 정류장에 도착을 하니 군소재지에서 학교를 다니는 여학생도 내일 학교를 가려고 버스를 기다리고 있었다. 나를 보더니 내일 학교는 어떻게 하려고 지금 가느냐는 것이다. 웃으며 "어, 큰일이다." 하면서 버스를 기다리다 오기에 같이 버스를 타고 군 소재지까지 왔었다. 문제는 지금부터였다. 도심지로 가는 차들이 모두 다 끊겼기 때문이었다. 그러던 중 여학생이 말했다. 우리 집에 가서 자고 내일 아침 일찍 첫차 타고 가면 어떻겠냐고 하는 것이다. 어쩔 수가 없는 일이기에 그렇게 하자고 하고 같이 여학생이 자취를 하는 집으로 갔었다. 다행히 동생 둘과 같이 자취를 하고 있어서 큰 부담 없이 하루 밤을 묵기로 했다.

아침에 일찍 일어나 백 리가 되는 길을 가기 위해 준비를 하는데 양말이 보이지 않았다. 틀림없이 운동화 안에다 꾹 넣고 잤는데 말이다. 물어보니 양말을 내가 잘 때 빨았다는 것이다. 뭐지? 이상한 느낌도 들고 기분도 좋았다. 그렇게 하여 월요일 학교를 무사히 등교를 할 수 있었던 것이다. 그럭저럭 시간이 흘러 어느 여름 방학 때었다. 날씨도 덥고 해서 선풍기를 틀어 놓고 내가 하숙하는 하숙집에서 잠을 자고 있는데 하숙집 아주머니께서 '○○ 학생~' 하고 부르는 것이다. 여기 누가 찾아왔네, 하시는 것이다. 깜짝 놀라서 밖을 보니 여학생이 왔던 것이다. 놀라기도 했지만 어떻게 여기를 알고 왔느냐니까 동생한테 주소를 물어보니 알려 줘서 찾아왔다는 것이다. 참으로 이상한 일이다 싶었다. 이야기를 나누다 또 여학생은 군 소재지로 가야 했기에 시외버스 정류장까지 데려다 주고 헤어졌었다.

대학을 졸업하고 군대를 갔다 오니 그 여학생은 언제인지는 모르지만 다른 곳으로 이사를 했다. 어른이 된 지금 친구 조, 경사 일에 참석을 하게 되면 더러 만나곤 하지만 남들같이 말을 주고받고를 하지 못했다. 그냥 그렇게 되는 것이다. 지금 생각해 보면 왜 좋아한다는 말 한마디를 못 했던 것이 아주 많이 아쉽고 후회가 된다.

공부 얘기 좀 해야겠다. 초등학교에 다닐 때 산수는 아주 잘했는데 우리나라 글인 한글을 잘 못 했다. 받아쓰기가 무척 어려웠다. 중학교에 입학을 할 때 시험을 보고 들어가는데 산수는 잘 봤는데 국어가 엉망이었던 것이다. 중학교에 들어가서는 영어가 문제였었다. 중학교 일학년 때에는 그럭저럭 잘했는데 어느 날 갑자기 영어가 싫어져서 열심히 하지를 않았더니 평생 영어가 되었다. 고등학교 대학교 학교생활을 마치고 사회생활을 하면서까지도 계속 나를 힘들게 했던 것 같다. 국어, 영어를 열심히 하지 않았다는 것이 지금까지도 나를 괴롭히고 있으며 무척 아쉽고 후회스럽기까지 한다. 다시 학창 시절로 돌아가면 국어, 영어만 해야겠다는 생각마저 들게 한다.

직장 생활을 하고 있을 때의 일이다. 이상하게도 이런 성격이 있다는 것을 알았다.

내 직급보다 낮은 사람에게는 정말 잘하면서도 윗사람한테는 그렇지 못하는 성격을 말하고 싶은 것이다. 아래 직원에게는 뭐든지 알려 주려고 하고 바쁘다 싶으면 일을 덜어 주고 슬픈 일이 있으면 언제나 같이 슬퍼해 주는 다정한 사람인데 윗사람한테는 아랫사람에게 하듯이 잘되지가 않는 것이다. 친근감 있는 것은 물론 항상 차가운 관계 속에서 생활을 했던 것 같다.

어느 날 우리 부서에 공석인 자리에 새로운 과장님이 오셨던 일이 있었다. 쉽게 말하면 요즘 말로 낙하산 인사였다. 무슨 관계회사 경영지원부 부장 동생이라는 것이다. 좋다 어차피 과장으로 오셨으니 챙겨 드리자 하고 열심히 보조를 맞춰 주며 일들을 처리해 나가는데 자꾸만 이상한 일들이 발생이 되는 것이다. 아래 직원들이 결제를 올리면 꼬투리를 잡고 성질을 내고 말하는 것이 아주 기분을 나쁘게까지 한다는 것이다. 과장이 계시지 않는 동안 나를 비롯해서 부서원이 열심히 해서 아무런 문제없이 부서를 잘 이끌어 왔는데 무엇이 문제길래 그럴까 생각이 들었었다. 그러던 중 월요일 출근을 했는데 느닷없이 소리를 지르시며 "야. 네가 뭔데 내 말을 듣지를 않느냐?" 하는 것이다. 그래서 물었다. "왜 그러십니까?" 정말 화가 났다. 무엇을 잘못하고 있는지 따져 묻고 되지도 않은 말을 하기에 책상을 엎어 버리고 회사를 나가 버렸었다.

다음 날 출근을 않고 집에 있는데 자재부서 동료 직원이 집으로 찾아왔다. 부장님께서 수단과 방법을 가리지 말고 데려오라고 해서 왔다는 것이다. 늦게 찾아뵙겠다고 해서 직원은 회사로 돌아가고 나는 조금 늦게 회사로 갔다. 부장님 말씀은 아무 일 없던 거로 하고 작업복 갈아입고 일을 하라는 것이다. 나는 부장님께 정중히 인사를 하며 이만큼 열심히 했으면 됐지 더 이상 못 하겠습니다. 하고 그길로 그렇게 좋던 회사를 그만두게 되었다. 그래도 대기업 계열사였는데 말이다. 화를 참지 못한 일. 다시 회사를 가서 참지 못하고 돌아선 일. 지금 생각을 해도 너무나 아쉽다는 생각이 든다.

자식에 대해서 얘기를 하려고 한다.

나는 자녀들로 1남 1녀를 두었다. 지금까지 아무런 일 없이 잘 자라고 커서 성인이 되어 지금은 직장 생활을 잘하고 있지만 그래도 너무나 아쉬운 게 있어서 아들에 대해서 말하려고 한다. 사실 나는 아들이 학교를 다닐 때 그렇게 관심을 주지 못했다. 그저 돈만 벌어다 주는 아빠로서만 책임을 다하는 것으로 다했다고 했던 것이다. 그냥 공부를 잘하고 못하고만 알면 되지라고만 했었다. 아들이 공부도 꽤 잘하는 편에 들어간다는 것도 식구한테 들어서 아는 것이다. 문제는 고등학교를 마치고 대학교에 들어갈 때였다.

회사를 다니면서 식구들 얘기를 하는 것을 들어 보면 "야. 그래도 공부 좀 했구나." 했었다. 가고자 하는 희망 대하들이 전부 다 시울에 있는 대학들이었기 때문이었다. 희망하는 대학교에 지원서를 내고 시험을 치르는 날이 다가왔었다. 시험을 치르는 날은 회사에 사정을 얘기하고 무조건 내 차를 이용해서 시험을 보러 가기로 했었다. 드디어 시험 날이 다가왔다. 속으로는 오랜만에 아들을 위해서 좋은 일을 하는구나 하며 속으로 '열심히 하자. 꼭 붙어야 한다'라며 부지런히 움직였던 것 같다. 서너 군데 시험을 보고 시험 본 결과를 얘기하는 것을 들어 보니 문제는 논술이라는 것을 알게 되었던 것이다. 사실 내 아들은 중등학교를 다닐 때 학원은 한 번도 간적이 없었다. 학원을 가도 뒷바라지 할 수 있을 만큼은 집안의 경제적으로도 충분히 되는데 본인이 학원이 맞지가 않는다며 가지를 않았다. 시험 결과는 그랬다. 본인이 가고자 하는 대학교 최고의 대학교는 가지 못하고 약간 아래에 분포되어 있는 대학교에 들어가게 되었다. 지금 생각해 보면 희망하는 과를 무족 건 경영학과를 택하지 않았으면 또한 논술만이라도 학원을 다녔으면 결과는 달라졌을 거라는 것이 지금도 무척 아주 무척이다. 정말 아쉬운 마음이 많이 남아 있다.

아쉬움이란 것이 내 앞에 나타나지
않았으면 좋겠다

아쉬움이라는 것은 언제나 나의 마음을
쓸쓸하고 그립게 만든다

아쉬움이라는 것을 가슴속 깊이
포근히 묻고서

시리던 가슴이 따뜻해질 무렵
아쉬움이란 것을

우리의 세상에 널리 알려 주자
아쉬움이 행복으로 바뀌게끔

3. 오늘 하루를 어떻게 보냈나요?

잠자고 있는데 핸드폰이 시끄럽게 울어서 눈을 떴다. 방문을 열고 베란다 창문을 열었다. 저 멀리에 있는 하늘을 쳐다보니 아직은 어둠이 조금은 남아 있는 것같이 보였다. '아. 아직 어둠이구나' 하며 시계를 보니 5시 30분. 너무 일찍 일어나게 시간을 맞춰 났다. 스쳐 지나가는 말투로 중얼거리며 냉장고를 열었다. 냉장고 속은 아주 깨끗하게 잘 정리되어 있었다. 아주 깨끗한 게 아니라 혼자 산다는 것을 간접적으로 표시를 내는 것이 아닌가 싶어서 잠시 마음이 시려 왔다.

냉장고 안에는 식품들이 다 떨어졌는지 가난해서 없는 건지 사다가 채웠는데 다 먹어 치운 건지 거의 비어 있는 상태였다. 아, 혼자 산다는 것을 냉장고도 아는가 보네. 하며 물을 꺼내서 컵에다 따르지도 않고 그냥 예쁘지도 않으면서 그렇다고 잘생기지도 못한 입술로 한번에 절반을 마시고 말았다. 그 누군가가 아침 공복에 물 한 컵 건강에 좋다고 말을 하기에 나도 마셔 본 것이다. 자, 할 일도 없고 한데 무엇을 할까. 텔레비전을 켰다.

6시 아침 뉴스가 시작 되는 시간이었다. 뉴스 볼까, 말까 하다가 그래도 좀 보자. 세상이 어떻게 돌아가고 있는지. 보는데 시작부터 매일 나오는 것이 정치권 싸우는 소식이다. 보자마자 지겹다. 저 사람들 힘도 좋다. 매일 저렇게 싸우고도 계속해서 싸울 힘이 있다니 말이다. 아니, 선거 때만 되면 국민들 보고 국회의원 좀 만들어 달라고 큰절을 하고 큰소리로 애원을 했으면서 그런 것은 아랑곳없이 미안하지도 않은지 정말 화가 나서 보기가 싫어졌다. 시간은 흐르고 약을 복용해야 할 시간 가려움에 먹는 약으로 아침 식사 전 먹어야 한다고 병원 의사 선생님이 명령을 했으니 더욱 거역은 할 수가 없고 먹어야 했다. 이제 약을 먹었으니 한 시간 정도 이따 식사를 해야 한다. 아침에 먹을 것을 준비를 하기 시작을 했다. 거의 비어 있는 냉장고였다. 정말로 먹을 것이 없었다. 그나마 여동생이 챙겨 준 김치가 있었다. 아, 김치찌개다. 웃으면서도 슬픈 마음을 움켜쥐고 찌개를 끓이기 시작을 했다. 찌개 끓이자, 텔레비전 보자 하다 보니 한 시간이 지나서 간단하게 아주 간단한 아침 식사를 하고 얼굴 씻고 양치를 간단히 하고 외출을 하려고 또 준비를 했다.

건강을 위해서 걷고 등산도 하고 움직이는 것이 좋을 것 같아서 하기로 했다. 맨 먼저 등산 가방부터 준비를 하고 가방 안에는 서글퍼 보이는 냉장고의 속을 꺼내서 담아야 했다. 그래서 냉장고 속에 있는 빵 하나, 물병 하나, 사탕 다섯 개를 가방에 담았던 것이다. 등산복을 입어야 했는데 특별한 게 없고 반티에다 등산용 바지, 바람막이 잠바, 딸이 사 준 등산모자, 등산화를 신고 나에게 없어서는 안 될 중요한 무기 핸드폰과 이어폰을 챙기고 준비를 마친 것이다. 대문 문을 열고 '출발이다!' 속으로 소리를 지르며 외출을 시작하였던 것이다. 어느새 하늘은 하얗게 벗겨지고 구름만이 이리저리 바람이 부는 대로 흐르고 햇살이 뜨겁지는 않았다. 아파트 바닥을 밟으며 걸어가는데 아파트 바닥 울퉁불퉁 속으로 '관리비는 꼬박꼬박 내는데 공사 좀 하지' 혼잣말로 중얼거리며 아파트 정문을 나섰다.

벌써 도로가 인도에는 종종 걸음으로 출근을 하는 사람들로 붐비고 있고 버스 정류장에도 버스를 기다리는 사람들로 복잡해 보였다. 문득 이런 생각이 들었다. 나는 지금 뭐하는 거지? 출근을 하지 않고…. 남들은 출근을 하는데 말이다. 출근은 하지 않고 산을 가려고 하고 있으니 야속하다는 것이다. '아, 그렇지 실업자 정년퇴직을 했으니 아직은 뚜렷이 할 일이 없는 거지. 그렇지' 하면서 거리를 걸었다. 바닥에는 오와 열 맞춰 깔려 있는 '보도블록을 보면서 참 누가 깔았는지 잘도 깔았다. 까는 것도 기술이겠지' 하면서 길옆에 늘어서 있는 식당을 쳐다보며 어제 저녁 늦게까지 힘들었겠구나 하며 위로해 주고 싶기도 하고 더구나 술파는 주점을 볼 때면 입맛이 다셔지는 것이다. '아, 난 술을 못 마시지. 그렇구나'하며 지나가곤 했다. 나도 과거에는 얼마 지나지 않은 과거지만 술 무척 먹었었다. 술 잘 마시는 덕분에 지금은 씻을 수 없는 큰 병을 만나 힘들게 싸우고 있는 중이다. 그래서 이렇게 지금 등산을 하려고 하는 것이다. 이리 저리 보면서 걷다보니 어느덧 산 입구에 다다른 것이다.

시작이다. 올라가 보자. 한숨을 푹 내시고는 본격적인 등산을 시작했던 것이다. 핸드폰에 음악소리가 나오게 해 놓고 귀에다가는 이어폰을 꽂고 올라가기 시작을 했던 것이다. 주말이 아니라 평일이라 등산객은 그리 많지가 않아서 홀로 등산을 하기에는 무척이나 좋은 것이다. 건강이 좋지가 않아서 산 정상까지는 등산이 어렵고 해서 중간까지만 올라갔다 내려오기로 하고 열심히 등산을 했다. 햇살도 뜨겁고 힘도 들고 산을 오르다 보니 상의가 서서히 젖어오기 시작을 했다. 땀을 뻘뻘 흘리며 산 중턱을 돌아서 산에서 내려오면서 '산 밑에 아름답게 꾸며져 있는 공원 벤치에 앉아서 쉬자' 마음속으로 생각을 하며 부지런히 내려왔다. 내려오자마자 등산 가방부터 벗고 바람막이 등산화까지 벗으니 시원하고 가볍고 정말 기분이 날아갈 것 같은 만큼이나 좋았다. 준비해 가지고 간 물병을 꺼내서 꿀꺽꿀꺽 시원하게 마시고 핸드폰에서 흘러나오는 노래 소리를 들으며 잠시 휴식 시간을 가지기로 했다.

자, 오늘은 서점에 좀 가야겠다는 생각이 들었다. 서점은 정말 좋은 곳이다. 난 서점에 가는 것을 또 무척 좋아했다. 책 제목과 목차만 봐도 책 한 권을 다 읽은 것 같은 뿌듯함을 느낄 수가 있기 때문이다. 또 서점에 가면 괜히 부자가 된 것 같고 마음도 편안해지고 조용한 안식처가 된 것 같은 것 느낌 때문에 그런 것 같다. 땀도 식었고 힘도 충전이 됐다 싶어서 지하철을 타기로 하고 더위를 이기며 부지런히 역으로 갔다. 역 입구에서 갈등이 조금 생긴다. 계단을 걸을까, 에스컬레이터 탈까, 엘리베이터를 탈까. 요즘은 역들이 시설이 좋아져서 장애인들도 역을 이용하기가 예전같이 어렵지는 않은 거 같다. 나도 다리에 장애가 조금 있어 에스컬레이터를 타고 역 안으로 들어갔다. 신용카드로 탑승 승인을 받고 전철을 타고 목적지인 서점이 있는 역으로 가기 시작을 했다. 지하철 안에는 많은 사람들이 앉거나 서서 각자가 가고자 하는 곳으로 가고 있었다. 지하철이 정류장에 멈출 때마다 문이 열리면 타고 내린 사람들로 문 앞이 붐비곤 했었다.

지하철 안에 있는 사람들을 보면서 세상의 모든 것을 한 번에 보는 것 같은 생각이 들었다. 옷부터 시작을 해서 잠을 자고 있는 사람, 모자를 쓴 사람, 안 쓴 사람, 책을 보는 사람, 핸드폰에 취해 있는 사람, 들고 있는 가방도 신고 있는 신발 등도 가지각색으로 보이는 것이다. 그렇지만 가지각색에는 사람의 눈으로 직접 볼 수는 없지만 그 나름대로 서열 조직 규칙 같은 것이 존재하지 않을까 하는 생각도 했다. '아, 참으로 대단하다. 세상의 인간들이 사는 것이 이런 거구나' 했던 것이다. 복잡하고, 힘들고, 어지럽고, 허무하고, 행복하고, 기쁘고 등등 참으로 인간은 위대한 존재라고 말하고 싶어지는 것이다. 여러 생각 속에서 한 시간이 흐르고 어느덧 서점이 위치한 역에 멈춰서 지하철에서 내렸던 것이다. 가까운 거리라 걸어서 서점에 다다랐다. 문을 통과해서 들어서니 그 큰 서점에는 많은 사람들이 조용한 환경에서 책을 뒤적이고 책상 및 소파 등에 앉아서 책을 읽고 있었다.

나도 조용한 환경을 주시하며 서점 내부를 둘러보며 내가 찾고자 하는 책을 찾고자 열심히 움직였다. 마침내 내가 찾고자 하는 책을 발견을 했다. 난 소설, 전문적인 도서 등 그런 것보다 시나 내 자신을 정신적으로나 마음적으로 정리를 할 수 있게 도움을 줄 수 있는 책, 또는 내 마음속에 고이 간직하고 있는 속들을 어떻게 하면 정리를 잘할 수 있을까 하는 방법을 제시해 주는 책을 보고 싶었다. 기분 좋게 책을 구입하고 또 다른 책을 골라서 소파에 앉아서 책을 보면서 가방에 있는 빵을 꺼내서 허기를 조금이나마 채우고 집으로 돌아올 시간이 되어서 서점을 나섰다.

하늘에서 내려다보는 햇빛이 무섭기만 한 시간. '정말 뜨겁구나' 하는 생각이 절로 드는 것이다. 빠른 속도로 걸어서 지하철역으로 에스컬레이터를 타고 들어갔다. 시원하고 정신이 말끔해지는 곳, '지하철은 참 좋은 곳이구나' 하는 생각을 하면서 집으로 향하기 시작을 했었다. 역 출입구에서 신용카드로 요금을 정산하고 승차하는 곳으로 갔다. 역시 지하철을 이용하는 사람이 많았다. 북적, 복잡, 많은 사람들이 본인들이 가고자 하는 곳을 가기 위해서 지하철을 기다리고 있는 것이다. 드디어 지하철이 도착해서 차에 올랐다. 역시 올 때와 거의 같은 모습들이었다. 울긋불긋 가지각색 나 역시 같은 모습일 것이고 그렇게 사는 모습으로 세상은 흘러가는 것이겠지 하는 생각을 하며 내가 내리고자 하는 역에 지하철이 멈춰서 내렸다. 내리자마자 걱정. 덥다. 어떡하지. 신용카드로 요금 정산을 하고 밖으로 나왔다. 생각한 대로 하늘에서 뜨거운 햇빛이 나를 내려다보고 비웃는 것 같은 생각이 들었다. 나에게 '한번 당해 봐라'는 식으로 말이다. '아, 정말 덥다'라고 하면서 걸음은 어느새 빠르게 집 방향으로 걸어가고 있었다.

더위와 싸우며 부지런히 걸어서 아파트 정문을 거쳐서 나의 집 대문에 이르렀다. 열쇄를 열고 집으로 들어왔다. 찜통이다. 정말 더웠다. 우선 창문을 여고 선풍기부터 틀고 가방 정리 옷도 갈아입고 에어컨을 틀었다. 조금 있으니 시원해지니 살 것만 같았다. 열었던 창문을 닫고 텔레비전을 켜고 침대에 누워서 쉬는 시간을 갖기로 했었다. '야. 오늘 정말 덥구나' 혼잣말로 중얼거리며 텔레비전을 보고 있는데 또 저녁에 먹을 음식을 걱정할 시간이 온 것이다. 혼자서 먹는 거 아무렇게나 해서 먹으면 되지. 하지만 냉장고를 열어 봐도 먹을 것이 마땅치가 않은 것이다. 솔직히 말하면 없는 것이다. 그래서 가장 쉬운 거, 라면이었다. 쉬었더니 몸이 나른해져서 일어나기가 힘들고 모든 것이 싫어져 버린 시간대다. 억지로 일어나 저녁 먹을 시간도 되고 또 약을 먹어야 하기 때문에 꼭 챙겨 먹어야 하는 것도 있고 해서 저녁 먹을 준비를 시작했다.

라면을 끓여서 김치를 반찬으로 해서 저녁을 먹고 씻고 율무 땅콩이 같이 들어 있는 차를 물을 끓여서 타서 마셨다. 더워도 뜨거운 것은 나를 기분 좋게 하는 것 같다.

잠시 쉬었다가 오늘 일어난 일들을 메모 정리를 했다. 쉽게 말하면 일기를 쓰는 것이었다. 나는 1988년도 5월쯤부터 일기를 써 왔다. 처음 직장 생활을 시작할 때쯤이었다. 지금까지도 쓰고 있다. 적게는 두어 줄, 많이 쓸 때에는 반 장 정도 쓴다. 쓸 때마다 많고 적음이 있는 같다. 오늘도 하는 것 없이 어수선하고 힘들고 보람차지 못하지나 않았나, 반성도 해 보고 내일은 뭐 할까 생각도 해 보고 하루를 마무리하는 것으로 일기는 참 좋은 것 같다. 언제나 나의 마음에 양식을 쌓게 하는 것 같기에 꼭 쓰려고 한다. 이 글을 마치면서 하루 동안의 일들을 글로 표현한다는 것 정말 힘들고 어렵구나 하는 생각을 해 본다. 광수야, 수고했다, 라고 꼭 말하고 싶다.

4. 술의 끝판은 이랬다

술, 글자만 보아도 무척 다정해 보이고 아주 영원히 같이 할 것 같은 것으로 보이기도 한다. 술 정말 좋은 음식에는 틀림이 없는 것 같다. 건강을 위해 주고, 인간관계를 맺어 주고, 선후배 사이를 부드럽게 윤활작용도 해 주고, 부모 자식관계를 자연스럽게 대할 수 있게 해 주고, 살아가는 것에 있어 언제 어디서나 합이 잘 될 수 있게 해 주는 것이다. 그렇지만 잘못 마시면, 아니 많이 자주 마시다 보면 마시는 본인도 모르게 형편없는 사람으로 만들기도 하고 급기야 사람을 죽음에도 이르게까지 할 수 있는 재능을 가지고 있는 것이 술이라는 것이다.

술은 이렇다. 살 것인가, 죽을 것인가까지도 유무를 가릴 수 있게 할 만큼 아주 신기하기도 하고 의심이 많이 들어가는 음식 중에 한 가지이기도 하다는 것이다. 실제로 주변에서 들려오는 얘기를 들어 보면 "야. 그 사람 어제저녁에 죽었다고 하던데.", "뭐? 왜 그렇게 갑자기 죽었대?", "모르긴 해도 술을 아주 많이 먹어서 창자가 펑크가 났나." 하는 소리가 주변에서 들려온다. 어린이 때부터 농촌 동네에서 살다보면 주위 사람이 그것도 젊은 사람이 요절을 하게 되면 사람들이 흔히 "거 봐. 술을 그렇게도 매일 마시니 배가 참아내겠어. 딱하구먼." 하는 소리들을 많이 한다는 것이다. 그럴 정도로 술은 양에 맞게 잘 마시면 보약이 될 수도 있겠지만 과음을 하게 되면 사람을 영원히 돌아올 수 없는 곳으로 보내기도 하는 음식인 것이다.

내가 처음 술을 맞이하게 된 것은 초등학교에 다닐 때 어머니께서 술은 만들어서 광에다 보관할 때인 것 같다. 그때는 그랬다. 농촌에서 농사를 짓는데 바쁠 때에는 주변 동네 사람들을 불러서 같이 농사일을 하곤 했었다. 쉽게 말하면 품앗이라는 것을 했다. 그렇게 하게 되면 일하는 중간이나 점심 식사 후 또는 저녁 식사 후 일하던 동료들이 같이 모여서 술을 마시며 하루의 피로를 풀었다. 그래서 집에는 항상 술이라는 것이 광, 지금으로 말하면 창고에 있었다. 난 학교를 갔다 와서 어머님 몰래 창고에 들어가 술을 바가지에 담아서 마시고 했던 것이다. 어린놈이 어떻게 술맛을 알겠냐마는 술을 마셔 보면 쓴 것이 아니라 달짝지근해서 마시기가 좋았다. 어린 나이에도 홀짝홀짝 마시다가 술에 취해서 마당에 넘어지고 엄마한테 들켜서 혼쭐이 나기도 했었다. 그렇다고 자주 마시는 것은 아니고 호기심이 발동을 하면 마셨던 것 같다.

중학교 때의 일인데 2학년 때 수학여행을 갔는데 여행지에서 술을 마신 학생이 4명이 있었는데 그 4명 중 내가 한 명 이었다. 참으로 대단한 일이었다. 그렇다고 못되거나 부모님 속을 썩이거나 나쁘고 불량배 학생은 아니라는 것이다. 공부도 잘하고 친구들하고도 잘 어울리고 아주 착한 모범생이었다.

　고등학교 때에는 시내에서 하숙을 했었는데 그래도 술 같은 것은 마시지 않았던 것 같다. 한 번은 하숙집 방 한 칸을 보수를 하는데 흙을 몇 번 옮겨 드렸는데 하숙집 아주머니께서 술을 그것도 최고로 큰 걸 사다 주셨던 것이다. 먹지를 않고 보관만 하고 있었는데 앞집에서 하숙을 하던 다른 학교 학생이 놀러왔다가 술병을 따서 마시는 바람에 우리도 조금씩 마셔 보았던 것이다. 그때 하숙집에는 세 명의 하숙생이 있었고 고등하교 선생님 네 분이 같이 하숙을 하고 있었다. 그래서 우리는 마음대로 하지도 못하고 항상 조용히 지내야 했다. 그런데 앞집 하숙생이 와서 술을 마시는 바람에 우리가 술을 많이 먹는 학생으로 낙인이 찍혀서 오해를 받으며 생활을 하기도 했다.

　문제는 지금부터인 것 같다. 대학생이 되면서 자유롭고 즐기기가 쉽고 어디서라도 술을 마실 수 있는 상태이기 때문에 아주 편하고 자연스럽게 술을 접할 수가 있었다. 지금 생각을 해 봐도 술을 자주도 마시고 어떤 때에는 과음을 해서 고생을 했던 일들도 있었던 것 같다. 어느 날 자주 가던 음식점에서 친구와 같이 술을 마시는데 음식점 주인께서 "광수 학생, 술 좀 적게 마셔."라는 것이다. "네." 하고는 창피해서 자리에서 일어났던 일이 생각이 난다. 얼마나 마셨기에 음식점 주인이 그렇게 말씀을 하실까? 내 자신이 한심하다는 것을 알게 된 사건이었다. 대학생일 때는 술을 마시려면 가장 문제가 되는 것이 돈이었다. 그러다 보니 사정상 술을 많이는 마시지 못했다.

　다음은 군대 생활을 할 때다. 졸병일 때는 거의 마시지를 못했던 것 같고 선임 상병이 돼서야 그런대로 어느 정도 기분 좋게 술을 마셨다. 부대 회식이 있거나 스릴 넘치는 밤 보초 근무 시에 마셨다. 낮에 근무하면서 군대슈퍼 쉽게 말하면 PX라는 곳에 가서 술을 사 가지고 부대 내 찾기 쉬운 곳에 미리 던져 놓고 점호가 끝나고 초소로 갈 때 가져가서 마셨다. 많이도 했던 것 같았다.

　술 직장 생활을 하면서 꾸준히 계속해서 마셨었다. 기분이 나빠서, 좋아서, 축하를 하기 위해서. 하여튼 간에 이런저런 이유로 엄청 많이 마셨다. 사원일 때에는 입사 동기들과 주로 마셨었다. 상사 흉보고, 회사에 욕하고, 이래저래 참으로 많이도 마셨었다. 문제는 술을 마시면 그다음 날 출근을 못하거나 지각도 여러 명이 하곤 했었다는 것이다. 아무리 술을 마셔도 출근을 안 하면 큰일이라도 날까 하는 생각에 출근만큼은 아주 철두철미한 나였었다.

　드디어 문제가 발생됐다. 아침에 출근을 해서 인원을 파악하는데 출근을 못한 직원이 있었다. 그게 바로 어제 같이 술을 마신 직원인 것이다. 부장님 말씀 "○○, 씨 어제 같이 술 마시지 않았나." 하시는 것이다. "네, 같이 마셨습니다." "그런데 출근을 못 하는 사람은 뭐냐." 하는 것이다. "자네는 술이 센가. 잘 마셔서 자네가 동료들을 데리고 다니면서 술을 마시게 하고 즐긴다면서." "아닙니다. 너 시말서 써 와. 술 마시고 다음 날 동료가 출근을 못 하게 되면 책임을 진다고. 알았나." 그래서 회사 입사해서 시말서라는 것을 처음으로 작성 제출해 봤다. 그 뒤로도 술 마시고 못 나오는 사람은 그때 그 사람이었다. 정신적으로 약간의 문제가 있는 사람이 아닌가 하는 생각이 들 정도로 좋지가 않았던 사람이었다. 직급을 달면서는 사원 때보다 더 마신 것 같다. 중간 관리자 모임, 부서 직원들과 회식, 여러 가지 이유로 참으로 술을 많이 마셨던 것 같다. 간부가 돼서는 간부 회식, 간부모임, 부서회식, 타 부서 초청으로 이런저런 이유로 즐겁게 술을 많이도 먹고 지낸 것 같다. 임원이 돼서는 집안 사정으로 회사 근처로 주거지를 옮겨서 자취를 했는데 홀가분한 기분으로 술을 마셨던 것이다. 밖에서 술을 마시고 집으로 들어오면서 술을 또 사서 들고 들어와 혼자서 마시곤 했던 것이다. 주말에는 집 근처 사람들과 어울려 낮부터 술을 미시곤 했었다.

시간이 지날수록 마시는 술의 양도 늘어나고, 자주 마시고, 밖에서 마시지 않으면 집에서라도 혼자서 술을 마시곤 했었다. 집에서 마신 술병이 너무나 많아서 집 주인 보기도 창피해서 밤늦게 몰래 술병을 버리기까지 했던 날이 많았다. 그러니까 술과 한 몸이 되어 생활을 했다. 어떤 날은 아침에 일어나 출근을 하면서 25시 판매점에서 술을 사서 마시고 점심때 식사하면서 또 마시고 퇴근 하면서 또 마시고 하루 종일 술을 마시고 했다. 다행인 것은 많이는 마시지 않는다는 것이다. 회사에서 별

명이 마징가 제트였었다. 그렇게 술을 마셔도 결근 같은 거 한 번도 안 하고 회사를 다닌다는 것 때문에 붙여진 별명이었다.

술. 자랑스럽게 으스대며 마시던 것이 지금은 나로 하여금 돌이킬 수 없는 곳까지 몰고 와 현재는 시한부 생활을 하고 있다. 어느 날, 아들이 집으로 와서 아들 차량을 이용해서 어디를 가려고 차에 오르는데 갑자기 다리가 힘이 없고 풀려서 억지로 차에 탔던 것이다. 그리고 횡단보도를 건너다 도로가 평탄하지 않고 울퉁불퉁하면 넘어지기까지 했다. 지인의 소개로 한약을 먹었는데 다리에 힘이 없는 상황이 진전은 없고 더 심해지는 것이다.

그러던 중 회사 사무실 건물이 4층이었는데 계단을 오르고 내리기가 벅차다는 것을 알게 되었다. 그렇게 하루 이틀 지나고 있는데 회사가 매년 건강 검진을 받는 병원 소화기 내과에서 전화가 왔다. 몸이 안 좋으니 병원으로 와서 검사를 받아야 한다는 것이다. 그길로 병원생활을 시작해서 장장 1년 1개월 20일을 했으며 최종적으로 남게 된 것은 시한부 인생의 혈액 투석을 해야 하는 환자가 되었다.

그렇게 좋고 즐겁게 만들고 인생의 희락을 많이 안겨 준 술인데 결과적으로 이렇게까지 되었으니 그냥 허무할 뿐이라고 할 수가 있다. 관리를 잘 하면은 건강하게 생활을 할 수가 있다고 하니 의사 선생님을 말씀을 잘 듣고 열심히 살아가리라 마음속으로 굳게 다짐을 한다. 나 자신에게 아주 많이 미안하다고 꼭 말하고 싶다.

　술 맛있는 음식이지만 과하지

　않게 먹어야 한다

　술이 훌륭한 인생의 동반자가

　될지는 모르지만

　술 안에 숨겨져 있는 물질들이

　나를 힘들게 하기도 한다

　언제나 우리 몸은 우리가 보살퍼야

　한다는 생각을 가지고

　술과 아름다운 동반자가 되었으면

　좋겠다

　명심하자 과욕은 화를 부른다는

　것을 술 적당히 마시자

5. 시간의 노예가 되어 버린 인생 길

이 세상의 지구상에 생존하고 있는 모든 사물들은 사람이건 동물이건 잡초건 시간의 노예가 되어서 살아가는 것 같다. 시간이라는 것은 언제나 모든 사물들 앞에서 이루어진다. 사람은 태어나서 시간이라는 것에 우선적으로 적용을 당한다. 쉽게 말하면 내가 태어난 곳 동사무소나 면사무소에 가서 등기부란 서류를 발급을 받아 보면 ○○○ 누구 몇 년 며칠 몇 시에 어느 곳에서 태어났다는 글자가 쓰여 있다는 것을 알 수가 있다. 이렇듯이 인간도 세상에 태어나자마자 시간이라는 것에 의해서 태어남을 남들에게 알리게 되는 것이며 시간의 노예가 되기를 시작하는 것이기도 하다. 시간이라는 것은 어디서나 인간의 세계에 붙어서 존재가치를 알리는 것 같다.

사람이 아침에 일어나는 것도 시간의 지시를 받고 일어나는 것 같다. 내일 몇 시에 일어나야겠다라며 시계에 일어나는 시간을 맞추고 잠을 자면 틀림없이 그 시간에 더 잘 수도 없게 잠에서 일어나게 하는 것이다. 더 자려면 초인종을 눌러야 하기 때문에 어쨌든 일어나야 한다.

인간이라면 하루의 일과를 시작하기 위해선 아침밥을 먹어야 든든해서 시작하기가 좋다고 한다. 밥을 하려고 해 보자. 쌀을 씻고 밥솥에 쌀을 안치면 인간은 또 밥솥에 장치되어 있는 시계에 시간을 맞추게 된다는 것이다. 시간을 맞추지 않으면 절대로 밥을 할 수가 없다는 것이다.

　이거 얼마나 비참한 일인가. 시간이라는 것이 이렇게도 사람을 가만히 놔두지 않고 지배를 하고 있으니 말이다. 자, 어디를 가려고 한다. 가려면 몇 시까지 가야 하나 우선적으로 알아보아야 한다. 어, 그래. 그 시간까지 또 여기서 인간은 시간의 지배를 받는다. 그 시간, 약속 시간까지 어쨌든 가야 하기 때문에 지배를 받는 것이라고 할 수 있다. 시간에 맞추어 만나는 장소에 도착했다. 지금 몇 시지. "어. 몇 시네. 잘 왔네." 이렇듯이 마지막까지 시간의 지배를 받는다. 사람이 세상을 살아가려면 기다리는 시간도 아주 가까이에서 존재를 한다. 사람을 싣고 다니는 자동차들이 그렇다. 기차, 버스, 택시, 비행기, 배 등등. 이 모든 것은 언제나 시간을 기다려야 한다.

　출발 시간, 도착 시간이 그렇다는 것이다. 세상을 살다 보면 인간관계를 유지함에 있어 약속 시간이라는 것이 있다. 약속 시간, 사람으로 하여금 들뜨게 하고 기다리게 하고 조바심을 나게 하기도 한다. 우선 만나야 할 시간을 정한다. 서로는 만나기로 약속한 시간을 지키기 위해 열심히 움직이게 된다. 드디어 약속 시간에 맞춰서 만날 장소에 도착을 했다. 그런데 상대방은 아직까지도 만날 장소에 도착을 하지 않았다. 기다려야 한다. 이런 시간이 그 나쁜 코리아 타임이라는 것이 아닌가 하는 생각을 해 본다. 상대방이 도착을 했다. 서로는 또 시간의 지배 속에서 대화를 나누고 헤어진다는 것이다. 세상의 모든 만물들도 시간의 지배를 받는다.

우선 운동 경기를 보자. 경기마다 시간이 정해져 있다. 선수들은 주어진 시간 내에 이기든 지든 결정을 보아야 하는데 역시 시간이 한정되어 있어 죽을 만큼 열심히 경기를 하게 된다. 사람도 태어나서 죽는 날까지도 시간이라는 것이 존재를 한다. 우리 주변에서 간간히 들려오는 푸념 소리 중에 이런 말도 있다. 부모님께서 무척 편찮으셨는데 갑자기 돌아가실 때가 됐다고 하자 주변 사람들 한마디씩 하는 말이다. 죽음은 시간을 기다리지 않는다.

자식들 또한 효도를 하고 싶어도 더 이상 시간이 허락을 하지 않는다는 것이다. 이처럼 시간이라는 것이 야속할 때도 있다. 땅 속에서 새싹이 돋아나는 잡초들 또한 시들어 망가질 때까지의 시간이 존재한다는 것, 동물도 마찬가지인 것이다. 생명이 존재하는 동안은 시간이 같이한다는 것이다. 이러하듯이 시간이라는 것은 이 세상에 언제 어디서나 존재를 하는 것이며 시작과 끝과도 같은 맥락인 것이 아닐 듯싶다.

시간이 이 세상을 살아가는 모든 만물들, 생명체들에게 필수불가결한 것이라면 틀림없이 언제나 꼭 지켜야 하는 사명이기도 하며 어길 수도 없는 것이기에 만물들이 지키기 힘도 들고 어렵기도 하지만 어쩔 수 없이 지켜야 하는 것이 시간이다. 영원히 잊어서는 안 되는 것이라고 말할 수 있다. 인생을 살아가면서 삶의 일부분으로 되어 있는 시간. 어떠한 일이 있어도 잘 지키며 생활화가 정착을 했으면 좋겠다는 생각을 하며 나에게 주어진 시간을 다 사용을 했기에 마쳐야 할 것 같다.

시간이라는 것은 우리들로 하여금

만남의 약속을 지키게 해 주는 것

남들에게 피해를 주지 않게 미리

우리에게 알려 주는 것

시간이라는 것 나의 곁에서 언제나

나를 지켜 주는 것

시간 우리가 살아가는 데 없어서는

아니 될 사명과 같은 것

언제 어디서나 우리를 힘들게 하고

기쁨을 안겨 주기도 하는 것

6. 보고 싶다, 친구 하숙생 동반자 성창아

친구야, 보고 싶다. 누구보다도 열심히 살았던 너 오늘따라 왜 이리 보고 싶은지 모르겠다. 정말로 좋았던 친구, 법 없이도 살아갈 수 있는 사람. 마음이 아주 여린 사람. 왜 그런 너 왜 그리 빨리도 다시는 돌아올 수 없는 길을 재촉했는지 너무나 슬프고 눈물이 난다.

그러니까 아주 먼 옛날이지. 1990년 말 고등학교 다닐 때 너, 나, 영필 3인은 삼이일체란 친목을 만들어 의형제를 맺었지. 우리 세 명은 학교에 다닐 때 한집에서 하숙을 했던 친구이자 같은 학교를 다녔고 같은 학년이었었고 너는 늘 공부도 잘했으며 우등생이고 아주 착한 학생이었었지. 모든 선생님들께서도 좋아하고 많은 학생들의 귀감이 될 만큼 여러모로 모범생이었고 내가 이번 달에는 일등을 해야겠다고 공부를 하면 정말로 일등을 하곤 했던 것으로 기억이 난단다. 그것도 반에서가 아니라 전교에서 일등을 했었던 것이지. 그랬던 너. 내가 몸이 좋지 않아서 병원의 신세를 지고 있을 때 영필이 한데 비보의 소식을 들었었고. 소식을 듣고 멘붕에 잠시 머물렀지만 깨달은 것도 있었단다. 흡연이 문제이긴 하구나. 그렇게 담배를 피우더니 안타깝다. 어떻게 폐암. 한심한 내 친구. 지금 있는 곳에서라도 금연하고 깨끗하고 행복한 저승에서의 생활이 되었으면 한다. 정말 보고 싶다. 친구야.

우리 세 명은 모두 시골에서 중학교를 졸업하고 그래도 유학이란 유
명세를 타며 고등학교를 도시로 올라와서 다니게 되었던 친구들이었
다. 너는 전교 일등, 영필 상위권, 나는 좀 부진했지. 그래도 우리 세 명
은 열심히 공부하고 모범생에 속했던 학생이었다. 세 명이 어쩌다 같은
하숙집에서 하숙을 하게 되었는데 그때쯤 영화 〈12인의 하숙생〉이란
영화가 한참 인기를 끌고 있을 쯤이었던 것으로 기억을 한다. 같이 하숙
을 할 때 가만히 생각해 보면 좋은 점, 싫은 점, 두 가지가 있었는데 좋
은 점은 같은 하숙집에 고등학교 선생님 네 분이 같이 하숙을 해서 공부
를 다른 친구들보다 더 열심히 할 수밖에 없었던 환경으로 하여금 성적
이 좋았다는 것이고, 싫은 점은 선생님들 감시 아닌 감시로 개인적인 활
동에 여러 가지로 제약을 받았다는 것이었다. 우리 학교 선생님이 세 분
이고 여자 고등학교 선생님이 한 분이었다.

하숙집에 여선생님이 한 분이 계셨는데 학교 총각인 선생님들께서
자주 놀러 오시는 바람에 우리는 감시 아닌 감시를 더 받았던 것이 정말
기가 막히고 힘들었던 기억이 난다. 다행인 것은 우리 세 명 다 착한 학
생이었다는 것. 그래서 그나마 아무 사고 없이 선생님들과 한집에서 하
숙생활을 잘할 수 있었던 기억이 생생하단다. 선생들도 보면 우리 학교
선생님 중 국어 선생님, 지학 선생님, 불어 선생님이었고 여자 고등학교

선생님은 수학 선생님. 수학 선생님은 탤런트 김진해가 내 친구라고 이따금씩 우리를 보시며 자랑을 하곤 했었다. 하여간에 즐겁고 힘들고 어려운 고등학생 시절의 하숙생활은 그런 환경 속에서 이어지곤 했었다.

한번은 이런 일도 있었던 것으로 기억을 하는데 하숙집 방 한 칸을 수리를 했는데 하숙집 아주머니의 부탁을 받고 짐수레로 서너 번 흙을 담아서 외곽에다 버리는 작업을 했다. 작업이 끝나고 방에서 쉬고 있는데 아주머님께서 불러서 가 보니 소주 아주 큰 거, 쉽게 말하면 대병 한 병을 사서 수고 했으니 마시라고 주셨다. 정말 좋아서 웃었지만 황당하기도 했었다. '우리가 술을 그렇게도 많이 마셨나? 아닌데' 하며 일단 술병을 받아서 방에다 두고 마시지는 않았었던 것으로 기억이 생생하다. 그런데 사고가 발생했다. 우리 하숙집 옆집에서 하숙을 했던 동일이라는 친구가 우리 하숙집에 놀러왔다가 술병을 보고 잠깐 어수선한 순간에 뚜껑을 땄다. 얼떨결에 우리는 같이 술을 마시게 되었던 것이다. 그래도 다는 마시지 않고 남겨 두었는데 그 친구 자주 놀러 와서 어느새 술병을 전부다 비웠던 것이다. 다 마신 빈병을 밖에다 내다 놓았는데 아주머니께서 잘 마셨구나, 하시는 것이다. 그때부터 본의 아니게 술 잘 마시는 학생들로 되어 버렸던 것으로 기억이 난다. 그것도 아주 많이 마시는 학생들로.

우리가 하숙을 했던 곳에는 남자 고등학교 두 곳, 여자 고등학교 한 곳이 가까이에 있었는데 그러다 보니 학교 주변에는 하숙집이 많았다. 또한 스스로 식생활을 해결하는 자취를 하는 학생들도 있었다. 한, 하숙집에 서너 명씩 하숙을 하니 주변에 하숙하는 학생 및 자취하는 학생들도 넘쳐 났던 것으로 기억이 난다. 그러므로 웃기는 일도 많고 사고도 더러 발생하는 일들도 있곤 했다. 각 다른 학교 학생들과 싸우는 일들이다. 자취생들 중에는 연탄가스에 중독이 되어 사망하는 사고까지 아주 다양한 사건 사고가 발생되는 하숙 자취촌이었다.

하숙을 하다 하숙비를 올려 달라는 말을 듣게 되면 저렴한 하숙집을 찾아서 이사를 하곤 했는데 이사 방법이 정해져 있는 것처럼 이사 짐을 짐수레에다 실은 방법도 그랬던 것 같다. 짐수레에다 책상을 하나는 똑바로 놓고 그 위에다 다른 하나를 엎어서 놓고 양쪽에 책꽂이를 놓고 책상 위에는 침구류를 올려서 바로 묶으면 아주 잘 만들어진 이삿짐이 되었던 것이었다. 잘 정리된 짐수레를 앞에서 끌고 뒤에서 밀며 이사할 하숙집으로 이동을 했던 것이 아직도 생생한 기억이 난다다. 그러니 삼 년 동안 하숙을 하면서 아주 여러 번 하숙집을 옮겨 다녔던 것 같다. 또 하숙집의 하숙비는 혼자서 사용하는 독방은 조금 비싸고 둘이 사용하는 하숙방은 좀 저렴했었다.

하숙집 몇 곳을 들여다보면 정말 〈12인의 하숙집〉 같은 곳에서 생활을 했던 적도 있었다. 남학생 12명, 여학생 4명, 하숙집 딸 2명 넘치고 넘었던 하숙생들 그중에서도 우리가 고학년이라 모두가 형이라 부르며 따랐던 기억이 난다. 일요일 학교에 가서 축구도 하고 시험 철이 되면 공부하는 분위기도 만들어서 시험을 잘 볼 수 있게 했던 일들 여러 가지로 많은 이들이 생각이 난다. 특이한 것은 처음 하숙집에 들어갔을 때 하숙집 주인인 아저씨께서 교육을 시키던 일 우리 집에는 이런 학교 저런 학교 학생들이 하숙을 하고 있고 특히 여학생들도 있으니 항상 조심을 해야 한다는 것이었다.

가장 멋있는 하숙 생활은 바로 너, 성창, 자네가 했던 하숙 생활이 생각이 난다. 같은 반 동급생이었는데 부모님은 의사였던 것 같았고 아들이 공부를 못하니 너를 가정교사로 집에 들어와 살라고 해서 같은 학년 집에 들어가 하숙을 했던 일. 우리는 그 당시 네가 얼마나 부러웠는지. 그러나 멀지 않아서 부러워했던 현상은 깨끗이 깨졌다. 늘 행복할 것 같았던 하숙 생활은 어렵고 힘들고 정신적으로 많은 부담을 느끼게 되었고 그러다 그 하숙집에 들어간 것을 후회하게 되었다. 그렇게 하루라도 그 하숙집에서 빨리 나왔으면 좋겠다고 생각하게 됐다. 행복에 겨워서 그런 건지 정말 어렵고 힘들어서 그런 건지 참으로 안타까운 일들도 있었다. 그래도 가장 추억에 남는 것은 선생님들과 같은 하숙집에서 하던 때, 제일 즐겁고 행복했던 하숙 생활이 아니었던가 하는 생각을 해 본다.

고등학교 졸업을 하고 각자 본인이 원하던 원하지 않던 대학교에 입학을 했다. 특히 성창, 너는 대학교 특대생 전액 장학금 받는 학생이었다. 그러나 집안의 가난으로 하숙비 등의 문제로 하교를 자퇴하고 공무원 공부를 해서 그 어려운 법원 공무원이 되었다. 참 머리는 아주 뛰어난 친구였다. 네가 근무하던 시내 근교 호수에 놀러 가면 주변에 "나 주임님 오셨습니까." 하며 인사도 하고 맥주도 드시라고 주시던 사람들의 그 장면을 보고 법원에 근무하는 것 대단하구나, 하고 영필과 나는 놀라곤 했었다. 참 멋지고 정말 좋은 친구였는데 막상 이렇게 되고 보니 인생살이가 너무나 무심하고 안타깝다는 생각뿐이다. 어쨌든 다시는 돌아올 수 없는 길은 너 자신이 선택해서 갔으니 이왕에 그곳에서 생활을 할 것이라면 금연하고 건강한 몸으로 행복하게 살길 바란다. 언젠 다시 만날 날이 있겠지. 그날을 약속하자. 잘 있게나.

내 핸드폰에서 너의 번호가 지워진 그날

생각이 난다 아득하지도 않고 아주 가까이 있었던 일이

병상에서 너의 비보를 듣고 소리 죽여 울먹였던 나

내 핸드폰에 너의 핸드폰 번호를 숨죽이며 지우며

소리 내여 울지 못하고 울었던 나의 마음이 미워진다

먼저 가겠다는 소리 소문도 없이 내 곁을 떠난 너

언제가도 갈 길이지만 왜 그리 빨리 가려고 했는지

한번 가면 다시는 돌아올 수 없는 길! 알고나 갔는지

이제 다시는 돌이킬 수 없는 우리 인생의 길이기에

먼저 간 그곳에서 새로운 세상을 만나 마음 편하게

다시는 그런 아픔을 몸에 지니지 말고 잘 살길 바라내

지금은 외롭겠지만 나와 다시 만날 날을 기다리게나

그리운 친구야 지금 이 시간에 네가 너무 그립구나

7. 이런 말은 하지 말자

사람이 세상을 살아가려면 엄청 많은 말을 하게 되는데 제발 이런 말들은 안 하고 살았으면 너무나 좋을 것 같다는 생각을 계속 하게 된다. 분명하지도 않고 불투명한 말들을 해서 상대방을 화나게 하고 싸움까지도 하는 수가 있다.

누가 그러더라. 정말 화가 난다. 정확하지도 않을 뿐 아니라 아주 듣기가 거북한 말 왜 이런 말을 하면서 살아가는지 모르겠다. 이런 말은 사람들 간에 어깃장을 낳게 하고 불편하며 더 나아가 싸움을 부추기까지 할 수 있는 말이다. 사람이 서로 의견이 맞지 않아서 다투고 있다고 생각을 해 보자. 서로 잘났다고 말을 많이들 하고 있는데 갑자기 한쪽 편에서 '누가 그러더라'라고 말을 하게 되면 반대편에서는 누가 하면서 더 짜증을 내고 더 많은 말을 더 큰소리로 하게 될 거다. 그렇게 되면 말하는 음성도 커지고 말도 빨라지며 더 안 좋은 일이 발생되어 큰 싸움도 될 수가 있다. 이렇듯이 무분별한 말은 아예 하지 않는 것이 일상생활을 하는데 무척 좋을 것 같다는 생각을 한다.

"아마 그럴 거야." 일어나지도 않고 일어날지도 모르는 예측 같은 말도 사용을 하지 않았으면 좋겠다. 이런 말은 사람으로 하여금 큰 기대감에 취하게 만들고 또한 취한 만큼 실망도 커서 사람을 허무하게 만들어 맥 빠지게 하기 때문에 사용을 하지 않아야 할 것 같다. 아마 그럴 거야, 했는데 그렇게 되면 아주 기분도 좋고 날아갈 것 같겠지만 "그럴 거야." 했는데 안 되기라도 하면 어떻게 되는지 생각해 보자. 좋겠지만보다는 모르긴 해도 안 될 때가 더 크게 실망스럽고 억울하며 하늘이 무너질 것 같은 마음까지 들 것이다.

또 이런 말을 생각해 보자. 누가 봤다고 하더라. 우선 누가. 누가가 누구란 말인가 정확한 것이 아니며 듣는 사람으로 하여금 화가 나게 만드는 것이기에 사용을 하지 말았으면 더 좋은 대화가 될 것 같다는 생각을 해 본다. "봤다고 하더라."보다는 "봤대요."가 더 듣기가 좋고 좀 더 정확한 말이 아닐지. 말이라는 것은 언제 어디서나 하게 되는 것이지만 항상 조심해야 한다. 말 한마디에 천 냥 빚을 갚는다고 하지 않았나. 서로가 말을 할 때도 신중하고 남이 들어서 화나지 않게 하는 것이 좋을 것 같다는 생각을 해 본다.

설마라는 말도 있다. 우리가 살아가면서 자주 사용하는 말 중 하나인데 정말 큰일을 일으킬 수 있는 말인 것 같지 않은지. "설마 그러려고.", "설마 그럴까.", "설마 그렇게까지.", "에이, 설마." 사람이 살아가면서 흔히 사용하는 말이지만 모두가 진정성이 없어 보이고 예측만을 늘어놓는 말들로서 항상 위험이 주변에 깔려 있는 말이라는 것은 누구나 알 수가 있을 것 같다는 생각이 든다.

이렇게 생각을 해 보자. 조직사회에서 윗사람이 밑에 사람에게 무엇인가를 물었다고 해 보자.

그러면 대답을 이런 식으로 했다면 어떻게 될까. 이런 식으로 대답하면 "네. 물어보니까 누가 그러던데요. 아마 그럴 것 같다고 하던데요. 에이, 설마 그러려고요. 그럴 리가 있겠습니까?" 이렇게 대답을 하게 되면 윗사람이 어떻게 받아들이며 무슨 생각을 하게 될까. 모르긴 해도 시말서가 아니면 해고까지 갈지도 모르는 상황이 벌어질 수도 있다.

보통 이런 말들은 사람들이 다투는 과정에서 화가 많이 나면 본인이 해결을 못 하고 우선 이기려는 심리로 갖다가 붙이는 말이 아닌가 하는 생각을 하지만서도 어떻게 생각해 보면 서로 상대방에게 더 큰 상처를 줄 뿐 아니라 결론적으로는 본인도 본인의 인격을 깎아내리는 것이라 잘 생각하면서 사용을 했으면 좋겠다는 생각을 해 본다.

이런 말들은 정확하고 위치에 맞는 말들이 아니기에 조심해야 하며 거짓말을 하면 거짓말을 감추기 위해서 또 거짓말을 해서 더 커지고 커지면 감당을 못하게 되듯이 항상 조심해서 말을 해야 할 것 같다는 생각을 해 본다. 그렇게 되면 상대방과의 대화도 부드럽게 잘 될 수가 있을 것 같고 서로 오해도 쉽게 풀 수가 있어 좋은 대화의 환경도 만들어질 것 같다.

나는 이런 글을 항상 생각한다

말은 언제나 하는 것이지만
중요하면서도 조심해야 한다
명심하자

8. 왜 이리 눈물이 날까

요즘에 왜 이렇게 눈물이 많아졌는지 알 수가 없다.

오늘의 눈물 역사를 알아보자. 아마 모르긴 해도 엄마 배 속에서 밝은 미지의 세상으로 나올 때 너무나 기뻐서 울었을 때가 최초로 흘렸던 눈물이 아니었나 하는 생각을 해 본다. 그리고 성장해 오면서 애기일 때는 배가 고파서 먹을 것을 달라고 울었을 것이고 요구사항이 있는데 들어주지 않으면 울음으로 요구 사항을 들어주게 떼를 쓰지 않았나 하는 생각을 해 본다. 학창 시절로 돌아가서 울음의 역사를 생각해 보자면 초등학교, 지금으로 말하면 초등학교 때인 것 같다. 지금 생각을 해도 졸업식 날 많이는 아니지만 그래도 졸업이라는 것이 마음을 약하게 만들어서 아쉬움 속에서 눈물을 조금이지만 흘렸던 것 같다. 그리고는 중등학교 대학교 졸업 때에는 슬프다, 아쉽다는 생각을 할 것도 없이 한 방울의 눈물을 흘리지 않았었던 같다. 울었던 기억이 나지 않는다.

울었던 것은 중학교 2학년 때 할머니께서 돌아가셨을 때 눈물을 흘렸던 것 같다. 그리고 1983년 6월 13일 군대에 입대를 하던 날이었던 것 같다. 아침부터 비가 왔는데 아침을 먹고 옷을 간편한 것으로 입고 집을 나설 때 툇마루 끝에서 아들이 군대에 가는 모습을 보고 붉어지는 아버지, 어머니의 눈시울을 보면서 겉으로는 못 하고 마음속으로 울었던 기억이 난다.

　힘든 군대 생활을 무사히 마치고 전역하는 날 부대 동료 장병들과 이별을 하면서 입영소를 떠나올 때 많이 울었던 기억이 난다. 헤어진다는 슬픔과 홀가분한 마음 고향으로 간다는 생각에 너무나 많이 울었던 것 같다.

　그리고 직장 생활을 할 때에는 눈물을 흘린 기억이 별로 없는 것 같다. 부모님께서 돌아가셨을 때 그때뿐인 것 같다.

　직장 생활 끝 무렵에 몸이 아파서 병원에 입원을 해서 삶과 죽음의 경계선에서 사투를 벌일 때 많이 울었던 것 같다. 1년 1개월 22일 동안 병원에서 입원을 해 생활을 했으니 참으로 힘들고 아찔했던 순간도 많았었던 기억이 난다. 중환자실에 있어서 나는 모르지만 나중에 자식들한테 얘기를 들어보니 의사 선생님이 자식들보고 아버님이 오늘은 넘기기 힘들다고 해서 자식도 울고 식구들도 많이 울었다고 하는 것이 아닌가! 이 말을 듣고 눈물이 흘렀다는 것이다. 병원에 입원을 해서 침대체로 대학병원으로 전원을 갈 때 생각지도 않던 여동생이 와서 소리를 내지는 못하고 속으로 머리를 돌려서 두 눈으로 눈물을 흘렸던 생각이 지금도 눈에 선하다는 것이다. 왜 그리 슬펐는지 죽기 싫어서 대학병원으로 가는 길목에서 만난 동생이 너무나 반갑고 고맙고 해서 눈물이 났던 것 같다. 내가 병원에 입원할 당시에는 코로나 때문에 병실에는 의료진,

의사, 간호사, 간호조무사만 들어올 수 있었고 가족들조차도 면회라는 것이 불허했던 시기라 병실에서 혼자서 사투를 벌이던 때이기에 동생을 보는 순간 더 많은 눈물이 났던 것 같다.

그런데 지금 병원생활을 끝내고 또한 직장도 정년으로 퇴직을 한 지금 무엇 때문에 그렇게도 눈물이 나는지 세월의 흐름이 무서워서 그럴지도 모르지만 어쨌든 눈물이 잘 난다.

지금까지 살아온 과거를 돌아보고도 울고 대화를 나누다가도 슬퍼서 울고 혼자서 텔레비전을 보다가도 슬픈 장면이나 감동적인 장면이 나오면 울게 되고 왜 그렇게 눈물이 나는지 알 수가 없다.

어떨 때에는 나도 모르게 소리를 내어서 울 때도 있다는 것이다 그것도 혼자 있으면서 말이다. 대인관계에서 윗사람에게 칭찬을 들었을 때 아래 사람에게 대단하십니다는 말을 들었을 때 행복한 웃음을 지어도 되는데 눈물이 난다.

또 내가 알려 준 일들을 아무 사고 없이 처리를 하는 직장 동료를 볼 때도 장하다 하면서도 난 속으로 감정에 눈물을 흘리곤 한다. 산을 좋아해서 산에 오를 때 정상까지 가는 길목에서 타인이 "어르신, 제 손 잡으세요." 하고 손을 내밀 때 왜 그리 고맙고 감정이 북받치는지 머리를 옆으로 돌리고 속으로 또 눈물을 흘렸다. 또 이런 생각으로 벌써 내 나이가 어르신이란 말을 들을 만큼 되어 버렸나, 하는 세월의 흐름이 억울해서 서러운 생각에 눈물이 났을지도 모르는 일인 것 같다.

　남자는 나이를 먹을수록 마음이 약해지는 성향이 있어서 많이들 운다고 하는데 나 자신도 그런 것이 아닌가 하는 생각을 하게 된다. 가족들과 이야기를 하다가도 눈물을 흘려서 주변을 어리둥절하게 만드는 적도 여러 번 있었던 것 같다. 그럴 때면 내가 왜 이러지 마음이 이렇게 약해졌나! 남들 보기에도 강했던 사람이었는데 말이다. 잘은 모르지만 가지 않았으면 하는 세월의 흐름 속에서 더욱 마음이 약해서 그런 것이 아닌가 하는 생각이 든다.

　마지막으로 아들이 군대에 입대할 때 또 눈물을 많이 흘렸던 것 같다. 아들이 군에 입대하는 날 4인 가족, 처, 아들, 딸 그리고 나 이렇게 4명이 차를 운전을 해서 군대 입대할 장소로 갔다. 군부대 근처에서 점심을 먹고 시간이 되어서 군대 연병장에 입대할 예비 군 장병들이 집합을 하고 부대장의 연설을 듣고 마지막으로 부모님들께 인사할 때 속으로 '울지 말자' 하며 꾹 참았던 눈물이 터져서 혼쭐이 났다. 처, 딸이 보는 앞에서 엄마, 동생은 안 우는데 아빠라는 남자가 눈물을 흘리고 있으니 말이다. 창피하지만 어쩔 수가 없었다. 왜 울었냐고 물어 온다면 내가 겪었던 군대 생활 자식이 또 같은 환경에서 겪어야 한다는 생각이 들어서 눈물을 흘렸던 것 같다. 내가 군대생활을 할 때와는 편안한 군대생활이 된다고 해도 군대는 군대인 것이기에 진정 걱정이 되어서 눈물을 흘렸던 것 같다.

　앞으로 이 세상을 살면서 얼마나 많은 눈물을 흘릴지 모르지만 슬픔에 눈물보다는 기쁨에 눈물이 더 많았으며 행복할 것 같다는 생각을 해 본다.

　이러하든 사람의 인생이란 눈물로 시작하여 눈물로 끝을 맺는 것이 아닌가 하는 생각이 든다. 부모님 배속에서 나오자마자 눈물을 흘렸고 죽음이 다가오면 아쉬움 속에 눈물을 흘리게 되는 것이 아닌가 하는 생각을 한다. 눈물은 인생의 시작과 끝을 대변하는 것이라고 말하고 싶다. 이왕 흘리는 눈물 억지로 막지 말고 피하지도 말고 소리 내어 시원하게 울고 떠나는 것이 어떨는지!

두 눈 사이로 눈물이 하염없이 흘러내린다
슬픔에 눈물인지 행복한 눈물인지 모르지만
자꾸만 두 눈에서 눈물이 흘러나오고 있다
소리소리도 없이 흘러내리는 안타까운 눈물
힘에 겨워서 이제 그만 멈출만도 하련만은
왜 그리 하염없이 자꾸만 눈물을 흘리는지
지금이라도 눈물이 밝은 미소로 바뀌었으면
슬픔과 행복의 눈물도 밝은 미소를 짓는다

9. 행복했던 짧은 순간

어제부터인지 나는 아침밥을 먹지 못하고 회사를 출근하게 되었다. 아침에 이어나 냉장고에 있는 찬물을 한 컵 마시고 그냥 출근을 했다.

8시쯤 회사에 도착을 해서 업무를 시작하고 업무를 하다보면 정말 배에서 이상한 소리도 나고 배도 고프다고 무엇이든 간에 음식을 넣어 달라고 재촉을 한다.

배가 고프다는 말을 들으면서도 참다가 너무나 고프다는 소리가 듣기 싫어서 회사 주변에 배를 채울 수 있는 곳을 검색을 해 본다. 검색에 들어간 시간은 보통 10시쯤이 되는 것 같다. 점심시간은 아직 멀었고 배는 고프다고 투정을 부리고 어쩔 수 없이 회사에서 월 결제를 해 주는 중화요리 식당을 선택을 해서 배를 달래기로 결정을 한다.

지금 시간이 10시 30분 정도 중화요리 식당에는 11시 정도만 되면은 식사를 할 수 있을 것 같아 큰 기대를 하며 업무시간임에도 불구하고 동료 직원들 위 사람들의 눈을 피해 가면서 배를 채우기 위해 중화요리 식당으로 발길을 옮긴다.

드디어 중화요리식당 문을 열고 입장을 했다. 들어서면 제일 먼저 반겨 주는 사람이 있는데 여성으로 식당 안에서 서비스 및 카운터를 보는 매니저인 것이다. 나는 들어서자마자 제일 먼저 신문을 찾곤 했던 것이다. 습관이 되어서 그런지 항상 신문부터 찾았던 것 같다. 어떤 때에는 내가 들어가면 매니저께서 신문을 미리 갖다주는 적도 많이 있었다. 으레 신문을 찾을 것 같으니 서비스 차원에서 미리 그렇게 했던 것 같다. 식사를 하려고 식당을 방문한 손님인 나로서는 매니저께서 하는 행동에 너무나 고맙고 나를 잘 챙겨 주시는 구나하며 속으로 기분이 좋았다.

언제부터인지는 잘 생각이 나지 않지만 자주 식당을 이용하는 나를 오래전부터 챙겨 주신 것 같다. 내가 중화요리집 근처 회사에서 20년 이상 근무를 했으니 얼마나 많이 방문을 했으며 얼마나 많은 음식을 주문해서 먹었을지 감히 말하고 싶을 정도니 모르긴 해도 오래전부터 나를 챙겼을 거라는 것이다.

중화요리 식당을 집들을 방문해서 음식을 주문해 보면 보통 반찬들이 김치, 노란 무, 장, 양파 해서 4가지가 주로 나오는데 모두가 조금씩 적게 나온다. 난 언제나 음식을 주문하고 양파와 장을 더 달라고 주문을 할 때가 많았던 것 같다. 지금 오랫동안 이용을 해 오고 있는 식당도 다른 식당과 마찬가지로 반찬을 조금씩 내주었던 것이다. 식당에 들어가 자리를 잡고 앉아서 신문을 보다 보면 반찬이 나오는데 정말 빈약하게 나온다. 배도 고프고 해서 식사가 나오기 전에 반찬을 조금씩 먹게 되는데. "야! 이거 너무 적잖아. 왜 이렇게 주시나?" 하며 주방을 바라보면서 한마디를 하게 된다. "매니저님, 반찬이 왜 이러십니까? 여기 양파 장 좀 더 주십시오." 하며 더 주문을 하게 된다는 것이다. 그러면 매니저께서 얼른 추가 주문한 반찬을 아무 말씀도 하지 않으시고 가져다주시곤 했다. 어떤 식당은 추가 주문을 하면 싫은 인상이며 퉁명스럽게 추가 반찬을 주는 식당도 많다. 그런데 여기는 그렇지는 않으니 다행인 방면 손님을 잘 챙겨 주시니 기분은 좋다.

식사가 나와서 식사를 시작하는데 식사 나오기 전에 반찬을 먼저 먹어서 반찬이 너무 빨리 소진이 되어서 더 달라고 주문을 하게 되는데 그럴 때마다 아무 거리낌 싫은 내색 하지 않고 가져다주신다. 더 주문을 할 때마다 인상을 쓰고 퉁명하게 불친절하다고 하면 모르긴 해도 더 이상은 식당을 가기가 꺼려지지 않았을까 하는 생각도 해 본다. 그런데 다른 손님한테는 어떻게 하는지는 모르지만 나에게는 언제나 친절하게 대해 주었다. 그래서 아침을 먹으로 자주 갔던 것이고 우선 음식 맛도 좋았던 것이다. 자주 가서 그런지 어떤 음식이라도 내 입에도 아주 잘 맞는 것 같았다. 음식을 먹으면 국물 하나 남기지 않고 설거지가 필요치 않을 정도로 깨끗하게 비웠던 것 같다. 매니저께서 나에게 하시는 말씀 참 맛있게 드신다고 "잘 드시네요. 가리지 않고요." 모르긴 해도 손님이 아무런 말없이 잘 아주 맛있게 먹어 주면 식당에서 근무하시는 매니저 및 종업원들도 기분이 좋을 것 같다는 생각을 하게 된다. 주방에서 직접 음식을 조리하시는 종업원도 두말할 것 없이 그럴 것 같다.

아주 맛있게 잘 먹고 두툼해진 배를 만지며 식당 문을 나설 때 "안녕히 가세요." 인사를 잊지 않은 매니저의 목소리를 들으며 뒤로 한 채 회사로 향한다. 회사로 오면서 식당 안에서 있던 일들이 자꾸만 머릿속을 맴돌고 나를 즐겁게 하고 있다. 식당 들어섰을 때 반갑게 반겨 주는 매니저께서 신문을 챙겨 주시고 반찬을 더 주문을 했을 때 불편한 기색 하나 없이 더 가져다주시던 모습 식당을 나올 때 공손하게 인사를 건너 주시던 그 매니저의 모습들 "참 착하고 잘해." 혼잣말로 중얼거리며 길을 걷다 보면 금세 회사 정문에 서 있다. 속으로 씩 웃으며 '오늘 아침은 참 기분 좋게 아주 맛있게 잘 먹었어. 내일도 또 가서 먹을까?' 하며 사무실로 들어간다. 이런 날은 하루 종일 일로 잘 풀리고 늘 기분 좋은 정신력과 마음가짐으로 업무를 처리하게 된다. 모든 것이 아주 친절했던 그 식당 매니저의 아주 작지만 나에게는 아주 많이 큰 감동을 주셨기에 그런 것이 아니었던가 하는 생각을 한다.

지금도 생각이 난다. 그 중화요리 식당 그 매니저. 세상을 살아가는 동안 그 매니저 같은 사람만을 만날 수 있다면 내 인생에 꽃이 활짝 피어날 것 같다. 지금이다 지금 이 시간에도 그 매니저에게 그동안 감사했다고 말하고 전하고 싶다. 내 인생에 잠시나마 행복을 아주 많이 가져다준 그 식당 매니저, 잊지 않고 오래 동안 마음속에 그리고 싶다.

제4장

가족

1. 부모님과 지내온 시간들

사실 태어나서 어려서는 집안의 구성을 잘 몰랐다.

형, 누나 둘, 여동생 그리고 나. 형제가 5명이었었다. 조금 커서 안 것은 형은 우리 식구가 아니라는 것을 알게 되었다. 어느 정도 시간이 흐르고 나이가 조금 더 들어 알게 된 결과는 아버지께서 장사를 하셨는데 농사일을 엄마가 혼자 하기에는 벅차서 머슴을 둔 거라는 걸 알게 되었다.

나는 강원도 오지에서 3녀 1남으로 태어났다. 외아들이라 부모님께 인제나 남들보다 더 호강하며 자란 것 같다. 지금도 생각해 보면 그랬던 것 같고. 주변 사람들도 그렇게 얘기들을 하신다.

초등학교 다닐 때 학생 전체에서 등에 짊어지는 가방을 메고 다니는 학생이 나 혼자였다. 물론 두 누님도 그랬었다. 초등학교 고학년 때에는 자전거도 사 주셨다.

아버지께서 장사를 하셨기에 집안도 남부럽지 않게 살았었다. 학교 등록금을 낼 때면 꼭 매월 28일 주시곤 했는데 학교 선생님께서 아버님이 공무원이냐고 물어보곤 했었다. 그리하여 초등학교는 아무런 불평 없이 잘 다녔던 것 같다.

중학교도 부모님의 넉넉한 도움으로 아무런 일없이 잘 다녔고 문제는 고등학교 가서부터인 것 같다.

이때부터 부모님과 자식 간이 사이가 점점 어색한 관계로 가는 것이다. 난 중학교를 졸업하고 옛날 말로 오지에서 시내로 유학을 가게 되었다. 그것도 백 리가 더 되는 곳으로 갔다. 객지에서 부모님께서 주시는 돈으로 하숙을 하고 어려움 없이 학교를 다녔다. 등록금에 하숙비 용돈참으로 부모님들께서 무척 힘들었을 거란 생각을 했었다. 딸들도 학교를 다녔으니 부모님 허리가 휘어졌을 것 같았다. 그때부터 부모님을 볼 수 있는 것은 토요일 학교 수업을 마치고 기차나 버스 타고 집으로 가면 토요일 오후하고 일요일이었다. 그것도 아버지께서 장사를 가시지 않고 집에 계시면 그랬고 아버지께서 장사를 가시면 뵙지도 못하고 월요일 학교 때문에 일요일 오후에 다시 시내로 왔어야 했기에 뵙지를 못할 때가 많았다. 많이 볼 수 있는 것은 방학이었던 것 같다. 방학을 했어도 공부한다는 이유로 자주 집에는 가지를 못했던 것 같다. 그런 관계로 부모님과 보내며 고등학교를 졸업하고 대학을 갔는데 대학교 역시 집하고는 거리가 고등학교 때보다 더 먼 곳으로 갔다. 대학교 때에는 자취를 했는데 입학식 때 어머니가 오시고 2학년 때인가 아버지께서 오셨던 것 같다.

부모님은 내가 집에를 가야만 볼 수가 있었는데 그것도 방학 때인 것 같다. 이래저래 대학을 졸업하고 집에서 잠깐 머물다 군에 입대를 했다. 군 생활을 하던 곳은 학교 때보다 더 먼 곳이었다. 훈련을 마치고 자대에 배치가 되서 부모님께서 면회를 오셨다. 참으로 그 먼 길을 오셨던 거다. 왜 그리 서먹한지 부모자식이 맞는 건가 생각할 정도로 마음이 착잡했던 것 같다. 군대 전역을 하고 집에서 잠시 머물다 취업을 해야 한다는 신념으로 작은 누님과 여동생이 생활하는 곳 인천에 왔다. 집에서 3개월 정도 머문 것 같다. 직장에 취직을 하고 서서히 인천 사람이 되어 가고 부모님은 명절 때나 부모님 생신 때에 잠깐 뵙는 거로 부모님과의 끈을 이어 가고 있었다. 그렇게 지나다 보니 부모자식 관계가 아니라 집주인과 손님처럼 되어 버린 것 같은 느낌이 들 정도로 되었던 것 같다.

그러던 2000년 어느 날 회사 출근해서 급한 전화를 받았다. 고향 선배였다. 아버지가 쓰러지셨다는 전화였다. 놀라움도 멀리 넌져 버리고 강원도 고향을 달려갔다. 강원도 큰 병원에서 긴급 수술을 했지만 아버님을 돌아오시지 못하고 세상을 떠나셨다. 참으로 비참하고 죄송스러웠다. 태어나 자라면서 아무것도 해 드리지 못했는데 항상 손님 같은 자식이었던 것 같았는데 너무나 허무하고 죄송스럽기만 했다. 아버님이 저세상으로 가시고 어머님께서도 여동생 집에 계시다 저세상으로 가셨다. 외아들 복에 겹도록 부모님의 손을 빌려 세상을 살아 왔던 나, 지금은 부모님께 어떠한 것을 해 드리고 싶어도 해 드릴 수가 없기에 죄송하고 한이 맺힌다. 이 세상에 태어나 자라오면서 부모님께 한 번도 매를 맞아 본 적도 없을 만큼 행복하고 복 많은 자식으로 살아온 나. 지금 나이 63세가 넘어서야 알게 된 것 부모님과 함께 많이 생활하지 못했던 지나간 세월들의 아쉬움이 너무나 크고 부모님의 마음과 뜻을 알게 된 지금 현실이 참으로 후회스럽고 죄송할 뿐이다. 부모님이 그립다. 보고 싶다. 정말 부모님께서 저승에서라도 아들의 효도를 받아 주셨으면 한이 조금이라도 덜어질 것 같다. 불효자 용서를 올립니다.

이 세상에 태어나게 해 주신 우리 부모님

지금은 어디에 계신지요

애기일 때는 오손도손 어루만지시며

키워 주신 부모님

학교를 다닐 때에는 공부를 잘해야 한다며

이끌어 주신 부모님

성장이 되어서는 착실하게 잘 살아야 한다며

걱정과 위로를 해 주신 부모님

어느덧 모든 것을 잘 마무리하고 뒤돌아

보는 순간

나에 대한 부모님의 따뜻하고 포근했던

마음을 이제야 알 것 같습니다

이제는 아무리 불러 봐도 들을 수 없는 부모님의

아름다운 목소리

부모님 어디에 계신지요 한 번이라도 저에게

소리를 내어 주시면

부모님과 함께한 과거를 모두 다 아름다운 추억으로

간직하고 싶습니다

부모님 나의 자랑스러운 부모님

큰 소리로 부모님을 불러 보고 싶습니다

부모님 보고 싶습니다

2. 자랑스러운 내 아들, 딸에게

모든 사람들이 자식 자랑하지 말라! 자랑하면 팔불출이라고 하기 때문이라고 한다.

팔불출이라고 해도 괜찮다. 나는 꼭 자랑을 하고 싶다.

난 1988년도에 결혼을 해서 자식 남, 여 각 1명을 두었다. 아들이 오빠이고 3살 아래가 여자아이 동생을 둔 것이다. 자식들이 자라 온 모습을 보면 참으로 기특할 수가 없었다. 제일 먼저 생각나는 것은 아동일 때 유치원 들어가기 전에 오빠가 친구들과 놀려고 가면 어디든 꼭 따라서 가려고 했던 것이다. 그러면 오빠도 이 핑계 저 핑계 대지 않고 데리고 다녔었다. 데리고 다닐 때에는 항상 동생 어께에 손을 올려서 감싸고 어느 누가 접근을 하지 못하게 방어하는 자세를 취하고 다녔었다.

오빠가 유치원에 다닐 때에도 유치원에 갔다 오면 오빠를 기다고 있던 동생을 챙기며 잘 데리고 다녔었다. 초등학교에 다닐 때에도 오빠 동생 간에 싸우거나 서로 미워하는 것을 보지 못했었던 같다. 자전거를 타게 되도 꼭 뒤에다 태우고 돌아다니곤 했었다. 자전거를 타다가 길 웅덩이에 자전거 앞바퀴가 빠져서 큰일 날 뻔도 했었지만 그래도 아무런 사고 없이 착하게 서로 도우며 잘 자라 줬던 것 같다. 같이 거리를 다니는 것을 아파트 주민들이 보시고는 참 이상하다 저렇게 둘이서 항상 같이 다닐 수가 있을까 하며 신기해하며 서도 보기 좋다는 말로 칭찬도 해 주곤 했었다. 오빠가 항상 잘 챙겨 주고 보살펴 주는 덕분에 동생인 딸도 오빠가 하는 일에 잘 따르고 같이 잘 아무 탈 없이 잘 지냈었던 것 같다. 나이가 3살 터울이라 자주 싸우고 서로 미워하며 지내면 어떻게 하나 했는데 가만히 곁에서 지켜보니 우리 눈에 보이지 않는 서열이라는 것이 형성되어 있다는 것을 알게 되었다. '야. 난 너의 오빠다. 넌 나의 동생이고 그러니 내말도 잘 들어야 한다. 그러지 않으면 나도 너한테 아무렇게나 할 거다' 이런 식으로 보이지 않는 규율이라는 것이 존재를 한다는 것이다. 동생 역시 오빠에게 '나한테 잘해 줘야 해. 왜냐면 내가 오빠 동생이니까. 알았지' 하는 자기들 나름대로의 규율이 있는 것이다. 오빠인 아들은 초등학교 때부터 반장, 부회장, 회장 등 리더십이 있어서 그런지 책임 있는 자리에서 학교를 다녔다. 담임 선생님께서도 아들이 친구들과도 잘 지내며 남들을 이끌고 가는 리더십도 대단하다고 하시곤 했었다.

물론 공부도 잘했었다. 집사람, 제 처가 아들이 졸업을 하고 얼마의 시간이 지났을 때 어느 날 6학년 때 담임을 했던 선생님을 만났는데 선생님 말씀이 글쎄 아들이 학교에 다닐 때 친구들을 데리고 자기를 찾아왔다고 하더라는 것이었다. 참 대단하구나. 선생님도 자기가 가르친 제자들이 갑자기 찾아와서 놀라기도 했지만 마음이 무척 흐뭇하고 좋았다고 하셨다. 모르긴 해도 예의상 졸업도 했고 선생님을 보고 싶기도 해서 친구들을 모아서 인사하러 갔던 것 같았다. 부모로서 아들이 너무나 대견스럽고 자랑스러웠다.

딸도 오빠가 하는 모습을 보고 그대로 따라서 하는 것 같았다. 스스로 알아서 잘하고 말썽 부리지 않고 잘 지냈던 것 같다.

중학교, 고등학교 다닐 때에도 초등학교 다닐 때와 마찬가지로 스스로 잘하고 알아서 열심히 학교를 다녔었던 것 같다. 이런 일도 있었다. 오빠는 고등학교를 다닐 때까지 학원을 다니지 않았다. 집에서 혼자서 컴퓨터도 열심히 하고 공부도 열심히 했던 것 같다. 그래서 아빠의 어깨 무거운 짐도 덜어 주곤 했었다. 문제는 동생인 딸한테 있었던 것이었는데 딸은 전 과목으로 학원을 다니고 있었는데 오빠가 학원을 다니지 않고도 공부를 잘하니 나도 학원에 다니지 않고 집에서 열심히 공부를 하겠다고 하며 학원을 다니지 않겠다는 것이다.

난 처와 이야기를 했다. 한 번 해 보자. 죽어도 다니기 싫다는데 난 딸에게 다짐을 받고 학원은 그만 다니는 걸로 결론을 내리고 학원을 다니지 않고 대신 집에서 열심히 공부를 하는 것으로 마무리를 지었다. 고등학교까지 졸업을 하고 아들, 딸 둘 다 공부를 열심히 해서 그런 건지 서울에 있는 대학교에 진학을 해서 또 다시 아빠의 어깨를 가볍게 해 주었다. 우선 지방으로 가게 되면 기숙사 또는 하숙비 만만치가 않을 것 같은데 걱정을 덜었고 또 둘 다 학교에서 장학생이 되어 아빠의 어깨를 가볍게 해 준 것은 물론이거니와 딸은 장학금을 받아서 서울에 위치한 백화점에 가서 아빠가 들고 다니는 서류 가방을 선물로 사서 주기도 했다.

아들딸이 공부도 잘해서 기분 좋고 딸에게 선물도 받아서 좋고 참으로 행복한 아빠였다. 또 기분 좋았던 사건을 소개하면 딸이 졸업할 때쯤 축제하던 시기에 전시회를 했는데 부모님 모시는 추천도 받았다. 너무나 기분이 좋았었다. 아빠는 남녀공학 대학교를 다녔는데 여자 대학교를 가 보게 되었다니 대학교를 다닐 때만큼 마음도 들뜨고 너무나 기분도 좋았던 것이다. 여자 대학교를 들어가는 날 주차장에 차를 세우고 꽃다발을 하나 들고 들어갔다.

학생들과 인사도 하고 간단한 얘기도 나누고 전시장도 둘러보고 즐거운 시간을 보내고 대학교 정문을 나섰던 것이다. 보람 있는 시간이었던 것 같아서 마음이 뿌듯했었던 것이다. 아들, 딸 둘 다 대학교 졸업을 하고 서울에 있는 회사에 취업을 했다.

취업하기가 무척 힘들 것 같았는데 그렇게 어려움 없이 취업을 했다. 회사도 직장인이면 이름만 대도 알 수 있을 만큼 큰 회사이니. 부모로서도 가르친 보람도 있고 자식들이 잘되어 고맙기도 하고 참으로 행복한 것이다. 지금도 아주 열심히 다니고 있는 중이며 승진으로 보람된 직장생활을 하고 있는 것이다. 참으로 부모로서 대견스럽다는 말을 꼭하고 싶다.

건강했던 내가 갑자기 몸에 이상이 생겨서 2022년 11월 16일 병원에 입원을 했는데 회사 관계로 나 혼자서 자취를 하며 회사에 다니고 있다가 입원을 해서 식구들은 전혀 내가 입원을 했는지 알지를 못하고 지내고 있었던 중이었다. 입원기간이 짧다고 의사 선생님이 말씀을 하시는 바람에 그냥 혼자 조용히 입원해서 치료를 받고 완치가 되면 퇴원을 하자 하는 마음으로 치료를 받고 있었는데 그런데 문제가 발생됐다. 코로나에 감염이 된 것이다.

병원에 입원을 해서 치료를 받는 환자도 감염이 되나 의심은 갖지만 감염이 된 것은 확실 하니 특별히 관리하는 병실에 입원을 하게 되었다. 중요한 것은 감염이 심해서 중환자 실로 옮겨야 한다는 것이다. 나중에 중환자실에서 나와서 알았는데 중환자실에서 깨어나지 않고 해서 생사고락을 왔다 갔다 했다고 의사 선생님이 얘기를 해서 '아. 죽을 뻔했구나' 했었던 것이다. 그러는 바람에 병원에서 나의 집 식구들에게 알리게 되었고 자식들이 병원에 오기를 시작했다. 병원에 와도 코로나 때문에 병실에 들어오지도 못하고 의사 선생님과 얘기만 나눌 수 있을 뿐 환자와는 대화도 어렵거니와 면접도 하기 힘들었던 시기였다.

중환자실에 입원했을 때 음압 실에도 여러 번 들어갔었다는 얘기도

들었던 것이다. 중환자실에서 깨어나지 못하고 해매니 의사 선생님이
오늘 모르긴 해도 깨어나기가 힘들 것 같다며 영안실을 알아보라고 두
번이나 그랬었다는 얘기도 들었다. 자식들은 겁도 나고 어찌할 바를 몰
라 이리 뛰고 저리 뛰고 난리가 났었다고 하는 것이다. 그렇게 작은 종
합병원에서 정확한 병명은 물론 치료 방향에 대해서 실마리를 찾지를
못할 것 같아 아들이 대학병원을 수소문해서 대학교 교수님과 면담을
하고 예약도 해서 다시 큰 병원에 입원을 하기로 했었다.

대학교 병원은 집중적으로 치료를 해 주고 요양이 필요로 하게 되면
다른 병원으로 전원을 하거나 퇴원을 하라고 해서 오래 있지를 못했다.
규정이 그렇다고 해서 다시 작은 종합병원으로 옮기게 되었다. 병원을
옮길 때마다 치료비 정산은 물론 간병인 또한 큰 문제가 되었다. 자식들
이 둘 다 직장을 다니니 아빠한테 전적으로 매달릴 수가 없기 때문에 더
힘들고 어려웠던 것 같았었다. 식욕을 잃어 음식을 먹지 못해서 몸에 근
육이 빠져서 걷지도 못하고 침대에 누워서 생활을 하는 바람에 소·대변
을 받아내는 하는 꼴이 되어서 간병인이 옆에 없으면 아무것도 할 수 없
는 식물인간이 되었다.

이런 상태를 해결을 하느라고 회사를 다니면서 엄청 힘이 들었을 거
고, 둘이 교대로 아빠를 간병하기 위해서 정상적인 생활도 못했을 거라
는 것이다. 치료비 정산도 해야 해서 보험 회사에도 돌아다녀야 했고 병

원마다 진료 내용 치료에 관련되는 서류들을 발취하기 위해서도 이리 저리 무척 힘들었을 거란 것이다. 이런 상태로 입원을 하면서 치료를 받고 몸이 어느 정도 회복이 되어 2024년 1월 6일 퇴원을 하기까지 아빠를 위해서 자식의 도리로서 최선을 다했다는 것이 자랑스럽다.

이런 말이 있다. 사랑으로 키운 자식 사랑으로 다가오지만 폭행, 폭언으로 키운 자식은 돌아오지 않는다는 말. 난 자식들 키울 때 폭언, 폭행 한 번도 해 본 적이 없다. 언제나 믿고 묵묵히 공부할 수 있는 환경만 만들어 주고 이끌어 주었을 뿐 스스로 알아서 잘했던 것 같다. 그것이 아빠와 자식 간에 두터운 사랑이 아니었나, 하고 생각을 해 보는 것이다. 퇴원은 했지만 현재까지 아주 정산적인 생활이 어려워 자식들에 도움을 아주 많이 받으며 생활을 하고 있으며 자식들 또한 조금도 힘든 내색 하지 않고 언제나 어디서든 근심스러운 마음으로 아빠를 보살피고 있다.

병원에 가는 날이 많은데 서로 시간을 마쳐서 교대로 아빠를 데리고 다니고 있는 중이라는 것이다. 올라가는 길에서는 밀고 내려가는 길에서는 뒤에서 땅기고 병원에서는 넘어질까 팔짱을 끼고 다닌다.

물론 모든 자식들도 그런 환경에 처하면 다들 그렇게 한다라고 말을 할 수는 있겠지만 난 내 자식들이 정말로 너무나 잘했다고 말하고 싶다. 주변 병원에서 간병을 하시는 사람들도 저런 자식들은 처음 봤다, 라고 말들을 하고 우리 집 식구인 고모부, 고모들을 비롯해서 다들 내 자식들을 참 잘한다, 하시며 칭찬을 아끼지 않았다. 잘했다, 요즘 저렇게 하는 자식들 드물다, 라고 하시면서 여러 말씀들을 하시곤 한다. 그런 말을 듣는 나는 속으로 울 때가 많다. 기쁨의 눈물. 행복한 눈물, 사랑으로 키운 자식 사랑으로 다가온다는 것. 인생을 살아가는 인간이라면 한 번쯤은 이런 글자를 생각해 보는 것은 어떨까. 생각해 본다. 누가 뭐라고 해도 난 내 자식들을 만인들에게 사랑을 하고 싶다.

제5장

군대

1. 긴 여행을 했던 군대 생활

누구나 가고 싶지 않은 곳, 지금부터 그곳으로 가 보려고 한다.

거슬러 올라가 보면 1983년 6월 12일 일어난 일이었다. 아침에 일어나 밖을 보니 비가 오고 있었다. 텔레비전에서는 세계 청소년 축구선수권 대회가 방영되고 있었는데 한국과 우루과이와 8강전 경기를 하고 있었다. 내일 그러니 1983년 6월 13일은 내가 나라의 부름을 받고 먼 여행을 떠나는 날 즉 군대 입대를 하는 날이었다.

아침을 먹고 비를 맞으며 강원도 고향을 떠나 버스 및 기차를 이용해서 여행 목적지에 다다랐다. 객지에서 하룻밤을 홀로 지내고 아침에 일어나면 여행이 시작이 될 것 같은 마음에 잠도 제대로 자지를 못하고 뜬 눈으로 아침을 맞이했다. 먹기 싫은 아침을 먹고 입대할 시간에 맞춰서 훈련소 앞으로 갔다. 와, 나도 모르게 소리가 나왔던 것이다. 어쩌면 나와 똑같이 머리를 밀고 훈련소 앞에 기웃거리고 있는 사람들이 얼마나 많은지. '아. 군대에 입대하는 것이 이런 거구나' 하며 정문을 들어갈 마음가짐을 든든히 먹고 있었던 것이다. 드디어 정문이 열리고 입대하고자 하는 사람들이 부대 안으로 들어갔다.

이쯤에서 군대 입대 전 과정을 얘기 좀 하려고 한다. 군대를 가기 위해서는 군 병무청에서 신체검사를 받아야 하는데 급수에 따라 현역, 보충역, 면제 등으로 나누어진다고 한다. 나는 신체검사 결과 현역으로 분류가 되어서 군 입대 영장이 나오면 어쩔 수 없이 군 입대를 해야 했다. 대학교를 졸업하고 군대를 입대하는 관계로 다른 입대하는 사람보다 조금 늦은 나이에 입대를 하게 되었다. 또 그 누군가가 말했는지 군대에서 편안하게 생활을 하려면 기술을 배워서 군대를 가라는 것이다. 그래서 바쁘게 3개월이란 짧은 기간에 운전을 배워서 운전이란 기술을 가지고 입대를 했다.

이제 본격적으로 군대 얘기를 해 보려고 한다.

입대를 하면 훈련병으로 몇 주간의 훈련을 무사히 마쳐야 비로소 훈련병에서 진정한 군인으로 된다는 것이다. 그랬다 몇 주간의 훈련을 무사히 마치고 드디어 노란색의 계급장이라는 것이 가슴과 모자에 달 수가 있었다. 그것도 노란 색 한 줄이었다.

계급장을 달고 하루 이틀 쉬었다가 실제로 군대 생활을 할 곳으로 간다고 해서 오랜만에 편안하게 쉬고 있었는데 드디어 군대 생활을 할 곳을 찾아서 가는 날이 왔다. 같이 훈련을 받던 동료들이 지시에 따라 나누워져 뿔뿔이 흩어지는 순간인 것이다. 서로들 각자 헤어지는 아쉬움을 뒤로하고 상행선 기차에 몸을 실었다. 지휘병들의 매서운 눈빛 속에서 기차는 출발을 하고 중간중간 서너 명씩 기차에서 내렸다. 내리는 곳이 군대 생활을 하려고 하는 곳이었다.

나 또한 중간에서 내렸다. 인도병을 따라 군대 트럭을 타고 산속으로 들어갔다. 들어가니 군대 ○○부대라는 간판이 있고 우리는 그 부대 정문을 지나서 내무반이라는 곳으로 갔다. 여정을 풀고 잠시 쉬었다가 주임 사관이라는 간부로부터 부대 소개를 받고 '아. 여기가 내가 군대 생활을 하는 곳이로구나' 하며 한숨을 내쉬었다. 아, 힘들다.

본격적인 군대 생활이 시작되는 날이 밝았다. 아침에 기상을 하면 아침 점호라는 것을 하게 되는데 부대 막사 주변 평탄 곳에 군번 순서대로 서서 하는 것이다. 첫날은 애국가 1절, 다음 날은 2절. 돌아가면서 4절까지 반복해서 부르는 것이다. 그래서 하는 얘긴데 군대를 갔다 온 사람이라면 누구나 할 것 없이 애국가는 사절까지 자신 있게 부를 수 있다. 점호가 끝나면 아침을 먹고 각자 본인의 장소에서 하루의 업무를 시작한다. 나는 입대 전 익힌 기술로 인해 운전병으로 임무를 받았다. 하루 종일 군대 차량과 같이 움직이는 것이다. '닦고, 조이고, 기름치자'라는 구호에 맞춰서 하루 종일 일을 하는 것이다.

그러던 중 사무를 보던 병장이 전역을 하는 바람에 내가 그 사무를 이어 받아서 하게 되었다. 쉽게 말하면 행정병이 되었다. 군대 운이 따르는지 이상하게도 군대 생활할 곳, 즉 자대라는 곳도 전방이 아니고 지방이고 임무도 직접 운전을 하지 않아도 되는 행정병으로 되었고 참으로 길고 긴 35개월이란 길고 긴 군대 생활이 시작이 되었다. 지금은 군대 복무기간이 18개월이라고 하지만 내가 군대에 있을 때에는 36개월이었다. 훈련소에서 1개월을 보냈으니 35개월 정도다.

자대라는 곳은 훈련소와 다르게 계급주의여서 모든 것이 계급에 맞춰서 생활이 이루어지기 때문에 무척 힘들고 어려움이 많은 것 같았다. 쉽게 말해서 졸병은 졸병대로 하는 일이 있고 중간 병사들은 또 중간에 맞는 일을 하고 병장이 돼서야 좀 편안하고 자기 위주의 생활도 자유롭게 할 수가 있는 것 같았다. 그래서 훈련은 힘들지만 계급이 평등한 훈련병들이 모여 있는 훈련소가 오히려 더 편안하다고 할 수도 있는 것이다. 하루의 생활은 언제나 똑같다. 아침 6시 기상을 하여 아침 점호라는 것을 하고 아침밥을 먹고 각 부서로 돌아가서 하루 업무를 시작하고 점심때 맞춰 식사를 하고 저녁때가 돌아오면 저녁 식사를 하고 내무반을 청소하고 저녁에도 점호를 하고 10시쯤 취침에 들어가는 것이다. 이렇게 생활을 하는 것은 군대를 전역을 하는 날까지 계속될 것이라는 것이다.

군대를 얘기하자면 제일 먼저 생각이 나는 것은 집합이다. 집합은 고참병들이 생활을 하다가 하급 병사가 일을 못하거나 좀 건방진 짓을 하거나 복종을 잘 하지 않으면 어쨌든 마음에 들지 않으면 윗분들 모르게 집합을 시켜 놓고 기합을 주거나 구타를 하는 것이다. 쉽게 말하면 하급 병사들을 군번 순으로 세워 놓고 고참들이 나쁜 짓을 하는 것이다. 내가 군대 생활 할 때 내가 생활했던 부대는 일, 이 주에 한 번은 꼭 행사처럼 그렇게 했던 것 같다. 지금 군대에 있는 군인에게 이런 말을 하면 "네. 그랬어요. 어떻게 그렇게 맞고 생활을 해요. 어떻게 참아요. 덤비지."라고 등등 얘기를 하지만 그때는 그랬었다. 이런 일이 내 곁에서 떠나가려면 최소 한 초짜 병장이 돼서야 멀어졌다.

한번은 상병 선임 때의 일이었다. 내무반에서 텔레비전을 보고 있는데 일병이 다가와서 위에서 집합을 하라고 해서 집합이 다 되었다는 것이다. 뭐 정말 화가 치밀었다. 그래서 집합 장소로 가서 하급 병사들 보고 '전부 다 내무반으로 가서 청소하고 점호 준비나 해라. 여기는 내가 책임을 진다'라며 집합을 해지했다. 조금 있으니 집합을 시킨 고참병이 나타났다. "야. ○○ 상병 밑에 애들 다 어디 갔냐." 하며 나에게 주먹이 날라왔다. 방어 없이 맞고 난 뒤 "내가 집합을 해지했습니다." 말이 떨어지기가 무섭게 주먹이 날라 오고 아수라장이 되었다. 실컷 맞았다는 것. 그렇게 하고 고참병들은 가고 내 바로 밑에 상병이 내 곁으로 와서 어떻게 할려고 그랬냐며 위로 아닌 위로를 하며 "죄송합니다. 밑에 병사들 교육 좀 잘 시키겠습니다." 했었다.

상병 중 선임 때의 일인데 전역할 병사가 있어 내무반에서 저녁 식사

후 회식을 했는데 회식이 끝나고 밤 보초를 서는 임무가 있어서 간단한 무장을 하고 초소로 가서 근무를 했는데 회식 기운에 잠시 눈을 붙였는데 누군가가 옆구리를 발로 차서 깜짝 놀라서 일어나니 선임 병사였다. 보초를 나와서 제대로 하지 않고 잠이나 잔다고 하는 것이다. 그러면서 영창을 보내야 한다며 내무반으로 끌고 가는 것이다. 내무반 문 앞에서 나를 세워 놓고 또 얼굴을 때리기에 주먹으로 선임 병사 얼굴을 때렸다. 욱 하며 머리를 숙였는데 눈 위에가 터져서 피가 났다. 그다음 얘기 선임병 동료들에게 많이 맞았었다. 반은 죽을 만큼.

한번은 일요일 오전이었었다. 상병 말년이었는데 주임 간부가 사병들이 쉬고 있는 내무반에 들어와서 사병들이 조용히 텔레비전을 보고 있는데 간부가 텔레비전 앞에서 그냥 보지는 않고 텔레비전 채널을 이리저리 돌리며 서성대고 있었다. 나도 텔레비전을 보고 있었는데 갑자기 화가 나기 시작했다. 그래서 "야. 거 텔레비전 가만 두지 않을 거야?" 하며 소리를 질렀었다. "뭐, 너, 누구야, 인마. 어디서 이게." 즉시 얼차려가 시작되었고 복부도 여러 대 맞고 간부가 거주하는 곳 부대 외곽에 있는 집으로 가서 여러 차례 빌었던 것이 생각이 난다. 난 그랬었다. 나보다 계급이 낮은 병사들에게는 아주 편안하고 좋은 선임병으로 항상 통했던 것이었고. 그렇지만 선임병사들한테는 다루기 어려운 사병이었다. 쉽게 말하자면 밑에 애들에게는 잘하고 함부로 하는 위에는 그냥 있지 않는다는 것이다. 성격이 그렇다고 할 수 있다.

편지 얘기를 한번 해 보자. 선임 상병 때의 일들인데 낮이나 밤이나 군 초소 근무를 2인 1조로해서 보초를 서는데 항상 밑에 병사와 짝을 짜서 근무를 했었다. 어느 날 근무를 밑에 병사와 서고 있는데 나에게 글 잘 쓰냐고 묻기에 좀 쓰지 했었더니 그러면 편지를 한 번 써 달라고 하는 것이다. 좋다하며 나는 초소 밖에서 머릿속으로 생각이 나는데도 읊고 밑에 병사는 받아쓰기로 하고 편지를 쓰곤 했었다. "자. 지금부터 받아써라." "네. 알겠습니다." 시작이었다. "○○에게. 난 지금 보초를 서면서 저 멀리 바다에 위태롭게 홀로 떠있는 돛단배를 바라보고 있단다. 바다 위에 홀로 떠 있는 돛단배를 바라보면 꼭 나의 마음과 같기에 서글퍼진다."라며 써 주었던 기억이 나곤 한다는 것이다. 써 주면 또 답이 오곤 했었던 것이다. "상병님, 고맙습니다." 하는 말에 너무나 기분도 좋고 '야. 내가 글을 잘 쓰는 건가?' 했었다. 그다음부터는 나하고 근무를 같이 서려고 하는 병사들이 있었다.

그 누구보다도 군대 생활은 열심히 했던 것 같다. 언제나 솔선수범하며 어려운 일은 적극적으로 나서서 도와주고 해결해주고 더구나 수송부란 곳이 무척 힘들고 어렵고 군인 생명과 직결되는 사고도 있을 수가 있어 언제나 정신 무장을 하고 근무를 했으며 병사들 간에도 언제나 서로의 관계를 좋게 만들려고 노력하고 상부상조와 투철한 책임감으로 임무를 수행하는 관계로 모범 사병으로 차출이 되어 여단장 표창장까지 받았었다.

마지막으로 큰 사건이면 사건이란 것을 말하고 싶다. 상병 때의 일이 있었는데 복무 중인 부대의 포대장 이취임식이 있던 날이었다. 주요한 날이었다. 주위 관공서, 군부대 지휘관들께서 저의 부대로 축하하기 위해서 방문을 하는 날이기도 했다. 문제는 정문 근무를 누가 해야 하냐는 것이다. 토론 끝에 병장을 제치고 상병인 내가 근무를 서게 되었다. 오전 10시에 이취임식인데 9시부터 외부에서 방문객들께서 정문을 향해서 들어오기 시작을 했다. 정문 위병소에는 방위병과 나 둘이서 근무를 하고 있었는데 일반인들은 검문이 쉬웠는데 군 지휘관차가 들어오면 힘이 들었다. "근무를 하면서 군 지휘관 차로 구분을 하다. 안테나가 2개이면 같은 부대 지휘관 차이고 안테나가 하나면 일반 보병부대 지휘관 차다."라고 생각을 하며 근무를 했었다. 그러던 중 안테나 하나인 지휘관 차가 정문 위병소로 들어오고 있었다. 때였다 난 지휘관 차를 세웠었다. 계급을 보니 연대장이었다. 순간 운전병이 나한테 "야, 뭐야. 문 안 열어?" 하며 소리를 질렀습니다. "잠시 검문이 있겠습니다." 규정대로 검문을 하고 있는데 지휘관이 씩 웃으며 나를 쳐다보고 있는 것을 봤다. 검문이 끝나고 "죄송합니다." 인사를 하니 지휘관께서 악수를 요청하셨다. "장하다. 잘했어." 하시면서 수고하라 하시고 부대로 들어가셨다.

중요한 것은 다음날 일어났다. 이취임식 다음 날 지휘관께서 저와 방위병을 지휘관실로 오라는 호출을 하셨다. 근무 때 연대장 지휘관 차를

잡아서 그런가 하며 무시한 겁을 먹고 지휘관실로 갔다. 들어가니 인사
계 간부도 있었다. 지휘관 말씀 자랑스럽다. 아주 잘했다. 뜻밖에 큰 칭
찬이었다. 이취임식 때 정문 근무를 아주 잘했다는 것이었다. 저와 악
수를 하셨던 연대장이 저의 지휘관에게 근무자에게 칭찬을 많이 하셨
다는 것이다. 아찔했다. 근무지로 돌아오면서 내가 잘한 건가, 잘못한
건가. 머리가 복잡했습니다. 뒤를 이어 따라온 것은 포상 휴가증 보람
과 "장하다."였다.

군대를 갔다 온 대한국민 남자라면 다들 그렇겠지만 나 또한 나에게
도 인생에 있어 큰 사건임에는 틀림이 없는 것 같다. 인내심, 투철한 정
신, 이기자, 자신감, 협동정신 등등 모든 것이 군대에서 나에게 일깨워
준 사건들이라 아직까지 잊을 수가 없는 것이다. 어쨌든 이런저런 일들
밀어 주고 이끌어 주고 여러 가지 일들을 겪으면서 군대생활을 무사히
잘 마치고 전역을 했었다. 지금도 군대 얘기를 하면 밤을 새워서 해도
할 수 있을 것 같다. 그만큼 짧다면 짧지만 나의 인생에 엄청 큰 사건이
기 때문인 것이다.

태어나서 그 누구도 가기 싫어하는 곳
마음과 온몸을 피곤하게 만들어 주는 곳
투철한 정신과 육체를 만들어 주는 곳
언제나 강한 정신력을 일깨워 주는 곳

강렬한 훈련으로 육체를 튼튼하게 해 주는 곳

젊은이들이여 이런 곳을 행복한 마음으로

언제나 갈 수 있게 만반의 준비를 해 두자

제6장

직장

1. 면접의 추억

길고도 길었던 직장 생활을 마치고 정년을 맞은 지금 처음 직장에 취업 한때를 뒤돌아보고 싶다.

1985년 11월 7일 군대를 전역하고 강원도가 고향인 오지 마을 집에서 하루 종일 허송세월로 보내던 중 취직을 해야겠다는 마음이 갑자기 생겨 인천에 거주하고 있던 작은 누나와 동생이 함께 자취하고 있던 곳으로 올라와 합류를 했다.

할 일이 없었던 무직의 시기. 늦게 일어나 씻고 간단하게 밥 먹고 공단을 돌아다니는 일로 하루를 보내는 지금으로 말하면 취업을 하려고 돌아다니는 취업준비생이었다.

공단을 돌아다니면서 공장 문을 두드리며 다니는 일이 계속되고 있던 중 쉴 겸 심심해서 거리에서 판매를 하는 신문 간 판대에서 조선일보를 한 부 구입을 했다. 그것도 목요일자 신문이었다. 집에 와서 신문을 읽던 중 가슴에 벅찬 것이 눈에 띄었다. 매주 목요일은 지방지역 모집광고를 발간하는 날이라고 했다. 그러면 주 목요일은 서울시 근처 대도시 인천 지역 모집 광고가 나온다는 애기 정말 놀라웠다. 그로부터 공단을 다니며 취업할 회사 문을 두드리는 것보다 신문 가판대를 찾는 일이 우선으로 되어 버렸다. 특히 목요일 날은 어떠한 일이 있어도 신문 가판대를 찾는 것이 당연시되어버렸다.

　얼마를 지났을까. 드디어 날이 왔다. 인천 지역 모집 광고 페이지에 무슨 그룹 직원 채용, 모집 부분은 여러 부서. 이력서를 써서 보내기로 마음을 먹고 집 방바닥에 엎드려 열심히 작성을 하고 일주일 안에 연락을 준다는 것을 확인하고 서너 곳에 이력서를 보냈다. 기다리던 중 두 곳에서 연락이 왔다. 며칟날 면접 일정이 있으니 방문을 하라는 것이다.

　첫 번째 회사에 면접 보러 가는 날 눈이 무척 많이 내려서 도로를 다니는 차들도 힘들어하는 날이었다. 다른 날보다 조금 일찍 일어나 준비를 하고 즐거움과 두려운 마음으로 면접 볼 회사로 갔다. 회사에 다다랐을 때 눈에 들어오는 건, '회사가 크다. 내가 될까? 어렵겠는데' 하는 생각이 먼저 머리를 스쳐갔다. 한번 해 보자. 굳게 마음을 먹고 경비실을 통과하고 안내받은 면접실 장소로 들어갔다. 들어서자마자 놀라웠다. 면접 보러 온 사람들 옷차림이 나와는 너무나 달랐기 때문이었다. 흰색 셔츠, 넥타이, 양복, 코트. 저는 청바지에 오리털 잠바. 눈앞이 캄캄 가슴이 무너졌다. 틀렸구나. 양복 하나 없는 나 자신이 한심하고 불쌍한 생각마저 들었다. 그래도 어쩔 수 없이 면접을 보기로 하고 차례를 기다렸다.

　드디어 차례가 되어 면접실로 들어갔다. 면접관 중 두 사람은 이상한 눈으로 보고 한 사람은 씩 웃으며 나를 보고 있었다. '면접관의 질문에 정정당당히 아는 대로 대답을 하자' 하고 자세를 바로 잡았다. 여러 가지 질문이 나에게로 던져졌다. 정말 어리둥절 질문 내용이 무엇인지도 제대로 알지 못할 만큼 어렵고 힘들었다. 면접이 끝나고 면접실을 나와서 사무실을 나오려는데 한쪽에서 회사 사람이 나를 불렀다. 역시 씩 웃으며 "강원도 촌놈이라 그래요? 면접시험 보러 오는 사람이 옷이 그게 뭐예요?"이었다. 그러며 2일 지나서 2차 면접이 있어 연락이 갈지도 모르니 그때는 옷을 잘 입고 오라는 것이었다. 참 고마웠다.

집에 와서 작은 누님께 얘기를 하고 한 방 맞았다 "왜 미리 얘기를 하지 않았니? 면접 보러 가는 자세가 그게 뭐냐?"고 바로 큰 시장으로 가서 옷을 샀다. 콤비, 양복바지, 셔츠, 넥타이, 구두. 한번에 누님 주머니를 엄청 많이 털어 버렸다. 기다리던 중 연락이 왔다 2차 면접 보러 오라는 것이다. 1차와 달리 마음을 가다듬고 집을 나와 면접회사로 갔다 둘러보니 면접 볼 사람이 1차 때보다 몇 명이 되지 않았다 잘하면 될 수도 있겠다 싶어 속으로 또 크게 마음을 먹고 면접 순서에 맞춰서 면접실로 들어갔다. 면접관 질문에 대답을 하고 면접실을 나와서 웃으니 옷 얘기를 해 주었던 회사 "사람이 단정히 보기 좋네요!" 하는 것이다.

사무실을 나와 집으로 오면서 주먹을 불끈 쥐었다. 될 수 있다. 될 수 있다. 여러 번 말을 반복해서 혼자 읊곤 했다. 이제는 합격자 발표를 알리는 전화 연락을 기다리는 시간이 되었다. 두근거리는 마음으로 전화가 와라 빨리 와라 하며 기다리던 중 전화벨이 울렸다. 받았다 합격이 됐으니 며칠 몇 시까지 어느 부서로 출근을 하라는 것이다. 크게 한번 웃고 됐구나. 설레기 시작했다.

드디어 첫 출근 날 면접 때 입었던 옷을 그대로 입고 회사로 갔다. 회사 건물을 다시 한 번 처다보았다. 정말 크구나! 두려움 반 설렘 반의 마음가짐을 하고 경비실의 안내를 받은 사무실로 갔다. 어느 직원의 안내를 받으며 내가 앉아 일을 할 제자리로 갔다. 책상과 의자 서랍. 안에 들어 있는 문구들 가장 눈에 띠는 것은 명함이라는 것이다. 업무가 시작되기 전 우선 같은 사무실 사람들과 소개 및 인사를 했다 어리둥절하지만 통쾌했다. 이런 일이 나한테 올 줄이야. 가슴이 벅차올랐다.

지금은 정년이 되어 집에서 쉬며 놀고 있지만 지금 가만히 생각해 보면 참으로 행복했던 순간들이었던 것은 틀림이 없는 것 같다. 지금도 작은 누님은 "네가 어떻게 그런 회사에 합격을 했냐?" 하곤 한다. 지금 생각하면 대단한 사건인 것은 맞는 것 같다. 그때를 생각하면 옷 얘기를 해 주시던 회사 사람이 가장 기억에 남는다. 옷이 날개라더니 옷이 면접시험을 합격의 길로 인도를 했구나! 한다. 그때부터 정년을 맞이 할 때까지 셔츠 양복을 입고 회사를 다녔다. 와이셔츠 목에 보푸라기가 일 만큼 입고 다녔다. 양복이 그리운 요즘 간편한 옷을 찾아 입을 때면 절로 웃음이 나온다. 아, 영원했던 양복이라고 부르고 싶다.

2. 직장 생활의 시작

1986년 5월 20일 사회 초년생으로 직장 생활을 시작했다.

많은 기대와 희망을 가슴에 안고 열심히 하기로 몇 번을 마음속으로 다짐을 하며 회사 업무를 배우며 서서히 일을 시작하였다. 우선 서랍 속에 가지런히 놓여 있는 사무용품들이 신기하고 명함은 더욱 더 이상한 물건이었다. 결재판도 두 개정도가 책상 위에 놓여 있고 참으로 어떻게 해야 하는 건지 여러 가지 생각들이 머리를 스쳐 갔다.

정신을 차리자. 그런데 이상한 것이 발견이 되었다. 난 이력시에 회계학과를 졸업했다고 썼는데 자재과로 자리가 배치가 된 것이다. 아무래도 이상해서 옆에 앉아 있는 회사 사람에게 물어보니 근무하다 보면 또 자리 이동도 되고 하니 우선 자재과에서 열심히 하라는 것이다. "네, 알겠습니다." 하곤 '그래. 열심히 해 보자' 하고 일을 했다.

그러던 중 자재과 대리라는 분이 저에게로 오더니 앞으로 나하고 같이 일을 많이 할 것이니 나를 잘 따라와야 한다는 것이다. 네, 했지만 은근히 겁도 났다. 그러고 보니 업무 시작부터 끝날 때까지 거의 같이 행동을 해야 하는 처지가 되어 버렸다.

이왕에 이렇게 된 이상 한번 해 보자. 굳게 마음을 먹고 업무를 시작했다. 아침에 일찍 출근하고 퇴근은 늦게 하고 대리님을 졸졸 따라 다니면서 일을 열심히 배우기 시작을 했다. 자재 창고 정리부터 하청 협력사에 자재를 배분하는 업무. 다시 자재를 회사로 가져오는 업무. 중요한 거 현장에 투입하는 업무 등 참으로 할 일이 너무나 많았다.

더러는 자재의 원활한 처리를 위하여 거래처 사람들도 만나야 하고 음주도 가끔씩 하곤 했다. 사람을 만나면서 즐거웠던 것은 명함을 주고받을 때에는 정말 너무나 마음이 뿌듯했다. 많은 시간이 흐르고 흘러 혼자서 스스로 자재 업무를 볼 수 있을 만큼 성장이 되었다. 그러던 중 내 밑에 사무보조 여직원이 입사를 하여 같이 자재업무를 하게 되었다. 즐거운 일이었다.

열심히 업무를 잘 진행하던 중 큰일이 내 앞에 닥쳐왔다.

공장 현장에서 자재가 없어서 기계를 돌리기가 어렵다는 것이다. 정말 큰일이었다.

저를 위에서 이끌어 주시던 대리님이 다른 곳으로 가시고 내가 책임을 져야 하는 위치에 있었다. 열심히 업무 파악을 다시 한번 해 보니 원자재가 외국에서 들어왔어야 했는데 배 운송 일정이 바뀌어 우리나라에 아직 들어오지 않았다.

앞이 캄캄했다. 기계는 멈춘다고 하고 원자재는 바닥을 드러낼 것 같고 큰 사고였다.

아주 높은 분에게 과감히 물어보고 해결책을 찾기로 했다. 안면몰수하고 현 상황을 말씀드렸다. 답이 나왔다. 그룹 본사 무슨 부서로 전화를 해서 도움을 받으라는 것이다. 그러면서 인천공장 전무님 이름을 팔라는 것이다. 너무나 급한 거라 시간과 관계없이 무조건 전화를 했다. 다행이 연결이 되었다. 네, 인천공장에 근무하는 누구누구입니다. 원자재를 보고 있는데 자재가 외국에서 아직 회사로 입고가 되지 않아서 도움을 받고자 실내를 하며 전화를 했습니다. 그러면서 전무님이 전화를 빨리 해서 해결을 하라고 하시더라고 하며 은근히 전무님을 팔았던 것이다.

갑자기 전화받는 자세부터 달라지는 느낌을 받았다. 왜 그러지 전무님이 대단한 사람인가 궁금하기도 했지만 우선 자재가 문제라 일에만 열심히 신경을 쓰고 있었다. 일요일 자재 걱정으로 아침 일찍 회사로 출근을 했다. 기다리던 중 오후 1시 자재를 실은 컨테이너 차량 3대가 회사에 들어왔다 한숨을 푹 쉬고 있는데 전화가 왔다. 본사 사람, 나에게 도움을 준 사람이었다. "자재 들어왔지요?" "네, 잘 들어왔습니다." "앞으로 또 일이 발생되더라도 전무님 이름은 빼야 합니다."라는 것이다. 웃음이 나왔지만 문제는 세관 통과가 남아 있었다. 월요일 출근 기계가 멈춰 있어 급하게 컨테이너를 개방해서 우선 공장 현장에 투입을 하고 한숨 돌리고 세관을 갔다. 세관 직원에게 애기를 했더니 난리가 났다.

불법이라는 것이다. 세관 허락도 없이 컨테이너를 열었으니 그냥은 넘어갈 수가 없다고 하는 것이다. 또다시 회사 윗분한테 도움을 받기로 하고 윗분을 모시고 세관으로 갔다. 설득과 용서를 빌고 빌어 잘 해결을 하고 회사로 들어왔다. 윗분이 하시는 말씀. "크고 좋은 경험을 했다. 잘 해라."라는 것이다. 미안한 생각도 들었지만 어쨌든 공장 기계는 잘 돌아가고 있으니 행복했다.

참 회사 전무님. 최종 면접 볼 때 무게 잡고 앉아서 듣기만 하던 면접관 당 그룹의 장남이었던 것이다. 많은 어려움과 힘들었던 자재과 근무가 끝나고 인사이동으로 회계과 자금부로 발령이 났다. 자재과 업무를 뒤돌아보면 공장 기계를 세웠던 일, 자재를 외주 업체에 보냈는데 제대로 입고가 되지 않아서 싸우던 일, 공장에 자재 투입이 늦어서 생산부와 싸우던 일들 생산과 보조를 맞추기 위해서 일요일도 없이 매일매일 출근했던 일. 가장 힘들었던 것은 그래도 내가 한 일을 윗분에게 결재를 받는 일이 아닌가 싶다. 정말 힘들었지만 행복한 순간이었던 것 같기도 했다.

이제 자금부서의 일을 시작해야 했다. 또 생소한 일들이 나를 기다리고 있었다. 지금 생각해 보면 참으로 힘든 시기였다. 컴퓨터 시대가 아니고 모든 것을 수기로 하는 시대인 것이다. 그런데 계산기는 있었다. 계산기를 1분에 누가 많이 두드리나 내기를 한 적도 있었다. 자금부 업무는 금융기관을 다니는 일이 주 업무였다. 오전에 서류 작성을 해서 은

행에 가서 업무를 처리하고 늦게 회사에 들어와서 외근 때 발생된 업무를 정리하고 결재 준비까지 하고 퇴근 일주일에 3회 정도는 했던 것 같다. 은행 업무는 은행 직원의 도움을 받아야 하고 각종 금리 법률에 맞춰서 시간과 싸우면서 일을 처리해야 하기에 그리 쉽지만은 않았다. 중한 것은 은행 직원들과의 유대관계가 좋아야 업무처리가 잘 진행이 된다는 것이다.

부서 내에서 행복했던 일 하나를 소개하면 자금부서에는 회사 매출과 관련되어 있는 자금을 입·출금하는 직원 외 화사 매입처 사내에 필요한 자금을 움직이는 출납이란 일을 하는 업무가 있었다. 즉 회사 자금을 운영하는 업무라고 생각하면 된다. 출납이란 업무는 꼭 자금을 움직이는 직원과 보조를 맞추어야 하는 업무였다. 그래서 출납 업무를 보는 직원은 자금을 움직이는 직원이 은행에서 일을 마무리하고 회사에 복귀를 해서 같이 마무리를 해야 할 업무가 많았다. 그래서 내가 외부 업무가 늦어지면 출납 직원 역시 퇴근 시간에 퇴근을 하지 못할 때가 많았었다. 미안하지만 어쩔 수가 없는 일이었다. 그럴 때 꼭 퇴근을 해야 할 거면 항상 내 책상 서랍에 편지를 써서 넣어 두고 퇴근을 했던 것이다. 회사에 복귀를 해서 출납 직원이 없으면 불안하고 서운할 때도 있었다. 그때마다 책상 속 한쪽에 놓여져 있는 편지를 보며 설렘과 흐뭇한 마음에 모든 것이 해결되곤 했었다. 적극 적으로 접근하여 사귀고 싶었는데 거기까지가 되고 말았었다. 지금 생각해도 너무나 고맙고 감사하고 무척 아쉬운 일이었다. 그래도 자급부서 업무는 어려움 없이 잘했던 것 같다.

　일이 많아서 회사에서 모든 업무를 처리하기가 어려워 집에까지 가방에 넣고 가서 잘 쉬고 있는 여동생에게 부탁을 해서 좀 미안한 생각도 하기는 했었다. 또 다시 인사이동을 한다는 것이 공고판에 붙었다. 어디로 갈까. 기대 반 두려움 반의 마음으로 기다리던 중, 공고판에 ○○○ 총무부서에 발령이 났다. 총무 부서로 자리를 옮겨서 업무를 시작하게 되었다. 출근 체크, 식권 체크, 회사 주변 체크, 회사 내 안전관리 체크 등 일이 무척 많이 늘어났다. 물론 급여계산 출근 체크는 기본이었다. 회사가 쉬는 날 공장 시설이든가. 기계를 수리를 하게 되면 감독차원에서 회사를 출근을 해야 했다. 그러고 보니 한 달에 한 번도 쉬는 날이 없이 출근을 했던 것 같다. 출근부가 빨갛게 물들었으니 말이다. 정말 열심히 했던 것 같다. 급여가 다가오면 자료를 뽑아서 서울 관계회사 컴퓨터실로 출장을 가서 일을 했던 일이 가장 기억에 남는 것 같다. 왜냐면 그때는 그룹 사 노무부서에 근무하는 직원들을 전부 만날 수 있어서다. 만나면 각 회사 애기도 하고 서울서 음주도 하고 즐거웠던 때가 생각이 나곤 한다. 법적인 업무를 잘 몰라서 안양에 있는 관계회사에 출장을 가서 일을 배워 왔던 일, 회사일이 잘못되어 관공서를 드나들던 일, 국가의 법이 바뀌면 회사 전목 시키기 위해 교육을 받으러 가다니던 일. 참으로 어렵지만 재미있는 일들도 많았던 것 같다.

그러던 중 회사와 이별을 하게 되었던 것이다. 많은 정도 들었지만 떠나야 할 시기인 것 같아 과감히 사표를 내고 다시 조선일보를 보기로 했다. 며칠 지나지 않아 인천지역 모집광고가 지면에 나왔다.

경영지원팀 과감히 이력서를 보내고 근방 면접 일정이 잡혀서 옷을 잘 입고 면접을 보러 갔다. 또 여러 명 경력자를 채용한다고 하고 큰 회사에서 근무를 해 봤으니 자신 있게 면접을 보고 기다렸다. 연락이 왔다. 합격이 아니고 사장님이 한 번 더 보자는 것이다. 반신반의 심정으로 회사를 갔다. 현 근무하고 있는 직원과 급여를 맞춰야 하는데 다니겠냐? 하는 것이다. 쉽게 말하면 내가 전 회사에서 급여를 많이 받았다는 것이다. 생각을 해 보겠다고 하고 집으로 와서 곰곰이 생각을 했다. 결론은 다녀 보자. 월급 조금 적어져도 괜찮다. 또 올려 주겠지 하고 출근을 하기 시작을 했다. 출근을 했다. 경영지원팀 몇 명의 직원, 그리고 나. 책임자가 되어 버렸던 것이었다. 직급은 대리로 하기로 했다. 좋았다. 열심히 하자, 했던 것이 26년 근속 정년을 맞아 퇴직하고 지금은 집에서 쉬며 놀고 있다. 많이 아쉬운 직장 생활이었다.

3. 직급으로의 직장 생활

대리부터 시작한 직급을 가진 직장 생활. 책임이 따른다는 것 정말 겁도 나고 무섭기도 했다.

초년생처럼 마음을 가다듬고 아래 직원들과 보조를 잘 맞추며 일을 시작했다. 총무 회사의 전반적인 살림을 관여해야 하는 것이고 회사의 입금과 출금을 관여하며 회사 내, 외 출금 업무를 해야 하고 일 년에 한 번은 꼭 해야 하는 결산이라는 업무를 해야 하는 것. 어렵다. 어렵구나. 하지만 열심히 하자. 되겠지, 하는 마음을 굳게 먹고 일을 시작했다. 업무를 진행하면서 모르는 것이 있으면 전화를 이용했고 다리품도 아주 많이 팔곤 했다. 왜 그리 관공서와 관계가 되는 업무가 많은지 노동청을 비롯해서 세관, 세무서, 시청, 구청, 의료보험 공단, 국민연금 공단 등 참으로 많았다. 일에 붙이기면 옆 회사에 가서 자문도 구하고 관공서도 뛰어 다니면서 아주 열심히 일을 했던 것 같다.

나는 우선 컴퓨터를 할 줄 아는 시대가 아니어서 업무를 빨리 처리를 하기 위해서 컴퓨터를 아주 열심히 독학으로 배우기 시작했다. 그리 멀지 않아 기본적인 것은 컴퓨터로 업무를 처리할 수 있을 만큼 하게 되었다. 우리 부서 여직원들까지 "부서장님 컴퓨터 실력이 장족의 발전입니다." 하곤 했을 정도였으니까 더욱 좋았던 것은 아래 직원의 손을 일일이 빌리지 않고 모든 일들을 나 혼자의 실력으로 해낼 수 있다는 것이다. 공문서 작성부터 사업계획서 작성, 각종 서식 만들고, 계산기가 필요 없을 만큼 컴퓨터로 숫자 계산 처리를 하고 더 중요한 것은 회계 프로그램을 잘했다. 신입사원이 입사하면 가르칠 정도가 되었으니까 말이다. 그 당시 타 부서 나와 동급에 있는 사람들은 컴퓨터를 못 해서 서류 작성이 필요할 때면 언제나 아래 여직원에게 부탁을 하는 방법으로 일을 처리했다. 타 부서 여직원들이 우리 부서 여직원들을 부러워할 정도였다. 인터넷은 회사와 관계를 맺은 교육기관에서 배웠고 회계 관계도 외부 기관에서 배웠던 것 같다. 책도 사서 읽고 책 속에 있는 내용을 나의 일에 적용을 시켜서 무단히 아무런 사고 없이 부서에서의 일들을 잘 처리했던 것 같다.

도서 중에는 간부가 변하지 않으면 회사는 망한다. 소규모 직원 조직을 움직이는 기술. 이 두 권이 나에게 큰 힘을 주고 잘할 수 있게 해 주었다. 그리고 터득하게 된 것이 회사일은 각 개인의 실력도 중요하지만 조직 잘 움직여야 한다는 것이다. 또 달라진 업무가 있었다. 각 직원들의 업무를 분장하는 일이었다. 총무, 경리 두 부서로 나누어서 해야 했다. 나누어 업무를 하니 어려움 없이 일을 잘 처리를 하게 되었다. 인정도 받고 신바람도 났고 회사 생활을 아무 일 없이 처리를 하다 보니 과장, 차장, 부장, 임원까지 차례를 거치며 올라왔고 아무 일 없이 정년을 맞이한 것이다. 그렇게 했던 것이 벌써 26년이란 세월이 흘러 장기근속이 되었다. 아쉽긴 하지만 세월이 그냥 두지를 않는 것 같다. 어쨌든 직장 생활은 열심히 아주 열심히 한 것은 맞는 것 같다.

그래도 기억에 생각나는 일은 회사일로 검찰청에 가서 조사를 받던 일이다. 겁도 나고 회사를 욕되게 하며는 나는 어떻게 될까, 하며 조마조마했던 일들! 회계 처리 관계로 세무서 및 국세청 조사를 받던 일들, 지울 수 없는 일들인 것 같다. 조사를 하시는 조사관들과 보이지 않는 머리싸움이 계속되었고 긴장감이 머릿속을 떠나지 않았던 일. 전국 법원을 다니며 회사의 받기 어려운 채권들을 받기 위해서 재판을 받던 일. 또한 나에게 힘든 일이였지만 일도 많이 배워서 정년을 맞이한 지금도 나의 개인 일에 적용을 할 수 있는 일이어서 참 좋구나, 생각하고 있다.

그래도 가장 기쁘고 좋았던 일이 있다. 회사네 과장급 이하 모임이 있었는데 간부들에 대해 평가를 한다고 하는데 항상 내가 존경받고 성실한 일등 간부로 뽑혔다고 했다는 것이다. 정말 최고로 기분 좋은 것이다. 영원히 잊지 못할 일임에는 틀림이 없는 것 아니겠나.

학교에 다닐 때 공부도 하지 않고 놀고 술 마시고 했지만 회사 생활은 어느 누구보다 아주 열심히 해서 사원부터 임원까지 했으니 인생의 반은 성공을 했다. 라고 생각을 하고 제2의 인생을 찾고 있는 중이다. 틀림없이 좋은 일이 올 거라 나 자신을 또 한 번 믿고 싶어진다.

4. 꼴찌에서 일등까지

꼴찌 참으로 어렵다. 어려운 것이지만 나는 했다, 꼴찌. 창피하고 슬프지만 그만한 능력이니 어쩔 수가 없었다. 그러나 직장인이면 그래도 하고 싶은 것, 회사 임원. 난 그래도 회사 임원까지는 해 봤다.

나는 강원도 오지에서 초중학교를 다녔고 고등학교부터 대학교까지는 시내에서 다녔다. 학교를 다닐 때 공부 잘 몰랐다. 공부를 어떻게 하는 건지 어떻게 해야 하는 건지 그냥 시험 때만 열심히 암기를 해서 시험을 잘 치르면 되는 것으로만 알았었다.

대학교 다닐 때에는 자취를 했는데 한 끼 식사를 막걸리로 때우는 날도 있었을 정도로 술도 아주 많이 마셨던 것 같다. 그래도 지금 생각해 보면 졸업을 아무런 일 없이 했고 사회에 진출을 하기도 했다.

학교 우등생이 사회에서 우등생이 꼭 되라는 법 없듯이 학교 꼴찌생이 사회 우등생이 안 되란 법 없다는 말과 같이 한번 해 보자라는 생각으로 사회에 발을 내딛었던 것이다. 운이 좋은 건지 질문이 쉬워서 그런지 1986년 5월 20일 대기업에 입사 시험에 합격을 하고 다니게 되었다. 마음을 아주 굳게 먹고 출근을 하기 시작했다. 집에서는 직장 선배인 작은 누님께 물어 보고 옷도 잠바 청바지에서 양복으로 바꾸고 했다. 첫날 출근 부서에서 자기소개가 잠깐 있었다. 강원도 촌에서 이곳까지 왔으니 열심히 하겠습니다. 많이 알려 주시고 이끌어 주십시오. 간단히 인사를 하고 책상에 앉았다. 책상 위에는 결재판이라는 것이 '결재를 바랍니다' 하고 두 개가 놓여 있었고 책상 서랍을 열어 보니 사무 도구와 명함이라는 것이 두 개나 들어 있었다.

아주 많이 기쁘고 좋았고 내가 취직을 했구나! 속으로 소리를 지르며 행복해하고 있었다. 차례대로 부서 사람들과 일일이 악수를 하며 인사를 나누고 나니 마음속으로 기대 반 걱정 반 왔다 갔다 하고 있었다. 마음을 가다듬고 조용히 있는데 대리라는 사람이 나를 불렀다. 겁이 났다. 하지만 어쩌나 해야 할 거면 '단단히 마음을 먹고 하자' 하며 부르는 대로 갔다. 대리님 말씀 개인적으로 물어본다고 하면서 몇 가지를 물어봤다. 대학 나왔니, 과는, 집은 어디고? 간단히 묻는 말에 대답을 하고 '지금부터는 해야 할 일을 알려 주겠다' 하면서 장갑부터 건네주었다. 그러면서 자재는 창고에 있는 물건들이 얼마나 있고 무엇이 부족 하고 남는지를 언제나 잘 파악을 해야 한다며 아주 큰 자루 같은 것에 담겨져 있는 물건을 이리저리 수량을 세고 있었다.

나도 따라서 반대편에서 자루를 세곤 했다. 오전 일을 마치고 점심시간 식당으로 가는 도중 대리님 씩 웃으시며 앞으로 나하고 일을 같이 해야 한다며 우리 열심히 해 보자 하는 것이다. 처음 인상치고는 부드러울 것 같아서 내심 안심이 되었다.

오후에도 같은 일을 계속하고 퇴근을 하려는데 "오늘 수고 많이 했다. 내일부터는 다른 업무를 할 테니 마음 든든하게 먹고 오라."는 것이다.

다음 날 출근을 해서 사무적인 업무를 시작했다. 근본적으로 글씨를 잘 쓰지 못했는데 모두가 글로 작성을 해야 하고 참으로 큰일이었다. 글씨부터 연습을 해야 할 것 같은 생각까지도 들 정도였다.

하루 이틀, 한 달, 두 달 이어가는 중 업무도 스스로 어느 정도 하게 되었다. 창고에 들어있는 자재의 많고 적음 예비로 갖고 있어야 할 수량 등 열심히 하고는 있는데 이상한 것이 있었다. 난 회계학과를 나왔는데 왜 자재과로 왔는지 참으로 궁금하고 알고 싶었다. 그래서 쉬는 시간에 대리님께 물어보았다. 그런즉 회사는 필요할 때마다 인사이동을 하고 그러니 우선 자재과 일을 열심히 하면 내가 배운 회계과가 맞는 부서로 갈지도 모른다였다. 알았다, 하고 무슨 부서면 어때. 들어온 것만 해도 다행이지. 열심히 하자는 마음으로 아주 열심히 일을 했었다.

아침에 누구보다도 일찍 출근을 하고 업무 준비를 하고 퇴근을 할 때도 두 번 다시 손이 가지 않게 깨끗하게 정리를 하고 했다. 그래서 그런지 대리님이 "자네와 같이 일하게 된 것이 너무나 좋네." 하는 것이다. 다행이다. 기분이 좋았다. 그래. 시작이다. 열심히 해 보자. 학교 꼴찌, 사회 우등생이 되어 보자. 굳게 마음을 다시 한 번 다짐을 했었다. 자재과 업무를 하는 동안에 협력사 관리 업무도 좋았고 원자재 수급도 괜찮았는데 옥에 티, 그것도 아주 큰일이 발생되었었다. 자재과 대리님이 개인 사정으로 회사를 그만두고 여직원을 데리고 혼자서 업무를 수행하던 중이었다. 원자재는 원료를 외국에서 수입을 했는데 업무의 착오로 원자재가 늦게 공장에 들어오는 바람에 공장의 일부 생산 라인을 멈추게 한 것이다. 이리저리 발로 뛰어 마무리를 잘하기는 했지만 나에게는 엄청 큰 경험이 되었다. 윗분께 많은 꾸중도 들었지만 또한 윗분들께서 같이 힘을 합쳐서 해결해 주셨고 일이 끝날 무렵 수고했다고 해 주시기에 정말 죄송하고 몸 둘 바를 몰랐던 것이 기억이 난다.

얼마의 시간과 세월이 흘러 드디어 부서 이동의 날아왔다. 사회에 첫발을 디뎌서 머물렀던 곳 자재과를 뒤로 하고 재무부 자금과로 발령이 났다. 또 생소한 곳에서 사람과 업무를 익히려니 걱정도 되고 부담도 되고 머리가 복잡해졌다. 그래도 어쨌거나 한번 해 보자. 초심과 같은 마음을 먹고 업무를 배우며 시작을 했다. 그런데 웬일이니 최고로 하기 힘든 영어가 많았다. 걱정이 태산처럼 느껴졌다. 머리는 하얗게 변하고 앞이 캄캄해지기까지 해서 하는 수 없이 퇴근길에 서점에서 영어사전을 구입해서 회사 서랍에 놓고 필요할 때마다 모르는 영어는 찾아보기로 하고 영어로 된 서류를 보게 되었다. 다행히도 일반 영어가 아닌 전문 영어라서 그렇게 어렵지는 않겠구나 하고 한숨을 내쉬었다. 그래. 열심히 해 보자.

자금과 업무는 이랬다. 영업부 직원들이 거래처에 납품을 하고 수금으로 내국 신용장을 받아 오면 신용장을 기본으로 하여 서류를 만들어 금융기관에 가서 내국신용장을 현금으로 바꾸는 것이다. 물론 수출도 신용장과 같은 수출면장과 기초원자재란 서류가 있어서 똑같이 서류를 만들어 금융기관에서 현금화를 했었다. 우선 업무를 수행하려면 각 나라 환율을 알아야 하고 서류 자체가 모두 영문이어서 업무 수행하는 데 힘이 들곤 했지만 나의 식견을 넓히는 것 같아서 좋기도 했다. 재무부 업무는 세법과 기간이 정해져 있는 날짜에 꼭해야만 하는 일들이 많았다. 업무가 지연되거나 잘못되면 가산세라는 것을 징수해야 하는 것이다.

그러던 중 또 인사이동이 이루어졌다. 총무 부서였다. 출퇴근 체크, 급여계산, 공장 주변 정리, 관공서에 관계되는 업무 등 복잡하게 많았다. 특히 노동부 쪽 업무가 제일 어려웠던 것으로 기억이 난다. 서류를 작성해서 방문을 하면 몇 차례 퇴짜를 맞곤 했다. 그래서 옆 다른 회사에 가서 물어보고 배우며 업무를 했던 것이다. 어쨌든 주어진 업무를 충실히 하고 어느 정도 시간이 흘러 개인적인 사정으로 회사를 그만두게 되었다.

앞이 캄캄했지만 '되겠지' 하면서 조선일보를 또 보게 되었다. 드디어 나타났다. 경영지원팀 경력자 모집. 중소기업이긴 했지만 이력서를 작성 제출을 했다. 면접 일정에 맞춰 준비를 하고 면접날 회사를 갔다. 내가 다녔던 회사는 회사 사람이면 누구나 금방 알 수 있는 회사여서 중소기업이라 면접도 아주 쉽게 보고 출근도 하게 되었다. 경영지원팀 총무회계를 총 책임지는 부서였다. '열심히 하자. 여기까지 왔으니 어쩔 수 없다' 하고 마음을 다시 한 번 굳게 먹고 다니기 시작을 했다. 이때 대기업과 중소기업의 차이가 뭔지 조금은 알 수 있는 시기였던 것 같다. 열심히 했다. 이리 뛰고 저리 뛰면서 모르는 것은 전화나 아니면 방문을 해서라도 내 것으로 만들고 경영지원팀장에 걸맞게 아주 열심히 했었다. 가장 큰 일은 관공서, 세무에 관한 조사를 받던 일인 것 같다. 어렵고 힘들고 맥 빠지는 일. 그것도 주기적으로 하는 일이었다.

열심히 회사 일을 잘 헤쳐 나가다 보니 대리부터 임원까지 승진도 할 수 있었다. 지금은 35년이란 긴 세월의 회사 생활을 정년이란 제도에 부딪쳐 회사를 퇴사하고 집에서 쉬고 있다. 회사 생활을 한 것처럼 마음만 굳게 먹으면 제2의 인생도 조만간 만들어지리라 생각을 하며 지내고 있다. 지금 집에서 쉬면서 생각해 보면 중소기업은 정년이 55세였다. 정년퇴직을 하고도 61세까지 다녔으니 회사 일을 열심히 하고 잘해서 회사의 배려가 있어 몇 년을 더 근무를 했다. 처음에 말했던 것처럼 학교 우등생이 사회에서 우등생이 꼭 되라는 법 없듯이 학교 꼴찌생이 사회에서 우등생이 안 되란 법 없다는 글을 다시 한 번 읽어 보고 싶어진다.

5. 나는 나의 직장 생활을 존중한다

나는 사실로 말하자면 공부는 나와 거리가 멀었던 것 같다. 국민 학교 때 지금은 초등학교지만 일학년 때 우등상을 받았던 기억이 난다. 그때는 공부도 물론 잘했겠지만 나의 아버지께서 힘을 써 주서서 어떻게 우등상을 받은 것이 아니었나, 하는 생각을 해 본다. 어떠한 일이 있어도 학교를 아주 열심히 다녀서 학년마다 개근상은 항상 받았던 것으로 기억이 난다. 고등학교를 졸업하고 대학은 꼭 가야 한다는 식구들의 성화에 어쩔 수없이 갔던 것 같고 학과도 배우고 싶은 과가 아닌 그냥 자세히 알아보지도 않고 갔던 것이다. 그러다 보니 학교에 다닐 때 공부는 멀리하고 노는 데 열심히 했던 것이 아니었던가 하는 생각을 지금에 와서도 해 보게 된다.

그런 내가 나의 직장 생활을 존중한다는 것은 직장 생활에서 우등생이 되지 않았나 하는 생각에서 감히 직장 생활을 존중한다고라고 말하고 싶다.

나는 군대 입대를 하기 전 신체검사에서 썩 좋은 등급을 받지 못했었다. 대학교를 졸업했다는 건으로 현역 입대자로 판정을 받았다. 그리고 독자며 부모님께서 연세가 많으셔서 보충역으로 판정이 날 줄 알았는데 그러지도 못했다. 더구나 집안에 재산도 많고 해서 현역으로 판정이 났다. 군에 입대해서 얼마 지나지 않아서 군대 인사과 간부가 불러서 갔더니 김 이병 군 생활 열심히 하라고 말씀을 하시는 것이다. 그러면서 아버님께서 의가사 전역을 신청하셨다는 것이다. 그런데 서류 심사 등 여러 가지로 조건이 적합하지가 않아서 되지가 않았다는 것이다. 사실 나는 의가사 신청을 했는지 알지도 못했고 군대 안에 있어서 알 수도 없었던 것이다. 어쨌든 군대 생활은 계속해서 진행이 되었다.

학교에 다닐 때에는 공부도 하지 않고 놀기만 했지만 군대 생활에서는 아주 잘하는 우등 병사가 되었던 것이라 지금도 말하고 싶다는 것이다. 졸병 때는 빠른 행동과 눈썰미로 무난히 근무를 하여 선임들에게도 칭찬을 많이 받곤 했었던 기억이 지금까지도 생생하게 난다. 선임 때에는 졸병들을 잘 이끌어 주고 언제나 형님 같은 자세로 대해 줘서 졸병들로부터 존경스러운 선임으로 대우를 받으며 생활을 아주 잘했다. 언제나 타 병사의 모범이 되어서 부대 표창도 수상을 했었던 것이다. 이러하듯이 군대 생활을 무사히 마치고 직장 생활을 시작하게 되었는데 지금부터 직장 생활을 존경하고 싶은 것들을 말하려고 한다.

학교에 다닐 때 공부는 못했는데 이상하게 취업은 잘했던 것 같다. 직장인이면 그 누구도 알 수 있는 대기업에 취업을 했으니 말이다. 집안의 경사였던 것으로 지금도 생각이 난다. 작은 누님 그 당시도 그랬지만 지금도 식구들 모인 곳에서 얘기를 이렇게 하신다. "야. ○○ 아빠, 그때 어떻게 그 회사에 들어갔니? 참 이상하다. 어쨌든 대단했어!" 하신다. 나 자신도 운이 좋았던 것이 아니었을까 하는 생각을 지금도 할 때가 있다. 사실 말이 그렇지 공부를 전혀 안 하지는 않았다. 군대 생활도 잘했지만 직장에 취업도 했고 정말 훌륭한 인생을 살아 보자라는 굳은 마음을 먹고 시작을 하게 되었다. 지금 생각을 해도 직장은 나에게 인간성, 끈기, 자신감 등 여러 면에서 나에게 큰 인생의 발자취를 만들어 준 곳이 아니었나 하는 생각을 하게 된다. 모르는 것은 알게 해 주고 모르는 것을 알 수 있게 하는 방법도 일러 주고 상하 인간관계에서 지켜야 할 도리 같은 것도 알려 주고 대인관계를 훌륭하게 유지해 가는 방법도 알려 주고 어쨌든 여러 방면으로 나에게는 존중할 만큼 자랑스러운 직장 생활이 아니었던가 하는 생각을 하게 된다.

처음 직장 생활을 시작할 때 어떤 것부터 어떻게 해야 할지 모르는 환경에서 주변 직장 동료들로 하여금 나를 가르쳐 주도록 도움을 준 직장, 어떤 일이 나에게 주어졌는데 해결하지 못하고 당황해하면 이런 저런 방법을 제시해 주어서 해결을 할 수 있게 해 주는 직장, 하급 직원일 때는 선임들을 대하는 태도 및 방법, 윗사람이 되어서는 하급 직원들을 잘 이끌고 존경받는 선임이 되는 법을 일깨워 준 직장, 거래처 직원 및 대표자를 만났을 시 대하는 방법 등 나에게 많은 것을 알게 해 준 직장이기에 존중하고 싶다.

직장 생활을 하면서 가장 힘들고 어려웠던 일이 컴퓨터에 관한 일이었던 것 같다. 내가 학교에 다닐 때에는 컴퓨터 시대가 아니었는데 직장 생활을 하다 보니 점점 컴퓨터가 사무실에 들어오고 컴퓨터를 하지 못하면 업무를 보는 데 무척 어려움이 초래될 것 같은 분위기가 감지되곤 했었다. 직장에서 '나 정도 연령의 직장인들은 그 누구나 할 것 없이 컴퓨터하고는 거리가 먼 직장인이 아니었을까' 하는 생각이 지금도 눈 앞에 선하다. 그래서 나는 아주 열심히 컴퓨터 공부를 했던 것 같다. 그것도 책을 보고 독학으로 꾸준히 하다 보니 아주 잘하지는 못해도 공문서 보고서 계산, 그림 하여간 여러 가지를 할 수 있게 되었고 젊은 직원들로부터 "우리 부서장님 짱이십니다. 대단하십니다."는 얘기들도 많이 들었던 것 같다. 이유는 다른 부서 직원들이 우리 부서 직원들을 부러워한다는 것이다 다른 부서는 부서장들이 컴퓨터와 관계되는 일을 스스로 하지 못하고 꼭 시킨다는 것이다. 그런데 우리 부서는 그렇지 않으니 되니 그것도 부서장 잘 모신 덕분이라고들 한다고 하니 말이다. 고전을 하면서도 배우니 되더라, 하며 부듯함을 가장 크게 느끼게 된 것은 회계 프로그램을 한다는 것이다. 직원들이 회계 프로에 입력을 하게 되면 입력한 내용으로 수정 및 조정도 할 수 있어야 회사의 일 년 성과를 분석을 할 수 있기 때문인 것이다. 이렇게 회사의 일 년 농사를 분석할 수 있는 실력을 갖게 만들어 준 거 이 또한 나에게는 존중할 만한 직장이 아니었을까? 싶다.

또 직장 생활에 있어 자신감 같은 것이 아닐까? 업무를 하다 보면 막막할 때가 많이 있는데 그럴 때마다 직접 부딪히면서 배우며 일들을 처리했던 것 같다. 관공서에 관한 일을 모르면 관공서 담당자를 찾아가서 안면을 몰수하고 물어서 끝내 내 것으로 만드는 자신감 특히 회계부서에서 정기적으로 맞이하는 세무조사, 정말 무시무시하고 스트레스가 배를 넘나드는 조사, 국세청에서 조사를 나오는 조사관들과의 머리싸움. 지금도 생각해 보면 머리가 흔들린다는 것이다. 한 달 이상 머리싸움을 하다 끝이 나면 큰 허탈감에 휘말려서 잠시 멍해지는 순간과 '아! 끝났다!' 시원하고 아쉬워했던 때.

지금 생각해 봐도 자신감이 있지 않았으면 해내지 못했을 거란 생각을 하게 된다. 대인 관계 중에시는 초상집이 발생하게 되면 방문을 해야 한다는 것을 알게 되었다는 것이다. 사실 직장 생활을 하기 진에는 발생이 되었는지 가야 하는지를 몰랐었다. 사소한 거라고 할 수 있겠지만 대인관계 중에서는 아주 중요한 일인 것에는 틀림이 없는 것 같다는 것이다. 기쁜 일이 생기면 같이 기뻐해 주고 슬픈 일이 있을 때에는 같이 슬픔을 나누어 가질 수 있는 그런 대인관계도 직장에서 배웠으니 난 직장을 존중할 수밖에 없다. 이렇듯이 사람이 살아가는 데 여러 가지로 도움을 준 직장이기에 영원히 잊을 수도 없지만 존중하는 마음을 가지고 인생을 살아야 한다는 것이다.

6. 결국 원하는 대로 이루어지더라

나는 지금까지 살아오면서 언제나 하면 된다는 자신감을 가지고 생활을 하지 않았었나, 하는 생각을 하게 된단다. 무슨 어떤 일을 하든 간에 과정은 어렵고 힘든 일이지만 꼭 끝을 봐야 한다는 그런 생각을 가지고 했었다. 그것은 어린이 때부터 지금에까지 쭉 연결이 되었고 앞으로도 생이 마무리되기 전까지 되지 않을까 하는 생각을 해 본다. 초등학교부터 중학교까지는 강원도 농촌 오지 마을에서 생활을 했는데 동네에서 효자, 똑똑한 놈, 부지런하다, 잘해 등 이런저런 이야기들을 주변 어르신들의 말씀을 많이 들으며 생활을 했다.

봄이면 어른들도 힘들다는 논 밭갈이라는 것을 했다. 어느 날 아버지께서 논갈이를 하시다 쉬는 것을 보고 '야. 저거 내가 한번 해 볼까, 안 될까' 하며 아버지께 "제가 한번 해 볼까요?" 했더니 아버지께서 힘들 텐데 하시며 해 보라고 하셨다. 이때다 싶어 옷을 걷어붙이고 물 논에 들어가 흙탕물을 헤치며 나보다 더 큰 쟁기를 들고 일하는 큰 소를 부리며 논갈이를 했다. 아버지께서 "어! 대단하다. 잘하네." 옆 논에서 일을 하시던 주변 어르신도 "야. 장하다." 하신 것이다. 밭갈이도 같은 방법으로 아버지 일손을 덜어 드리던 것이다. 아버지께 웃으며 "거 보세요. 하면 됩니다.”라고 자랑을 했었던 기억이 지금도 생생하다. 겨울에는 집 아궁이에 넣을 땔감을 하루에 최소한 3번 이상은 했었고 여름에는 소먹이 풀도 하루에 한 번은 꼭 했다. 주위 동네 사람들로부터 “대단하다. 저런 놈이 어디에 있냐.”며 하시는 소리들도 많이 들었으며 어쨌든 열심히 했었던 것 같다. 목표는 이랬던 것 같다. 무조건 하루에 땔감은 3회는 해야 한다. 여름에 소 먹일 풀은 한 번은 꼭 해야 한다. 이런 목표를 세우고 했던 것 같다. 아버지가 너무 무리하지 말라고 하셔도 내가 세운 목표는 달성을 해야 한다는 것이 나의 생각이었다.

겨울에 논에 고인 물이 얼면 얼음 위에서 얼음을 타고 노는데 집에 스케이트가 있었는데 스케이트가 타고 싶어 몰래 훔쳐서 밤에 얼음 위에서 혼자서 연습을 했었다. 무릎이 까지고 엉덩이가 골병들어도 열심히 했었다. 그러다 보니 스케이트 타는 실력이 많이 향상되고 즐길 줄 알아서 남들이 부러워할 정도로 되었던 것 같았다. 스케이트를 신고 일어서기도 힘들고 뒤뚱뒤뚱했던 내가 타려고 하니 되더라는 것이다.

고등학교는 시내에서 유학을 했는데 이런 것을 알게 되었다. 오지에서 아무리 공부를 잘했다 해도 시내에서 공부를 한 애들을 따라 가기가 힘들다. 확실히 시내 애들이 공부를 잘한다. 그래서 사람은 서울로 보내야 한다는 말이 나온 것이 아닌가 하는 생각도 하게 된다. 어려움 속에서 학교를 다녔다. 또 인문계 고등학교라 대학을 목표로 공부를 해야 한다. 그래. 가야 한다면 해 봐야지. 3학년 때 하기는 싫었지만 어쩔 수 없이 그래도 열심히 했던 것 같다. 그렇게 해서 가야 한다는 대학교에 입학을 했다. 못 갈 것 같았던 대학교를 하면 된다는 자신감이 나를 다시 한 번 존재한다는 것을 알게 해 준 것이었다.

그 누구나 가기 싫어하는 군대, 나는 신체적으로 크지도 않고 몸짓도 작아서 군대 생활을 제대로 할 수나 있을까 할 정도로 체형이 작다는 것이다. 그래도 상 95, 하 30이면 중 정도는 되지 않을까. 내 생각 기준으로 한다면 말이다. 군대 생활을 하면서도 언제나 하면 된다는 자신감과 정신력으로 모든 것을 무사히 헤쳐 나갔다. 훈련소에서 모든 것이 힘들지만 먼저 긍정적인 마음을 같고 능동적으로 해 보자 하면 된다는 자신감을 가지고 임했기에 힘도 덜 들고 무사히 잘 했었던 것 같다.

군대 자대에서도 누가 하지 못하면 혼자서라도 남아서 끝까지 하려고 하고 해결을 했다. 군 수송부에서 생활을 했는데 차량을 언제 어디서나 사고의 위험을 존재하고 있는 무기라 정비 등을 아주 철저히 해야 하는데 어려움이 많았지만 아주 열심히 하면 된다는 자신감을 가지고 했었다.

직장 생활은 처음 입사를 해서 원자재 업무를 했는데 업무에 문제가 생겨서 원자재 수급에 차질이 생겨 생산라인이 멈추고 직원들은 놀고 앞이 캄캄한 일이지만 슬기롭게 머리의 회전력을 발휘하여 아주 높은 분의 이름을 팔아서 해결을 했었던 사건이 지금도 생각이 난다. 이런 말이 있다. 닥치면 되리라. 좋게 말하면 '하면 된다'는 말로 바꾸면 좋겠다. 부서 이동으로 총무 관계 업무를 할 때다. 관공서 일을 하려면 또 어렵고 힘들었다. 서류를 잘 해서 제출한 것 같은데 담당자가 자꾸 퇴짜를 놓는다는 것이다. 악착같이 서류를 만들어서 자꾸 제출을 했던 것 같다. 하면 된다. 자신감. 그렇게 하다 보니 업무가 처리되고 담당자한테 수고 많았다는 얘기도 듣고 했던 것 같다. 긴급을 요하는 업무 지시가 있을 때가 더러 있는데 가장 어렵고 힘든 것이 사업계획서를 작성하는 것이 아니었던가 하는 생각을 하게 된다. 사업계획서를 작성하여 금융기관에 제출을 해야 한다고 하자. 긴급이니까 시간상 촉박하다는 것이고 정말 발등에 불이 떨어진 거나 다를 바 없는 것이기에 밤을 새워가면서 서류를 작성하여 제출을 해서 금융기관에서 접수가 됐고 서류 심사에서 합격을 했다는 소식을 접하면 그때는 정말 날아갈 것 같은 분위기에서 "야! 열심히 하니 되는구나. 자신감이 결과를 좋게 해 주었구나." 할 수 있다는 것이다.

회계부서에서 일을 많이 했는데 가장 어렵고 힘든 것이 세무조사 업무라는 것이다. 세무 조사 애기만 나와도 회계부서는 초비상이나 마찬가지라는 것이다. 이번에는 또 어떻게 방어를 해야 하나 다방면으로 생각을 하고 세무조사 준비를 한다. 우선 마음가짐이 중요할 것 같아서 마음을 다스린다 하면 된다. 해 보자. 자신이 있다. 혼잣말로 중얼거리며 조사 대비를 한다. 한두 달 정도 조사를 받고 결과를 국세청으로 받고 "야! 그래도 잘했어. 역시 하면 돼. 자신감이 있어야 돼." 하며 마음적으로도 세무조사 마무리를 했었다.

이러 하듯이 하면 된다. 자신감이 있으면 모든 것은 결국은 원하는 대로 되는 것이 아닌가 하는 생각을 하게 된다.

사람이 이 세상에 태어나서 한번 살 거면 하면 된다. 자신감을 갖고 산다면 삶 자체도 원하는 삶을 살지 않을까 하는 생각이 든다.

7. 내 지식을 아랫사람에게 물려주자

언제인지는 잘 모르지만 내가 직장 생활을 하면서 간부급 직책에 도달했을 때 우연히 눈과 마주쳐서 구입을 해서 읽었던 책 제목이 생각이 난다. 대략 '간부가 변하지 않으면 회사는 망한다'는 책으로 간부급인 나 자신이 보기에는 아주 훌륭한 책이란 것을 느끼며 읽었던 기억이 난다. 지금의 내 위치에서 아래 직원에게 어떻게 지시를 하며 무엇을 어떻게 지식을 전달해 주어야 훌륭한 간부가 될 수 있을까 하는 여러 가지 많은 글들이 쓰여 있었다는 것이다.

책을 읽으면서 과연 내가 책 내용과 같이 하면서 정말 훌륭한 간부급 사원이 될 수 있을까 하는 복잡한 심정으로 책을 읽었던 것 같다.

난 신입사원 면접을 볼 때도 실력은 그렇게 중요시 하지 않고 그 사람 됨됨이를 많이 보고 체크를 했던 것 같다. 기본 적으로 인간의 수양이 되어 있다면 윗사람을 잘 따르고 알려 주는 지식을 잘 받아들이고 이해하며 열심히 할 거라는 생각에서 그렇게 했던 것 같다. 실제로 내가 면접을 보고 채용을 한 사원들은 착하고 열심히 근무를 아주 모범적으로 잘 했던 것 같다. 내가 지시를 하게 되면 아무런 불평불만 없이 잘 따르고 일을 알려 주면 잘하려고 노력하는 것이 보일 정도로 아주 열심히 하는 것을 볼 수가 있었다. 나 역시 그렇게 직장 생활을 했고 그 덕분에 지금의 위치까지 오르게 되었던 것이다.

나는 직장 생활 초기에는 참으로 어려운 환경에서 시작을 했었던 것 같다. 선임이 공석이어서 혼자서 이리저리 뛰며 이사람 저 사람에게 물어보면서 일들을 처리를 하곤 했다. 특히 어려운 관공서와 관계가 되는 일들은 직접 관공서 담당자를 찾아가서 물어보고 힘들게 처리를 했다. 관공서 담당자들 지금 생각해 보면 정말 대하기가 힘들었던 상대임에는 틀림이 없었던 것 같다. 처음에는 질문을 해도 자세히 알려 주지 않고 여러 번 관공서를 드나들면서 일들을 처리하게 할 때가 많았다. 이렇게 스스로 움직이며 일들을 배우고 했기에 초 간부급 때부터 회사의 어려운 일들을 아무 사고 없이 잘 처리를 했으며 지식 또한 많이 쌓았던 것 같다.

그로 인해서 면접을 볼 때 지식보다는 인간성을 많이 보게 된 것일 줄도 모르는 일이라는 것이다. 인간성만 갖추고 있으면 일은 배우면 될 것이고 내가 지식을 전수하면 될 거라는 생각에서 그렇게 했다. 그렇게 할 수 있었던 것은 업무에 대해서 해박한 지식이 있다는 것이다. 설상 모르는 것이 있다고 하면 배워서 하면 된다는 자신감도 있다는 것이다.

나는 어려서부터 남에게 양보 배려하는 마음이 존재하고 있었던 것 같다. 예를 들어서 초등학교 때 학교 운동장에서 축구를 하게 되면 좀 잘한다고 혼자서 열심히 하는 친구를 무척 싫어했었다. 혼자 하는 것보다는 여럿이 하면 힘도 덜 들고 쉽게 할 수 있는데 고집을 부리며 하는 거 혼자 하다가 상대팀에게 빼앗기라도 하면 모든 것이 물거품이 될 수도 있기 때문에 싫어했던 것 같다. 그런 존재함을 중, 고등부에 올라가서도 계속해서 이어졌다.

대학교에 다닐 때에는 테니스를 즐겨 치곤했는데 복식을 좋아했는데 양보 배려 때문에 패자가 될 때가 많았던 것으로 기억이 난다. 군대에 복무 중에 일 년에 한 번씩 체육대회를 하는데 배구 시합을 할 때마다 세터로 선수를 했다. 쉽게 말하면 공을 잘 올려서 공격을 잘할 수 있도록 여러 선수에게 공을 골고루 배분해 주는 선수 역할을 잘했다.

직장 생활을 하면서도 평사원일 때에는 엄청나게 열심히 배우고 해서 내 지식으로 만들어 놓고 초 간부급이 되어서는 아래 직원에게 가르쳐 주고 내가 꼭 움켜쥐고 업무를 하지는 않았던 것 같다. 내가 움켜쥐고 알려 주지도 않으면서 일처리를 못 하면 화만 내는 그런 초 간부는 아니었고 또 그런 것을 아주 싫어하는 직원이었다. 근무를 하면서 다른 부서의 업무 진행을 살펴보면 부장급 직원에서 그런 일들이 많이 발생이 된다는 것도 알게 됐다는 것이다. 내가 알고 있는 일을 아래 직원에게 알려 주면 내가 위험하지 않을까 해서 그러는 것인지는 몰라도 참으로 안타깝다는 생각마저 든다.

부장급 정도가 되면은 본인이 알고 있는 지식들을 아래 직원에게 가르쳐 주고 나누어 주면 아래 직원들도 새로운 일들을 알아서 좋을 것이고 본인은 좀 편하게 근무를 할 수도 있을 것인데 말이다. 중요한 것은 여유의 시간은 새로운 아이 템을 발견 및 연구를 해서 회사의 발전에 기어하는 부장다운 직급에 맞는 일을 하는 것이 더 중요하고 좋지 않을까 하는 생각을 하게 된다. 그렇게 하게 되면 본인도 존재감을 나타낼 수 있고 회사는 더 발전을 할 수 있어 더 좋고 일거양득일 것인데 이를 알지 못하고 직급의 권위만을 내세우며 근무를 하려는 부장급들이 있다는 것이다.

나는 직장 생활을 하면서 부장의 반열에 올랐을 때 내가 알고 있는 지식은 무조건 아래 직원에게 가르쳐 주고 전수를 했었다. 특히 사업계획서, 년 자금수지 계획서, 결산을 하게 되면 손익을 조정하는 것 등 고난도 업무도 아무 거리낌 없이 가르쳐 주고 했다. 그러면서 일들은 아래 직원들이 하고 모르면 잘 가르쳐 주고 나는 아래 직원들이 일을 편안하게 효율적으로 할 수 있게 환경을 만들어 주는 역할을 했었던 같다. 그리고 회사의 발전을 위해서도 많은 신경을 쓰면서 직장 생활을 했었다. 그렇게 하다 보니 임원도 되었던 것이고 지금은 정년퇴임을 하고 잠시 쉬고 있지만 지나고 온 직장 생활을 돌아보면 아래 직원들에게도 흉을 보는 선임보다는 존경받는 선임으로 남지 않았나 하는 생각을 해 본다.

퇴사하고 같이 근무했던 아래 직원 차장이란 직원이 전화가 왔었다. 전화를 받으니 식사 좀 같이하자는 것이다. 날짜를 잡고 고민을 해 봤다. 무엇 때문에 갑자기 식사를 하자는 것인지 날짜와 시간에 맞추어 식사 장소로 갔었다. 식사 자리에는 다른 직원들도 같이 나왔다. 식사하면서 이런저런 대화를 나누던 중 이런 얘기를 하더라는 것이다. 같이 근무하실 때 많은 일들을 잘 알려 주시고 편안하게 해 주셔서 지금까지도 근무를 잘하고 있다는 것이다. 속으로 이 사람들이 그래도 나를 좋게 봤구나, 하는 생각이 들며 내가 잘해 주긴 했나 보구나, 했다.

직장 생활을 할 때 아래 직원들만의 모임이 있는데 그 모임에서 가장 존경스럽고 배울 만한 간부 투표를 하면 내가 항상 언제나 일등을 했다는 얘기는 들은 적도 있었다. 그만큼 잘 알려 주고 가르치고 편안하게 근무를 할 수 있게 만들어 준 대가가 아니었을까 하는 생각을 하게 된다. 지금 생각을 해 보면 그래도 잘했구나, 하고 씩 웃곤 한다.

제7장

병원

1. 길었던 병상에서의 생활

제1절 병원에 입원하기 전 이랬다

술 참 좋아했다. 지금은 술을 먹고 싶어도 먹을 수가 없지만 더러 이 상태에서 술을 마시면 어떻게 될까? 건강이 어떻게 변할까? 궁금할 때도 있다. 하지만 지금은 술을 마시게 되면 이 세상에서 가장 못난 놈이 될 것이고 사망 신고가 준비가 되어야 한다는 생각 하에 절대로 술은 안된다는 것이 나의 현실적인 판단과 결심이라는 것이다. 세상에 종말이 오더라도 술은 절대로 안 된다는 것이다.

술 정말 좋아했다. 한꺼번에 많이 마시는 술은 아니지만 자주 마신다는 것이다. 이것이 어떻게 보면 나의 몸을 이렇게 만들었을지도 모르는 일임에는 틀림이 없는 것 같다. 술독이 쌓이고 쌓여서 이런 이 모양이 됐으니까 말이다.

초등학교 때에는 엄마가 광(지금은 창고)에 살그머니 해 놓은 밀주를 호기심에서 훔쳐 마시고, 중학교 때에는 학교행사 시 영웅심에 빠져서 선생님 몰래 친구들과 마시고, 고등학교 때에는 3년 동안 하숙을 했으니 맘 놓고 하숙집에서 친구들과 마시고, 대학생일 때에는 자취를 했는데 밥하기가 싫어서 막걸리 한 사발로 한 끼를 해결하듯이 잘 마셨던 것 같다. 군대에서는 회식을 하거나 밤 보초를 서게 되는 날이면 낮에 미리 PX에 가서 술을 사서 부대 잔디밭에 던져 놓고 밤에 보초를 서러 가면서 숨겨 놨던 술을 찾아가 같이 보초를 서던 동료 병사와 같이 몰래 마셨다는 것이다. 보초를 서면서 몰래몰래 많이도 마신 것 같다.

중요한 것은 어지간히 술을 마셔서는 표도 안 날뿐더러 사고가 없었다는 것이기에 가능했던 것 같다. 직장 생활 36년 5개월 기나긴 생활을 하면서 '부어라, 마셔라' 이런 저런 일을 치르며 많이도 마셨던 것 같다. 가장 많이 마신 것은 정년퇴직 2년 정도를 남기고 개인 사정으로 가정을 떠나 회사 근처에서 홀로 생활을 할 때인 것 같다. 하루에 보통 술을 3병 정도는 마셨던 것 같다. 시도 때도 없이 아침 출근하면서 점심에 밥과 함께 퇴근 시 동료나 지인 아니면 홀로 집이나 식당에서 참으로 많이 마셨던 것 같다. 대견스러운 것은 그래도 회사 생활은 아주 열심히 했다. 지각도 별로 하지 않고 결근은 해 본 적이 없다. 경. 조사 빼고는 아주 성실한 직장인이었던 것은 확실하다는 것이다. 주위 사람들도 항상 깔끔하고 흐트러지지 않고 대단하다고 했을 정도니 말이다. 지금은 많은 후회와 절절한 반성 속에서 건강을 최우선으로 생각하며 열심히 운동하며 생활을 하고 있다.

제2절 종합병원에 입원을 하게 된 이유

2022년도 9월쯤부터 이상하게 마음과 육체가 하루하루 달라지는 것 같은 느낌을 머릿속으로 생각하며 무엇인가 달라져 가고 있구나, 하는 생각을 했다.

처음 느끼게 된 것은 걸음걸이가 자연스럽지가 못하고 다리를 절뚝거리는 것 같고 힘이 점점 없어진다는 것이다. 이상했다. 양다리가 조금씩 저려오는 느낌이 들고 해서 이상하다 생각이 들어 구두를 바꿔서 신어 보았는데도 변함이 없고 조금 파인 거리를 걷다가 헛발을 디딘 것처럼 넘어질 때도 있었다. 그것도 평지는 괜찮은데 도로 횡단보도를 건널 때에도 그랬다.

자녀들이 와서 자녀와 함께 자녀 승용차를 타고 외출을 하려고 차를 타려고 하면 다리의 힘 스스로 들어 차에 오르기가 힘들어 손으로 다리를 잡고 들어 올려서 차에 오르곤 했었다.

내가 근무하는 곳이 회사 건물 3층에 있는 사무실이었는데 어느 날부터 갑자기 계단을 오르기가 힘들어지는 것을 느끼게 되었고 계단을 내려오기는 더 힘들고 떨리곤 했었다.

큰일이다. 지인의 소개로 한의원을 가서 진료를 받았는데 병명은 혈액순환이 문제니 침도 맞고 약을 먹어 보라고 하는 것이다. 몇 번의 치료와 약을 2개월 정도를 복용해도 차도가 없어서 2급 정도의 종합병원을 찾아서 진료를 받으러 갔다. 안내 직원이 정형외과로 가라고 해서 갔더니 과가 맞지 않다고 외과로 가 보라고 해서 외과로 갔더니 다시 신경과로 가 보라고 해서 신경과의 진료를 받았는데 한의사와 같은 혈액순환 장애로 진단을 했다. 신경과 의사 역시 혈액순환과 관련되는 약 처방을 해 주고 처방전을 가지고 약국에서 약을 사서 1개월 동안 복용을 했지만 회복이 되지 않아서 다시 1개월 정도를 더 처방을 받고 약을 복용하고 있었다. 그럼에도 회복이 되지 않고 계속 걷기가 더욱 힘들어졌고 계단은 아예 엄두도 나지 않을 만큼 힘들어졌다. 조금씩 겁도 나고 술 때문에 문제가 생긴 것이 아닌가. 혹시 쓰러져 신체 마비라도 와서 쓸모없는 사람이 되지는 않을까 그러면 가정은 어떻게 되며 그동안 쌓아 올린 내 인생의 탑은 어떻게 되고 직장은 더욱 걱정이 되어 마음 적으로 심신이 괴로워지기 시작을 했다.

그러던 중 2022년 11월 16일 아침에 기상하고 아침밥을 간단히 해결하고 아무 일 없이 정상적으로 회사에 출근을 해서 컴퓨터 켜고 다른 때와 같은 생활 자세로 열심히 일을 하고 있는데 내 책상 위의 전화벨이 울렸다. 전화를 받으니 여직원이 "이사님, 병원에서 전화가 왔습니다." 하기에 전화를 받았다. "네, 알았습니다." 하고 거래 문제가 있어서 전화가 왔겠지 하고 받으니 병원 일반 직원이 아니라 병원 의사 선생님이었다. 깜짝 놀라서 물으니 의사 선생님 말씀 몸에 문제가 발생되었으니 하루라도 빨리 병원에 가서 진료를 받아 보라는 것이다. 사실 이 병원은 우리 회사와 건강검진 산재환자 등을 전문적으로 치료해 주는 협력 병원으로 계약이 되어 있는 병원이었다. 그래서 이 병원에서 당뇨에 대한 진료와 처방을 받은 지도 20년이 넘은 상태로 오랫동안 잘 아는 병원이었다.

제3절 종합병원에 입원 진료 시작

2022년 11월 16일 아침에 정상적으로 기상을 하고 아침을 간단히 챙겨 먹고 회사에 정상적으로 출근해서 다른 때와 같이 열심히 일을 하고 있는데 광역시에 위치해 있는 2급 정도의 종합병원 소화기 내과 의사 선생님께서 전화를 주셨다. 몸에서 문제가 발생되었으니 하루라도 빨리 병원을 방문해 진료를 받아 보라는 것이다. 해서 하던 업무를 중단하고 간단히 책상 정리를 하고 직원들한테 잠깐 병원에 좀 갔다 온다고 해 놓고 급히 병원으로 갔다. 전화를 했던 소화기 내과 의사 선생님을 찾아갔다. 병실 앞에서 대기를 하다 순서가 와서 병실 문을 노크하고 들어갔는데 의사 선생님께서 말씀하시길 "잘 오셨습니다. 건강검진 결과를 보다가 간수치가 문제가 있어 전화를 했습니다." 하시는 것이다. 수치가 너무 높아서 즉시 진료를 하지 않으면 큰 상황이 발생될 수도 있는 문제라 급하게 전화를 했다는 것이다. 그나마 지금이라도 알았으니 진료를 잘 받자고 하신다.

우선 치료를 하려면 정밀 검사가 필요하니 입원을 해야 한다는 것이다. 병원 입원 관계는 정밀 검사 결과가 나오면 그때 가서 얘기를 해 주겠다고 한다. 그러면서 간호사한테 지시를 할 테니 간호사 얘기를 잘 듣고 하시라는 것이다. 지시라 하니 겁이 났다. 뭐지. 뭐가. 문제라서 지시라고까지 하나 환자 대기실에서 대기하고 있는데 간호사 1명이 치료

물건과 서류를 가지고 내 곁으로 왔다. "환자분 이름과 생년월일 좀 알려 주세요." 하는 것이다. 그러더니 "지금부터 병원에서 진행되는 절차를 말씀드리겠습니다." 하는 것이다. 우선 먼저 오늘 병원에 입원하게 되면 누구나 맞아야 하는 영양제 같은 링거를 맞아야 한다는 것이다. 속으로 '야, 큰일이다. 이거 어떻게 해야 하나' 심장이 뛰며 머리가 뒤숭숭 정신이 혼미해지는 것 같은 느낌까지 들었다. 하지만 정신을 차려야 했다. 그러면서 간호사 입원할 병실은 4층에 있는 6호실입니다. 그리로 그곳에 가서 계시면 그곳에서 환자분들을 돌보는 간호사가 자세한 말씀을 드릴 것입니다, 하며 병실로 올라가시라는 것이다. 환자 대기실을 나와 간호사가 알려 준 4층 6호실을 찾아갔다. 대기실을 나와 병실로 오면서 많은 생각을 했다. 회사일은 어떻게 해야 하며, 집에다가는 어떻게 알려야 하며. 머리가 무척 아프고 힘이 빠져서 걸음걸이까지 힘들고 무거웠다. 간신히 병실로 와서 그냥 침대에 누워 버렸다. 그리하여 지금부터 환영받지 못할 "정년 61세" 회사생활 36년 5개월을 마감하기 직전. 2개월을 남겨 두고 갑자기 병원에 입원을 하게 되었다. 병원 생활이 아니면 직장을 2년 정도는 더 연장이 가능했는데 정말 안타깝고 그동안 건강에 소홀했던 자신이 한심하고 일순간에 모든 것이 무너지는 마음이었다.

태어나서 지금까지 살아오면서 병원에 입원을 했던 것은 택시를 타고 가다가 택시가 목적지를 잘못 알고 가는 바람에 불법으로 유턴을 하면서 정면에서 빠르게 달려오는 승용차와 정면충돌을 하는 사고로 2주일 정도 입원을 했던 것이 처음이자 마지막이었는데 어쩌다 이렇게 되었는지 가슴이 떨리고 눈앞이 캄캄, 한심하다는 생각뿐이었다.

침대에 걸터앉아 쉬면서 병실을 보니 환자가 5명이 있었다. 코에다 호스를 꼽고 있는 사람, 휠체어를 타고 몸을 움직이는 사람, 잠을 자고 있는 사람, 핸드폰을 만지고 있는 사람. 가지각색의 모습들을 하고 있다는 것이다. 잠시 후 간호사 2명이 병실에 있는 내게로 다가왔다.

먼저 간호사가, "지금부터 환자분을 간호할 간호사입니다." 좀 나이 들어 보이는 간호사가 인사를 하고 나에게 질문을 하기 시작했다. 이름, 생년월일, 거주지, 타 병원 진료 이력과 몸 아픈 곳은 있지나 않은지 등 여러 가지를 물어보고 대답한 내용을 서류에 기록을 하고 "몸조리 잘하세요."하며 병실을 나갔다.

그리고 난 뒤 같이 들어온 간호사가 간단히 건강 체크를 한다며 혈압도 재고 따라 오라고 해서 병실 입구에 놓여 있는 체중계에 올라가서 체중과 키, 다시 말하면 신장도 재고 했다는 것이다. 간호사가 다시 말을 이어 갔다. 간이 나빠져서 간 정밀 검사를 받으시려고 입원을 하신 거고 입원기간은 정밀 검사가 나오면 그때 아실 거고요. 우선 병실 사용 방법 대해서 샤워실, 화장실, 매점 등 병원 생활에 필요한 것들을 알려 주겠다는 것이다. 그리고 내일 아침부터 정밀 검사가 있으니 물 한 모금도 드시지 말고 금식을 해야 한다는 것이다.

아침 기상은 6시에는 일어나야 하고 7시에는 조식 12시에는 점심 5시 30분에는 저녁 시간이라고 하며 모든 것을 알려준 뒤 환자복을 주면서 갈아입으시고 쉬시라는 말을 하면서 병실을 나갔다. 간호사가 병실을 나간 뒤 얼마나 큰 문제이기에 입원까지 해야 할까? 겁이 덜커덩 났다. 혹시 간암? 앞이 캄캄했다. 내 인생이 여기서 끝나는 것인가. 아니겠지. 참으로 답답하고 뭐를 어떻게 해야 하는지 갈팡질팡하고 있었다. 그때 의사 선생님이 회진을 한다며 내가 입원해 있는 병실로 왔다. 내게로 오셔서 의사 선생님 하시는 말씀 "제가 당뇨 처방할 때 술 조심하시라고 여러 번 말씀을 드렸는데 아무래도 술 때문에 간에 손상이 온 것 같습니다. 우선 검사를 하려면 입원을 해야 해서 입원을 하게 된 것이에요. 자세한 것은 내일 정밀 검진을 해 보면 알게 될 겁니다." 하는 것이다.

처음 입원을 해서 병실안도 서먹하고 같은 병실에 있는 환자분들 하고도 어색해서 홀로 누워 천장을 쳐다보며 쉬고 있었는데 또 다른 간호사가 병실에 들어와서 김광수 환자분 의사 처방이 나왔다고 하면서 링거 병을 걸이에 달면서 손등에다 "주사 놓을 겁니다."하는 것이다. 덜커덕 겁이 났다. 간호사 "팔을 펴세요." 하며 주사바늘을 꽂기 시작했다. 손등을 찌르는 순간 "어, 아프다." 나도 모르게 입에서 말이 흘러나왔다는 것이다. 간호사의 씩 웃는 모습을 보며 '야, 무섭다. 아프다' 하는데 아무렇지도 않다는 모습. 주사 바늘 꽂는 일을 마치고 "많이 아프나요?" 하며 생긋 웃는다는 것이다. 너무 무섭고 이런 일을 앞으로 얼마나 해야 할까 겁도 나고 두렵기도 했다.

드디어 저녁 시간이 되어서 식당 종업들이 밥을 운반하는 전동차에 밥을 실고 병실 복도를 돌며 병실에 있는 환자들에게 밥을 챙겨 주고 있었다. 물론 난 내일 검사로 인해서 금식이기 때문에 아무것도 먹을 수가 없어서 밥을 받지는 않았다. 그렇지만 병원 밥이 무척 궁금했다. 맛이 어떨까. 병원 밖 일반 밥보다 나을까, 아니면 못할까. 여러 가지로 궁금했다. 식사가 끝나고 좀 덜 드신 환자분께 슬쩍 물어보았다. "식사를 왜 조금만 하시나요?" 환자의 말씀, "내일 검사 끝나고 먹어 보면 알아요." 하며 웃으신다. 뭘까. 무척 궁금해졌다. 10시에 취침 피곤해서 그런지 잠이 빨리 왔다.

2022년 11월 17일 입원 다음 날이 밝았다. 아침 7시에 식사 시간이라 6시에는 일어나야 했다. 아침에 일어나 화장실 가고 세수하고 참으로 힘들다. 이거 어떻게 해야 하지. 얼마나 해야 할까. 손에 주사기가 꽂혀 있으니 마음대로 할 수가 없고 참으로 난감했다. 식사 시간이 끝나고 드디어 검사 시간이 다가왔다. 병실 침상에 앉아서 텔레비전을 보고 있는데 간호사가 들어왔다. 간호사 오늘 일정을 알려 드린다고 하면서 1차로 의사에게로 가서 진료를 받고 2차로는 간 검사 초음파와 CT 검사가 있다고 하면서 진료 용지를 주면서 순서대로 찾아서 진료를 받으려는 것이다. 링거가 달려 있는 기구를 끌고 복도며 엘리베이터를 타고 순서

대로 병원을 복도를 누비고 다니며 오전에 검사를 다 했다. 초음파 검사는 그냥 할 만한데 CT 검사는 겁이 났다. CT 검사실로 들어갔다 먼저와 있는 환자들로 붐비고 있었다. 접수하는 곳이 접수를 하고 나니 간호사가 불렀다. "김광수 환자분 이리 오세요." 덜커덕 겁이 났다. 간호사 주사를 맞고 검사를 해야 한다며 팔에다 주사기를 꽂고 약을 투여하기 시작했다. 그러면서 하는 말 주사 약이 들어가면 몸이 조금 이상해질 수도 있습니다, 하는 것이다. 차례가 되어 드디어 검사실 안으로 들어갔다 그냥 눈으로 보기에도 범상치 않은 큰 의료 기계가 나를 주시하는 것같이 서 있었다. 검사를 진행하는 의료진 약물이 들어가면 몸이 조금 더워지는 느낌이 올 건데 아무 이상은 없는 것이니 잠깐 참으시고 기계에서 나오는 지시하는 대로 하시면 됩니다, 하는 것이다. 1, 2초 지나자 기계가 움직이기 시작을 했다 겁이 나서 눈을 감고 있는데 기계가 온몸 발끝부터 머리끝까지 왔다 갔다 하는 것 같았고 기계에서 숨을 멈추고 쉬라는 소리가 몇 번 나오더니 이제 끝났습니다. 검사하시는 의료진이 환자분 일어나세요, 하는 것이다. 아 살았다 아픈 것은 하나도 없는데 처음이라 겁이 났다.

검사를 끝내고 병실에 와서 병실 침대에 누워 쉬고 있는데 간호사 내게로 다가와서는 "힘드시지요. 검사하시는 기간에는 좀 힘이 드실 거예요." 하면서 다른 검사 때문에 피를 채혈을 해야 한다는 것이다. 다시 주사 바늘을 팔뚝에다 꽂고 피를 주사기로 뽑아서 가져간다. 너무 아프다. 앞으로 어떻게 해야 할까 무척 걱정이 몰려왔다.

오전에 검사가 끝나고 점심시간이 되어서 점심에는 식사가 배달이 되었다. 금식으로 인해서 배가 고프기도 해서 큰 기대는 걸지는 않았지만 밥을 대하게 되었다. 일단 국을 한 숟가락 입에다 넣었는데 목구멍으로 넘기기가 어려울 정도로 싱겁기 짝이 없는 국물 맛이었다. 처음이고 배가 고프고 해서 억지로 나온 밥이며 반찬 국 모두 다 잘 먹었다. 옆 침대 환자분 어떠냐고 물어보시기에 그냥 웃으며 맛이 없는 게 아니라 무슨 맛으로 먹어야 할지가 걱정이라고 대답을 했다. 이렇게 해서 오늘 일정으로는 오후에는 링거로 병만 계속해서 맞는 거로 오후를 보냈다. 저녁을 먹고 쉬고 있는데 간호사가 들어와서 또 처방이 나왔다고 하면서 다른 링거로 병을 또 걸이에 달며 맞아야 한다고 하면서 또 팔뚝에다 바늘을 꽂는 것이다. 모르긴 해도 병원에 입원해 있는 동안에는 이 링거로 주사는 계속 맞아야 할 것 같다는 말을 하는 것이다. 정말로 겁이 났다. 아무렇지도 않은 상태에서 전화를 받고 병원에 왔는데 병원이 병을 만드는 것이 아닌가 하는 생각도 들었다.

2022년 11월 18일 입원한지 3일째 되든 날 아침이 밝았다. 아침을 먹고 쉬고 있는데 간호사가 들어왔다.

9시에 의사 진료가 있으니 담당 의사를 찾아서 가라는 쪽지를 주고 나갔다. 드디어 9시. 간호사가 알려 준 곳으로 갔다. 소화기 내과 의사실에 대기하고 있다. 차례가 되어서 진료실 문의 노크하고 열고 들어

갔다. 처음이 아니라 과거 교통사고 났을 때 진료를 받았던 의사 선생님 구면이라 간단히 인사하고 진료를 받기 시작했다. 의사 선생님 말씀 "당뇨 진료할 때 술 좀 조심하시라고 얘기를 했는데 실천을 하지 않으셨어요. 간이 나빠져서 입원 치료가 필요로 하며 짧게는 3주 정도가 필요하지만 상태에 따라서는 좀 더 병원에 입원이 필요할 수도 있습니다." 하는 것이다. 큰일이다 아무렇지도 않았던 간에 문제가 생겼다고 어리둥절하고 머리가 띵 한심하고 숨이 막힐 정도로 눈앞이 캄캄했다.

점심을 먹고 쉬고 있는데 간호사 내게로 와서 링거로 주사를 또 맞아야 하고 약도 시간에 맞춰서 복용을 해야 한다는 것이다. 기존에 맞던 링거로는 입원 환자의 진료를 위한 영양제 일종의 약재인 것 같고 또다시 맞아야 하는 링거로는 긴 손싱에 대해 집중적으로 맞는 알부민이란 약재가 들어있는 주사라는 것이다. 참 큰일이다 한손에 두 가지의 링거로 바늘을 꽂고 있어야 하니 참으로 한심하다는 생각뿐. 그냥 한숨만 나왔다. 링거로 주사를 맞으며 오후를 보내고 저녁 식사를 마치고 쉬다가 잠을 자고 다시 하루해가 밝았다. 오늘부터는 집중적으로 간 치료에만 관심을 갖는 날이라 그냥 병원 시간에 따라서 식사하고 약 시간에 맞춰서 잘 복용만 하고 생활을 하기만 하면 되는 것이다.

오늘이 2023년 11월 21일 병원에 입원한지 육 일째가 되는 날이다. 첫날은 입원 수속 받고 2일째는 간 초음파 CT 검사 받고 3일째는 의사 진료 받고 4, 5일 토, 일요일 쉬고 6일 째가 되는 날인 것이다. 병원에서 나오는 밥 잘 챙겨 먹고 마음 편안하게 쉬는 시간만이 존재하는 날인 것이다. 건강에 관한 영양제 링거로 병이 비워지면 간호사들이 시간에 맞춰서 새로운 병으로 교체해 주는 것 뿐 별다른 진료는 없었다. 문제는 병의 진행을 알아보기 위해서 매일 피를 채혈을 한다는 것이다. 채혈을 할 때마다 주사 바늘이 겁나고 무척 아프다는 것이다. 한마디로 말하면 공포에 가깝다는 것이다.

간을 집중적으로 치료를 받으면서 하루 빨리 회복되기를 기다리며 병실을 지키고 있는데 11월 21일 의사 선생님 회진하러 내가 입원한 병실로 오셔서 위 내시경도 한번 해 보자고 하시는 것이다. 혹시 모르니 속을 들여다보자는 것이다. 지금까지 위 내시경을 한 번도 해 본 적도 없고 아무렇지도 않아서 안 한다고 하니 모르는 일이니 해 보는 것도 나쁘지 않다고 하시며 하자는 것이다. 의사 선생님이 병실을 나가시고 '그래, 한 번 해 보자' 마음을 먹고 침대에 앉아 있는데 간호사가 병실로 찾아왔다는 것이다. 내일 위 내시경 검사가 있으니 지금부터 금식이며 뭐든지 먹으면 안 된다는 것이다. 또 금식을 하라는 것이다.

다음날 2022년 11월 22일 아침 금식을 해서 힘도 없어 침대에 누워 있는데 위 내시경을 하라는 처방전을 간호사가 가지고 왔다. 9시 시간에 맞춰서 내시경실로 갔다. 조금 기다리니 의사 선생님이 오셨고 "그냥 할까요. 마취를 하고 할까요." 물어보길 "네, 그냥 하죠."라고 했다. 사실 마취가 겁이 났던 것이다. 지금까지 마취를 해 본 적도 없고 혹시 사고

나 생기면 어떠하나 겁도 나고 해서 그냥 하자고 했던 것이다. "좋아요. 그럼 그냥 합시다. 괴로워도 조금만 참으시면 됩니다." 하면서 기구를 드디어 입 속으로 넣기 시작했다. 눈으로 보기에 주먹만 한 기구가 목구멍으로 들어가는 것 같았고 바로 구역질도 나고 힘이 들었다. 그래도 크게 문제없이 잘 마무리를 했던 것 같다. 의사 선생님 왈, "잘 참으시네요." 이렇게 잘 참는 환자도 보기 힘들다는 것이다. 내가 생각해도 대단한 나였다는 생각이 들었다. 결과는 아무 이상이 없다는 것이다. 아주 깨끗하다는 것이다. 술을 그렇게도 많이 마시고 했는데도 다행이다 하시는 것이다. 한마디 했다 "거 보세요. 아무 일 없다니까요. 괜히 검사를 해서 힘 빠지게 만들고." 의사 선생님 씩 웃으시며 어찌하든간에 대단하시고 괜찮다는 것을 알았으니 속이 시원하시겠습니다. 말을 하는 것이다. 사실 나 자신도 내시경 하기 전에 은근히 겁이 나긴 했었다 혹시 큰 병이라도 발견이 되지 않을까 해서 그런데 하고나니 속이 시원하고 '잘했구나' 싶은 생각을 하게 되었다.

그러던 중 11월 22일 오후에 병원 내에서 코로나 검사를 했는데 내가 감염대상자가 되었다. 참으로 이상했다 병원 안에 입원해서 생활을 하는데 병원 내에서도 코로나에 감염이 될 수도 있다니 바로 코로나 격리실로 병실을 옮기고 이튿날 11월 23일 긴급 진료를 하기 위해서 별관 코로나 중환자실로 들어갔다. 정신은 있었는데 밤중에 갑자기 정신이 혼미해져서 긴급으로 중환자실로 옮겨졌다는 것이다. 나 자신은 아무것도 모르는 상태인 것이고 나중에 얘기를 들어보니 중환자실에서는 음압실 치료 등 여러 의사들이 매달려서 집중적으로 치료를 했다는 것이다. 다행이도 여러 의사들의 노고로 생명을 살리고 드디어 코로나가 완치가 되어서 11월 28일 일반 병실로 옮겨와 내가 살아 있구나 하는 것을 알았다. 중증 환자실에 입원을 하는 바람에 간호사실에서 내 옷을 뒤져서 지갑을 찾아 전화번호가 있어 급하게 집에 식구들에게 전화를 해서 병원에 입원하고 중환자실에서 사경을 헤매고 있다는 것을 알게 되었고 나중에 식구들에게 들어 보면 저승에 몇 번 갔다 왔다는 것이다. 장례식장을 알아보아야 한다고 의사선생님이 죄송해 하면서 여러 번 이야기를 했다는 것이다. 오늘을 넘기기가 힘들 것 같습니다. 일주일 동안 몇 번을 그랬다고 했다. 의사 선생님이 아버지가 위독해서 산소마스크를 입에다 달아났는데 갑갑하다며 자꾸만 손으로 벗겨서 손을 침대에 묶어 놨다고 했다는 것이다. 아들은 아빠가 깨어나기 힘들다는 의사선생님의 말씀을 듣고 병실에서 주차장까지 가면서 그렇게 많이 울었던 적이 없었을 정도로 눈물을 많이 흘렸다고 한다. 정말 그 정도였을까. 아무것도 몰랐던 나 자신은 무척 놀랍고 그냥 웃음만이 나왔다.

중환자실을 나와서 다시 다른 병실로 입원을 했는데 역시 6인실이었다. 병실을 옮기가 무섭게 간호사들이 달라붙어 링거로 주사 바늘을 손등에다 꽂고 약을 시간에 맞춰서 꼭 먹어야 하며 먹기 싫은 밥이라도 꼭 먹어야 회복이 빠르다고 한다. 병실에 입원한 환자를 보면 두 명은 연세가 많으신데 코에다 호스를 꽂고 계속해서 잠을 자고 음식도 목구멍으로 넣어 주고 한다. 다른 사람들은 교통사고 등으로 입원한 환자며 수시로 입·퇴원 입원환자가 바뀐다는 것이다. 코로나로 간병인이 필요 없고 통합 병실이라 요양보호사들이 간병인을 대신해 주는 제도로 음식을 스스로 먹지 못하는 환자에게 음식을 입에다 넣어 주고 소·대변도 요양보호사 같은 사람들이 처리를 해 준다. 나 또한 중환자실에서 식사를 전혀 하지 못했고 나와서도 식사를 잘 하지 못해서 몸무게가 쭉쭉 빠지고 근육이 줄어 힘을 쓰지 못해서 침대에 누워서 생활하는 신세가 되었다. 그러다 보니 나 또한 소·대변을 받아내야 했다. 기저귀만 사서 주면 요양보호사가 갈아 주고 채워 주고 간병인 일을 대신해서 한다는 것이다. 세수며 물수건으로 온몸을 시원하게 닦아 주고 머리까지 감기고 했다.

의사 선생님께 진료를 받거나 검사를 받으러 갈 때 환자 스스로 이동이나 걷지를 못하는 중증 환자들에게는 환자를 이송해 주는 것 또한 요양보호사들에 지원을 받아 진료와 검사를 받으러 다닌다는 것이다. 그러니 실제 가족들에 대한 간병인은 필요가 없다. 식구들은 병원에서 허락한 시간에 잠깐 환자들을 볼 수가 있게 되어 있다. 나 또한 식구들이 알게 되어서 식구들이 병원에서 허락한 시간인 면회가 되는 시간에 병실로 찾아와 환지만을 잠깐 볼 수가 있었다. 기저귀에 대해서 웃기는 얘기를 하자면 어떻게 하다가 기저귀가 떨어져서 갈 수가 없을 때에는 기저귀가 있는 환자 거로 빌려서 쓰고 다시 사면 되갚는 쉽게 말하면 빌리고 갚고 하는 방식으로 뒤처리를 하기도 한다.

　중환자실을 나와서 계속해서 간에 대한 치료를 진행하던 중 다리가 부어오르고 배도 부풀어 오르는 것 같고 이상하다는 느낌이 들어 의사 선생님한테 "몸이 이상합니다." 했더니 11월 30일 갑자기 의사 선생님 말씀 신장에도 문제가 있다는 것이다. 지금 신장에 대한 약물 진료도 같이 하고 있는데 붓 기며 배에 찬 복수도 빠지지 않는다는 것이다. 그러니 회복이 잘 되지 않는다는 것이다.

　의사 선생님도 회진을 할 때마다 '왜 이리. 붓기가 빠지지 않을까?' 고개를 끼우뚱하곤 한다는 것이다. 배에 물이 차는 것도 그렇고 시간이 흐를수록 내 자신은 겁도 나고 이거 이러다 큰일이 나지나 않을까 걱정도 하게 되었다.

　계속해서 진료를 받으며 하루하루를 보내고 있는데 의사 선생님 회진 차 병실에 들러서 하시는 말씀 모든 것이 회복이 되지 않으면 신장에 대한 투석을 할 수도 있다는 것이다. 문제는 이상한 것이 이 병원에도 신장을 보는 신장내과 의사가 있는데 왜 굳이 소화기 내과에서 신장 치료까지 하려고 하는지 의문이 생기기도 했다. 그렇지만 신장과 의사와 의견을 나누며 진료를 하고 있다고 하니 그냥 치료를 받기로 했었다.

　치료를 받고 진행해 오던 중 의사 선생님 복부에 물이 차는 것도 문제고 붓는 것도 문제가 있다며 심장 초음파 하고 간두께 검사 두 가지를 해 보자고 하시는 것이다. 정말 화가 나기 시작했다. 간 때문에 병원에 입원을 했던 것인데 이거 점점 병이 줄지 않고 늘어만 가니 말이 하는 수 없이 나 자신도 물이 차고 붓기가 빠지지 않아서 그럼 해 보자고 했다. 심장 초음파 검사 결과 아무 이상이 없고 간 두께 검사도 크게 걱정할 필요까지는 없고 현재 진행하고 있는 치료를 계속 잘 받으면 된다고 하는 것이다. 참 한심한 노릇이었다.

시간이 흐르고 2022년 12월 23일 의사 선생님 또 대장 내시경도 한 번 해 보자는 것이다. 혹시 문제가 있는데 모르고 지나치는 것일 수도 있으니 나이를 보아도 해 볼 시기가 됐으니 큰 병이라도 발견이 되면 다행이고 검사를 미루다 늦어서 큰 문제가 생길 수도 있으니 미리 검진을 해 보자는 것이다. 그래. 하자고 해서 또 금식을 하고 25일 오후에 검사를 하기로 했다. 2022년 12월 26일 오후 내시경실로 갔다. 역시 마취는 하지 않고 하기로 하고 침대에 누웠는데 위 내시경 하는 것과는 아주 달랐던 것이다. 무척 힘들고 배가 부풀어 오르고 빵빵해지는 것 같고 15분 정도에 끝이 났는데 결과를 얘기 하는데 혹이 많다고 즉 용종이라는 것이 있다는 것이다. 큰 용종 하나는 절제를 했는데 더 큰 것은 위험해서 절제를 못했다는 것이다. 피도 많이 날 것 같고 해서 하나만 절제를 했다는 것이다. 의사 선생님 우리 병원에는 기구 자체가 작고 해서 진료가 어렵다는 것이다. 아무래도 대학병원에 가서 시술을 하는 것이 안전할 것 같다. 소견서는 작성해 주고 갈 수 있는 대학병원도 애기를 해 주겠다고하는 것이다. 나 자신도 큰 병원이 좋겠다는 판단이 되어서 즉시 이를 아들한테 알리고 아들이 수소문해서 3급 병원인 대학병원을 알아보고 예약을 했다. 12월 28일 입원한 병원을 퇴원해서 딸 집에 하루 머물다 29일 대학병원에서 진료를 받고 30일 입원을 했다.

병원비를 얘기해 보자. 병원에 입원을 해서 검사란 검사를 본인의 뜻이 아닌 것도 있지만 병원에서는 필요를 하기 때문에 많은 검사를 했다. 특히 병원에 입원해서 병원 안에서 코로나 걸린 것은 어떻게 되는지도 궁금하고 병원비가 얼마나 나올지 걱정도 많이 된 것도 사실이었다. 드디어 퇴원하는 날 진료비 정산을 했는데 다행이도 진료비 명세서에 코로나 진료비는 병원 부담으로 되어 있었다. 그렇구나. 코로나는 병원 내에서 감염이 되었으니 병원에서 부담을 한다는 것이구나, 했다.

제4절 상급병원인 대학병원으로 전원해서 입원진료

2022년 12월 29일 아들딸과 같이 대학병원에 진료를 받으러 같다. 첫 번째로 오전에 간 전문의 센터장 교수님의 진료를 받았다. 교수님 하시는 말씀 입원했던 병원에서 간 이식 애기를 하지 않더냐고 하며 웃는 것이다. "네, 애기를 하더라." 하니 그랬을 것이다라고 하며 "잘 오셨네요. 잘못하면 생명을 잃을 수도 있어요." 하는 것이다. 우리는 깜짝 놀라서 말을 잇지 못했는데 센터장 교수 그래도 간은 잘 치료를 하면 이식까지는 안 가도 되고 다리가 많이 부어 있는데 치료를 적극적으로 일주일 정도 하면 붓기는 모두 다 뺄 수 있다고 하는 것이다. 배에 복수가 차 있는 것은 입원을 해서 주사기로 빼내면 된다는 것이다. 입원은 4~5일 정도 하면 될 것 같다고 하시며 걱정은 크게 하지 말라고 하시는 것이다. 마음이 놓였다는 것이다. 오후에 신장내과 진료를 받았는데 교수님 하시는 말씀 지금은 아니지만 회복이 잘 되지 않으면 투석은 해야 한다는 것이다. 진료를 마치고 딸 집에서 29일 하루 밤을 자고 2022년12월30일 오전에 대학병원에 입원을 했다.

대학병원에 입원을 하니 간병인이 있어야 했다. 짧은 기일을 입원하니 통합병실에 입원하기는 그렇고 해서 또 통합 병실은 자리가 없다고 해서 할 수 없이 간병인이 필요했다. 일주일 간병을 할 수 있는 간병인을 긴급으로 찾아서 계약을 했다. 간병인 인건비가 장난이 아니었다. 그래도 어쩔 수가 없었다. 소·대변을 받아내야 하니 말이다.

대학병원에 입원을 하기 전에 입원을 하게 되면 간은 물론 대장내시경, 투석, 신장, 폐까지 검진을 다 하기로 하고 입원을 했다. 많은 생각에 잠겨서 생각을 하고 있는데 간호사가 병실로 들어와서 링거를 맞아야 하고 월요일부터 정밀 검사가 들어가니 일요일부터 금식을 해야 한다는 것이다. 속을 비워야 검사가 제대로 된다는 것이다. 링거로는 처음 병원에 입원했던 것과는 다른 색깔의 약제였다 간호사에게 물어보니 다리 붓기를 빼 주는 약이라고 하는 것이다. 속으로 붓기를 빼는 약이 있는데 먼저 병원에서는 왜 그렇게 하지를 못했을까 궁금하기도 하고 역시 대학병원은 다른가 보구나 했다.

입원한 다음 날 31일, 1일 쉬고 드디어 검사 날이 돌아왔다. 2023년도 1월 2일 월요일 오전부터 정밀 검사를 시작했다. 대학병원은 스스로 걷지를 못하는 환자들에게는 병실에서 검사실까지 이동을 할 때에는 환자 이송을 해 주는 직원들이 따로 있어서 병실에서 준비만 하고 있으면 직원이 병실로 와서 환자를 침상에서 휠체어에 태워서 검사실로 이동을 시켜 준다는 것이다. 검사 관계로 금식을 해서 배가 무척 고프지만 병원의 지시에 따라 검사를 받기 시작을 했다.

9시에 간호사가 병실로 들어와서 김광수 환자분 오늘은 혈관 검사와 폐에 물이 차 있어 같이 검사를 하실 겁니다. 이송하는 직원이 오면 도움을 받아서 이동을 하세요라고 하면서 병실을 나갔다. 간호사가 나간 뒤 곧 바로 이송해 주는 건장한 남자 직원이 들어왔다. 이송할 직원은 침상에 누워 있던 나를 번쩍 들어서 휠체어에 실었다. 이송하는 직원 혈관 검사실로 이송합니다. 하면서 휠체어를 밀기 시작을 했는데 정말 넘어질까 겁도 나고 정신이 없을 정도로 엘리베이터 굽어진 복도를 돌아서 검사실 앞에다 나를 데려다 놓았다. "검사 잘 받으시고 계시면 다시 와서 모시겠습니다." 하면서 검사실을 떠났다. 간호사의 지시에 따라 잠시 대기하다 검사 시간이 되어서인지 간호사 혈관 검사를 하려면 극소 마취가 필요하다며 팔에다 링거로 주사를 꽂는 것이다. 나도 모르게 잠이 들고 눈을 떠 보니 침대 위인데 검사가 다 끝났다고 해서 깜짝 놀랐다. 간호사에게 물어보니 혈관 내시경이라는 검사를 했다고 한다.

혈관도 내시경을 하나 의아해하니 간호사가 씩 웃으며 "아무 이상 없으시대요." 하는 것이다. 오후에는 폐 검사를 하기로 계획이 되어 있었다. 오전과 마찬가지로 이송해 주는 직원의 도움으로 검사실로 갔다. 무서웠다. 간호사 역시 마취를 해야 한다며 팔에다 주시기를 꽂았다. 잠시 후 호흡기 내과 의사라고 하는 교수님께서 오서서 간호사에게 "준비 다 됐나요?" 하시며 "됐으면 시작하지." 하는 소리까지 들으며 정신을 잃었다. 눈을 뜨고 마취가 풀리는 순간 옆구리가 아프고 힘이 무척 들었다. 옆구리를 칼로 째고 시술을 했다는 것이다. 폐 안에 물이 얼마나 있으며 빼야 할 건지 그냥 치료를 할 건지를 판단을 하기 위한 정밀 검사로 폐 안을 눈으로 직접 들여다본 것이다.

검사 다음 날인 3일 간호사 병실로 들어와서 "환자분, 오전에 호흡기 내과 교수님실에 진료가 있습니다." 하는 것이다. 물어보니 어제 검사한 거 결과를 알려 주신다는 것이다. 이송 직원의 도움을 받아 교수실을 찾아갔다. 대기하다 순서가 되어서 진료실로 들어갔다. 교수님 웃으시며 "검사 받으시느라 고생하셨네요." 하시며 교수님 하시는 말씀이 폐에 물이 있기는 하지만 뺄 만큼 양이 되지 않아서 약으로 조절을 잘하면 된다는 것이다. 혈관들도 아주 양호하고 검사를 하기 위해서 왼쪽 옆구리를 찢었는데 지금은 꿰매 놨으니 실밥은 일주일 있다가 뽑으면 된다는 것이다. 길게 한숨을 내쉬고 이송 직원의 도움으로 병실로 왔다. 아, 다행이다. 뽑지를 않는다니. 뽑으면 주사 바늘이, 그것도 큰 주사 바늘이 배 속으로 들어갈 텐데. 한숨을 쉬며 '이제 한 가지는 끝냈다' 하며 쉬려고 하는데 간호사 또 뒤따라 병실로 들어왔다. 내일 4일 오전에 간하고 신장 검사가 있으니 저녁부터 금식을 해야 한다는 것이다.

대학병원이라 그런지 속전속결이다. 힘들고 겁도 나고 정신이 없다. 간호사들은 검사에 맞는 약 및 주사로 처방을 하고 그러니 손이며 팔뚝이 성하지가 않고 죽을 맛인 것이다. 4일 날이 밝았다. 간호사 병실 내게로 와서 환자분 오늘은 9시부터 검사가 있습니다. 이송하는 직원이 오면 잘 협조해서 검사를 잘 받으라는 것이다. 이송해 주는 직원의 도움으로 간 검사실로 갔다. 검사실 앞은 여전히 사람도 많았다. 환자복 입은 사람 이송해 주는 직원 간호사 요양보호사 가족 등 으로 인산인해였다. 검사실 간호사 간 CT는 이송 전 병원에서 했으니 MRI 검사를 한다는 것이다. 검사실로 가서 검사 접수하고 기다리다 차례가 되어서 검사실로 들어갔다. 검사실 안에는 큰 의료기계가 있는데 소리가 웅 하는 소리가 나고 검사하는 의료진이 "20분 정도 걸리고요. 움직이지 마시고 기계 소리에 맞춰서 하시면 됩니다." 하는 것이다. 기계 위에 누워 있는데 누워 있는 기계가 움직이면서 내가 기계 안으로 들어가는 것이다. 겁이 나서 눈을 감고 있는데 숨 쉬세요, 뱉으세요. 여러 번 하니 직원이 "검사가 끝났습니다." 하는 것이다. 신장은 약을 먹고 체질검사 같은 것을 해서 어려움은 없었다. 오후에는 간과 신장 진료를 하시는 교수님 실에 진료를 받으러 갔다. 먼저 간 센터장 교수님실에 갔는데 지금 붓기 빠지는 약은 처방을 하고 있고 배 속에 물이 차 있는 거는 병실로 가면 간호사가 빼 줄 거라는 얘기를 하시는 것이다. 주사기로 뺀다는 것이다 겁이 났다. 또 뭐야. 귀찮고 힘들고 이런 저런 생각을 하며 이송 직원 도움을 받아 신장내과 교수님실을 들어갔다. 교수님 말씀은 신장 상태가 좋지를 않다고 하시며 투석을 하지 않으면 간에 더 손상이 올 수 있으니 조만간에 투석을 하시는 것이 좋겠습니다, 하시는 것이다. 앞이 캄캄했다.

모든 진료를 끝내고 병실로 왔다. 또 간호사가 따라왔다 어떻게 그렇게 끝난 줄 알고 병실로 들어오는지 환장할 일인 것이다. 간호사 말씀이 내일 5일은 대장 내시경을 해야 한다며 또 금식이라고 하는 것이다.

드디어 5일 아침이 밝았다 금식으로 인해서 정신이 멍 때리는 기분이었다. 간호사가 들어와서 "환자분 오늘 무슨 검사 하는지 아시지요. 검사 잘 받으세요." 하면서 병실을 나갔다. 그리고 11시에 이송 직원의 도움으로 내시경 검사실로 갔다는 것이다. 내시경 하시는 교수님이 들어오셨다 "어, 마취 안 하고 하실 건가요?" 하시기에 먼저 병원에서 마취 안 하고 했다고 하니 그럼 그냥 해 봅시다. 하시는 것이다 내시경 침대에 누워서 겁먹은 얼굴로 인상을 쓰고 있으니 교수님께서 "다들 그냥도 잘하십니다. 20분 정도만 참으시면 됩니다." 하시며 기계를 항문을 통해서 몸속으로 넣기 시작을 했다. 아프고 배가 빵빵해지고 힘들고 참기가 정말 힘들었다. 교수님 말씀 "너무 힘들어하고 해서 오늘은 그만 하고 아물면 다시 한 번 하시지요." 하시며 검사실을 나갔다. 정말 아프고 힘들었다. 다음에는 꼭 마취를 하고 해야 하겠다. 마음속으로 생각을 하며 이송 직원의 도움을 받아 병실로 왔다. 간호사 또 따라 들어왔다. "검사하시느라고 정말 수고가 많으셨네요. 대학병원은 그래요. 빨리빨리 검사 치료 그리고 퇴원. 모르긴 해도 내일 오후에 퇴원을 하게 될 겁니다."라고 말을 하고 병실을 나갔다. '야, 정말 사람 죽이는구나' 하며 점심을 맛있게 먹고 쉬면서 이런저런 생각을 했다. 내가 왜 이렇게 되었을까? 지금 뭐하는 거지 여기가 그 크다는 대학병원, 말로만 듣던 대학병원에 내가 누워 있다니 한숨만 나왔다.

6일 아침이 밝았다. 담당 의사 교수가 아닌 일반 의사 선생님이 와서 오늘 퇴원을 하라는 것이다. 병원 밖에서 대기하고 있는 환자들도 많고 해서 퇴원을 해야 한다는 것이다. 누구나 다 같다는 것이다. 일주일 이상은 입원이 어렵다는 것이다. 할 수 없이 아들한테 연락을 해서 퇴원을 하기로 하고 침대에 누워서 쉬며 배를 만져 보니 물을 빼서 홀쭉해지고 부었던 다리도 정상이 되었고 역시 대학병원이 다르구나 하며 기다리고 있는데 아들이 왔다. 퇴원을 하려니 급히 갈 데가 또 문제인 것이었다 할 수 없이 병원에 가까운 딸 집에서 묵기로 하고 아들과 함께 딸 집으로 갔다. 딸 집에서 7-8토, 일 이틀을 머물다 2023년 1월 9일 월요일 다시 기존에 입원을 했던 병원에 입원을 했다. 퇴원을 하려면 또 병원비 정산을 해야 했다.

진료비는 대학병원이고 검사를 많이 해서 좀 많이 나왔다. 아들은 돈 걱정하지 마시라고 한다. 아들이 돈 잘 버는데 뭐를 걱정을 하시냐는 것이다. 이거 웃어야 할지 울어야 할지 속으로 대단한 아들을 두어서 다행이고 행복했다.

제5절 다시 기존 종합병원으로 전원해서 입원진료

2023년 1월 9일 다시 입원을 했다. 딸과 같이 병원에 들어가서 진료를 했던 의사 선생님을 찾아갔다. 다시 병원에 입원을 하려면 기존에 치료를 했던 의사 선생님의 승인이 있어야 한다고 해서 어쩔 수 없이 찾아간 것이다. 또한 대학병원에서 진료를 받고 입원할 병원이 마땅치 않으면 다시 오라고 해서 찾아간 것이다. 의사 선생님 처음 보자마자 하시는 말씀이 "어, 다리 붓기가 다 빠졌네요." 하시는 것이다. 내 대학병원에서 입원하는 동안 누런 색깔의 링거를 맞았는데 붓기가 빠졌습니다, 했더니 "그래요." 하며 고개를 갸웃은 하신다는 것이다. "그러며 다행이고 잘 됐네요." 하시는 것이다.

'왜 대학병원에서는 붓기를 빼는데 이 병원에서는 못할까?' 하는 생각과 '역시 대학병원으로 가야 돼. 대학병원이 그토록 환자가 많은 것은 다 이유가 있어' 하며 혼자 중얼거렸다. 간과 신장 입원치료를 해 오던 중 신장이 회복이 되지 않고 더욱 심해저서 하는 수 없이 간을 위해서라도 2023년 1월 19일 오후에 투석을 하기 위한 혈관 시술을 받기로 했다. 오후가 되니 환자를 이송해 주는 요양보호사가 병실로 왔다. "환자,분 오늘 무슨 수술하시는지 아시지요. 지금 그리로 가겠습니다."라며 침대를 밀며 이동을 했다.

잠시 대기를 하고 있는데 수술실 간호사들이 나와서 수술실에 들어갑니다. 간단한 시술이니 걱정하지 마시고 조금만 참으시면 됩니다, 하는 것이다. 수술용 침대에 누워서 천장을 처다보니, 와, 겁도 나고 어떻게 해야 할지 머리가 엉망이 되어 버렸다는 것이다. 간호사들이 천을 온몸을 덮고 팔에다 천을 감고 조금 있으니 흉부외과 의사선생님이 들어오셔서 "준비 다 됐나요?" 하시며 "됐으면 시작합니다." 하시는 것이다. 의사선생님 "국소 마취를 하겠습니다." 하시는 것이다. 국소 마취 겁이 덜컥 났다. 따끔 하면서 주사 바늘이 내 몸을 찌르고 곧바로 수술이 시작되었다. 국소 마취라 사람 말하는 소리가 다 들리는 것이다. 의사 선생님 간호사에게 "잘 잡아라. 힘을 줘라."는 등등 의 말을 하면서 내 몸과 실랑이를 벌이기 30분 정도 지났을까 의사 선생님 "다 끝났습니다. 자세한 것은 병실로 가서서 쉬면 회진 할 때 말씀을 드리겠습니다." 하시며 "수고하셨습니다. 병실로 올라 가서도 됩니다." 하는 것이다. 모르긴 해도 소리를 들어 보면 왼쪽 손목에다 무슨 장치 시술을 하는 것 같았다. 어쩔 수가 없었다.

다음 날 오전에 흉부외과 의사 선생님 병실 회진하시는 시간에 병실로 오셨다. "환자분, 통증은 없으신가요? 투석을 하려면 누구나 할 것 없이 하는 시술입니다. 계속 손목 운동을 해서 손목이 잘 움직이게 해야 합니다." 하시며 손에 잡아 운동하는 공을 주고 병실을 나갔다. 팔을 꿰매던 실밥을 풀기 전까지 하루에 한 번 정도는 의사 선생님이 회진을 돌 때면 들러서 걱정해 주고 힘을 실어 주고 안정을 하게끔 열심히 진료를 해 주셨다.

시간이 지나고 드디어 하기 싫어했던 투석을 시작할 날이 다가왔다. 2023년 3월 28일 투석을 시작했다. 이틀에 한 번 소요되는 시간은 3시간 30분이다. 3개월 해 보고 신장이 정상으로 회복이 되면 다행이고 회복이 되지 않으면 신장을 이식을 하기까지는 계속 투석을 해야 한다. 희망을 갖고 투석을 했는데 3개월이 지나도 회복이 되지 않아 계속해서 투석을 하게 되었다. 정말 환장할 노릇이 아닌가. 간 때문에 입원을 했는데 신장까지 망가져서 투석을 하게 되다니 미치도록 마음이 아프고 화가 난다. 아무래도 간 치료를 하다 약을 잘못 쓰거나 많이 써서 신장까지 문제가 생긴 것이 아닌가? 의심도 가고 그래서 더 화났다.

입원을 해서 근육을 키우기 위해 매일매일 물리 치료를 받으며 병원 생활을 하지만 물리 치료하는 치료사들의 치료하는 방법이며 자세들이 되어 있지 않은 것 같아서 무척 기분이 좋지 않았다. 물론 다 그런 것은 아니지만 나를 치료하는 치료사는 다 그런 느낌이었다. 물리 치료를 받으러 가면 혼자 해 보라는 식이고 그냥 휠체어에 앉혀 놓고 논다. 정말 화가 났다. 하루에 병원비가 얼마인데 한심하다는 생각이 들어 여러 번 치료를 받을까 말까 정말 더럽고 화가 났다.

2023년 4월 11일 입원한 병원을 다시 퇴원을 하고 같은 날 4월 11일 대학병원에 다시 입원을 하기로 했다.

제6절 다시 상급병원인 대학병원에 전원해서 입원진료

2023년 4월 11일 입원을 했다. 12일 오전에 소화기 내과 진료를 받기 위해 진료실 앞에서 휠체어를 탄 상태에서 갑자기 기운이 떨어지고 어지러워서 쓰러져 긴급 응급실에 입원을 했다. 일반 응급실이 아닌 특별 응급실 긴급을 요하는 응급실이라 단독 응급실로 모든 것이 방음 조치가 되어 있는 실이었다. 긴급으로 링거로 주사를 넣고 주사기로 약제를 몸속으로 집어넣고 난리가 났었다. 사경을 헤매는 순간이었던 것이다. 응급처치로 간신히 정신은 돌아왔지만 몸은 마음대로 움직일 수가 없는 상태였다. 충분히 안정을 취해야 한다. 잘못하다가는 저세상으로 갈 수도 있다는 것이다. 천만다행으로 한숨을 길게 한 번 쉬고 주위를 둘러보니 처가 옆에서 나를 뚫어져라 보고 있었다. "살았네." 말하는 것이다. 식겁을 했다는 것이다. 의사 간호사들도 난리가 났고 응급실이 난장판이었다는 것이다. 정말 죽을 뻔했나 보구나. 아찔한 생각뿐이었다. 모든 진료가 끝나고 다시 병실로 이동을 했다. 결과를 들어 보니 당뇨며 혈압이 갑자기 곤두박을 쳐서 혼미 상태가 되었다는 것이다. 쉽게 말하자면 쇼크사가 될 뻔했다.

14일 날이 밝았다. 간호사 병실로 들어와서 환자분 오늘은 오전에 위 내시경을 하시고 오후에는 "진료가 있습니다. 검사 결과를 보는 진료입니다."라며 병실을 나가고 뒤따라 환자 이송 직원이 내게로 와서 "또 보네요." 히면서 몸을 들어 휠체이에 나를 실었다. 그리고는 번개 같은 속도로 휠체어를 밀어서 위 내시경실 앞에다 놓았다. 검사실 간호사께서 "환자분 이름 생년월일 좀 말씀해 주세요." 하기에 대답을 하는데 말이 끝나기도 전에 간호사 또 이렇게 말을 한다. "환자분 위 내시경 경험이 있나요?" "네, 있습니다." "그러시면 마취를 하고 하시겠어요. 그냥 하시겠어요?" 하는 것이다. 처음 병원에서는 마취를 하지 않고도 해서 그냥 한다고 했다. 잠시 후 소화기 내과 교수가 왔다. 간호사에게 준비됐냐고 물으시더니 "그럼 시작합니다. 환자분 20분 정도만 참으시면 됩니다." 하시는 것이다. 역시 기계가 목구멍으로 들어가고 헛구역질이 나고 숨소리도 커지고 교수님 간호사보고 "체크 잘해라." 하시며 기계로 내 몸속을 후비기 시작을 했다. 20분 정도 흘렀을 때 교수님 끝났습니다. "정말 잘 참으시네요." 하시면서 병실에 가 있으면 오후에 결과를 말씀드린다고 하며 내시경실을 나가는 것이다. 마취도 하지 않고 잘 마무리를 했다. 오후에 다시 이송 직원의 도움을 받으며 내시경 검사하신 교수님 실로 진료를 받으러 갔다. 교수님 하시는 말씀 정말 아무 이상이 없다 깨끗하다는 것이다. 병실로 올라와서 쉬었다. 토, 일, 월요일 쉬며 하루를 잘 보냈다.

17일 오후에 간호사가 병실로 들어왔다. 손에는 무엇인가 잔뜩 들고서 내 침대로 오는 것이다. 무거워서 받아드니 간호사 하는 말 "이거요. 환자분께서 오늘 저녁에 전부 다 마셔야 할 액체입니다. 대장 내시경을 하려면 속을 청소를 해야 하는데 이것이 배 속을 청소하는 액체입니다." 하는 것이다. 이걸 어떻게 다 먹느냐, 먹을 수는 있느냐 하니 간호사 다들 그렇게 마신다고 한다. 저녁 7시부터 마시기 시작을 했다 꾸역꾸역 마시다 보니 마시기는 다 마신 것 같았다. 새벽이 되어서는 배가 조금 아프고 하더니 항문으로 뭔가가 나오려고 하는 것 같아서 급히 화장실로 갔다. 변기에 앉자마자 항문으로 배 속에 있던 것들이 한 번에 쏟아지는 것 같았다. 배가 홀쭉해지고 몸도 가벼워진 것 같은 느낌이 들었다.

드디어 18일 아침이 밝았다. 대장 내시경을 하기로 한 날이다. 대장에 붙어 있는 용종을 절제하기 위한 시술을 하는 것이다. 하루 전 17일에 대장 내시경을 하기 위한 금식 및 대장 세척제 약을 물과 함께 플라스틱 6병을 마시고 모든 준비가 끝난 뒤 이번에는 마취를 하고 하기로 했다. 환자 이송 직원의 도움으로 대장 내시경 검사실로 갔다. 내시경실 침대에 누워 있는데 간호사께서 "마취를 할 겁니다. 겁먹지 마세요. 금방 끝나니까요." 하면서 팔에다 링거를 꽂고 그 다음은 나도 모르고 깨어 보니 다 끝났다고 하시는 것이다. 교수님 아무 이상은 없는 것 같고 자세한 것은 오후에 알려 주시겠다고 하시며 병실로 올라가라고 하시는 것이다. 오후에 대장 검사 결과를 보기 위해서 또 이송직원의 도움을 받으며 교수실로 갔다. 대기하다 차례가 되어서 노크를 하고 진료실로 들어갔다. 교수님 씩 웃으시며 "힘들어요. 병원이 다 그렇지요." 하시면시 애기를 하신다. 다행이 아무 일 없이 모두 다 잘 제거를 했지만 그래도 너무 많아서 어느 정도 회복이 되면 검사를 다시 한 번 해 보자는 것이었다. 일단 암은 아니니 걱정하지 말고 2년에 한 번씩 검사를 하라는 말씀을 듣고 병실로 올라왔다.

이틀 뒤에 2023년 4월 20일 다시 퇴원을 하는 날이었다. 이번에는 장기간 몸이 완전히 회복이 될 때까지 입원을 할 수 있는 병원을 찾기로 하고 아들이 분주하게 움직이며 찾기 시작을 했다. 아무리 찾아도 근처에는 일반병원이 없어 요양병원에 우선 입원을 하기로 하고 퇴원을 했다.

제7절 상급병원 입원 종료로 타 병원으로 입원진료

2023년 4월 20일 퇴원을 해서 병원을 옮겨야 하는데 입원할 수 있는 병원이 마땅치가 않아서 요양 병원에 입원을 하기로 했다. 투석을 하는 환자라 꺼리는 병원이 있었던 것 같았다. 우선 투석을 할 수 있는 병원이어야 하기에 어쩔 수가 없었다. 4월 21일 요양 병원에 입원을 했다. 입원을 해 보니 요양 병원이라는 곳이 정말 요양, 죽는 날을 기다리는 환자 중심의 병원인 것 같았다. 2일에 한 번씩 투석을 하는 것을 빼고는 더 나은 치료라든가 뭐 특별히 하는 것이 없고 의사 선생님도 자주 보는 게 아니라 필요하면 불러서 질문을 해야 하고 특별한 치료 없이 시간은 자꾸 흘러갔다. 7층에 물리 치료실이 있다고는 하지만 물리 치료사가 없어서 운영이 어렵고 환자 본인이 스스로 알아서 해야 한다는 것이다. 참으로 한심했다. 그렇게 지내던 중 2023년 5월 21일 퇴원을 해서 다시 대학병원으로 이송을 하게 되었다.

병원 생활을 하면서 앰뷸런스 환자 이송 차량을 몇 번을 타고 다녔는지 참으로 비참한 생각도 들었다는 것이다. 누가 태어나서 이런 차를 타고 도시 도로를 활보할 줄 알았겠나 하며 많은 생각을 했다. 그저 그랬다. 나 자신의 잘못이라는 것 한숨만 나왔다.

5월 21일 다시 대학 병원에 입원을 했다. 마지막으로 대장 내시경 시술을 하기 위해서였다. 5월 24일 아침이 밝았다. 아침 식사 시간이 지나고 간호사가 병실로 들어왔다. "환자분 오늘 무슨 검사 하는지 아시지요. 어젯밤에 금식 잘하셨지요." 하면서 나갔다. 곧 뒤따라 환자를 이송하는 직원이 들어왔다. 나를 휠체어에 들어앉히고 휠체어를 밀며 "환자분 검사실로 갑니다." 하면서 부랴부랴 밀어서 검사실 앞에다 갖다 놓았다. 도착하니 역시 환자 보호자들로 분비고 있었다. 검사실 접수처에 접수를 하고 대기하고 있는데 검사실 간호사께서 "환자분 오늘 무슨 검사 하는지 아시지요. 금식하셨나요?" "네, 했습니다." "조금 기나리면 시작할 겁니다." 하는 것이다. 침대에 누워서 천장을 쳐다보며 '잘됐으면 좋겠다. 빨리 끝났으면 좋겠다' 하고 있는데 교수님이 오셨다. "안녕하세요. 환자분, 기분이 어떠신가요." "네, 좋은데요. 그럼 한번 봅시다." 하는 것이다. 경험이 있어서 그런지 더 겁이 났다. 더구나 마취도 하지 않고 하는 거라 더 겁이 났다. 눈을 감았다. 교수님 말씀으로 "시작합니다. 움직이지 말고 조금만 참으세요." 하시는 것이다. 힘든 검사를 끝내니 속이 다 시원했던 것이다. 오후에는 대장 검사한 결과를 보기 위해서 교수님 진료실을 찾았다. 교수님 웃으시며 힘들었지요. "네, 그렇습니다." 하니 결과로는 모든 것이 잘되었으며 이제는 2년에 한 번 정도 대장 내시경 검사를 주기적으로 하는 것이 좋겠다는 말씀을 하시는 것이다. "네, 감사했습니다." 하고 진료실을 나와서 다시 소화기 내과 진료실을 찾아갔다.

마지막 진료다. 대기하고 있다. 차례가 와서 문을 노크하고 들어갔다. 교수님께서 "간은 아주 좋은 상태를 유지하고 있습니다. 음주만 조심하면 앞으로 간에는 큰 문제가 없을 것입니다. 퇴원하시고 3개월에 한 번씩 검사를 해 보세요." 하는 것이다. 혹시 암 같은 것이 발생될지 모르니 해 보라는 것이다. 몸을 추스리고 2023년 5월 26일 병원을 드디어 퇴원을 하게 되었다. 퇴원을 하는데 간호사들이 처방이 나와 있는 거라며 주사기를 들고 바쁘게 움직이며 발등, 손등에다 주사 바늘은 꽂고 난리를 쳤다. 마지막 날까지 주사 바늘이 나를 아프게 했다. 퇴원을 하면 장기간 입원을 할 수 있는 병원을 찾아야 하는데 아들이 친분이 있는 사람이 소개를 해 주어서 2023년 5월 26일 2급 정도 되는 종합 병원에 입원을 하게 되었다.

제9절 마지막 종착지 종합병원에 전원해서 입원진료

2023년 5월 26일 대학병원에서 퇴원을 해서 마지막이라는 희망을 안고 2급 정도의 종합 병원에 입원을 했다. 투석은 물론 물리 치료도 되는 곳으로 내가 입원하기에는 안성맞춤이었다. 집에서도 가까운 거리라 식구들도 조금 더 편하게 간병을 할 수가 있었다. 소·대변을 받아내는 상황이라 물리 치료를 적극적으로 받고 하루 빨리 일어서는 게 목표이고 또 한 가지는 이 병원에서 걸어서 퇴원을 해야 한다는 것이다.

그리하여 입원 다음 날부터 본격적인 물리 치료를 받기 시작을 했다. 물리 치료를 받는 첫날 간호사가 쪽지를 주면서 오늘은 물리치료를 받는 날이라며 요양보호사가 오면 안내를 할 거라며 "잘 받으세요." 하고 병실을 나갔다. 조금 이따 시간에 맞춰서 요양보호사가 들어와서 "물리 치료실로 이동합니다." 하는 것이다. 거동이 불편해서 침대에 누워서 그냥 물리치료실로 갔다. 들어서니 겁이 덜컥 났다. 각종 기구들이 있으며 자전거를 타는 사람, 워커를 가지고 걸음마를 하는 사람, 침상에 누워서 치료를 받는 사람 등 가지각색의 환자들이 있있다. 나도 저기에 한 사람이 되겠구나, 하고 있는데 물리 치료사 내게로 와서 "전혀 움직이지를 못합니까?" 하는 것이다. "네, 잘 못 합니다." 하니 오늘부터는 "이 기구를 이용한 치료를 하겠습니다." 하는 것이다. 보니 사람을 거꾸로 매달고 하는 치료인 것이다. 치료가 시작이 되었다. 물리 치료사 4명이 나를 끌어안고 기계에 묶었다. 그리고 기계를 서서히 움직이는 것이다. 거꾸로 서니 피가 거꾸로 몰리는 것 같아서 무척 힘들었다. 치료 시간은 20분이었다. 치료가 끝나고 치료사님께서 "내일 다시 오세요." 하는 것이다. 병실에 와서 정말 이렇게 해서 내가 일어날 수 있을까 하는 생각이 머리를 뱅뱅 돌았다.

다음 날 다시 물리 치료실을 갔다. 궁금해서 물리 치료사님께 "이렇게 치료를 받고 하면 걸을 수가 있다는 것입니까?" 하니 대답이 "그것은 환자 자신과의 싸움이며 이겨 내시면 틀림없이 걸을 수 있습니다. 치료사들 하라는 지시대로 잘 따라하시면 틀림없이 걸으실 수 있으니 안 된다는 말씀은 금물입니다." 하는 것이다. 침상에 누워서 생활을 하는 나지만 열심히 적극적으로 물리 치료를 하기 시작을 했다. 두 번째부터는 보조 워커로 걸음걸이 운동이었었다. 물리 치료사의 도움으로 기구를 잡고 열심히 걸었다. 좀 더 합리적인 치료를 위해서 의사 선생님 추천해 주신 도수 치료도 병행을 했다.

시간이 지나면서 정말 걸음걸이도 나아지고 몸도 좋아지는 것 같은 느낌을 받곤 했다. 운동 강도를 좀씩 높여 가면서 운동은 계속되었다. 드디어 계단 오르내리는 운동을 하게 되었다. 올라가는 것은 좀 되는데 내려오기는 정말 힘들고 떨리고 엄청 많이 힘들었다. 처음에는 다리가 후들후들 떨려서 어려움도 있었지만 치료사님의 배려로 치료를 잘 받았다. 지금도 잊을 수가 없는 물리치료사가 있다. 남자분은 직급이 가장 높았던 것 같은데 환자들이 용기를 잃지 않고 열심히 운동을 하도록 독려를 하시며 열심히 치료를 해 주셨다. 또 여자분은 정말 세밀하게 부딪히지 않게 조심조심 운동을 돕고 항상 실망을 하지 못하게 독려를 하면서 최선을 다해 주셨다. 지금도 생생하며 감사의 말씀을 드리고 싶다. 물론 치료를 받으며 감사의 표시를 여러 번 하기는 했지만, 도수치료비는 비급여라 의료보험이 되지를 않아서 치료를 망설이려는데 마음에 '진료비는 걱정을 하지 말자. 그저 일어서기만 해라' 하는 마음가짐으로 아주 열심히 운동을 했다.

어느새 서서히 자리에서 일어날 수가 있게 되고 기구를 이용해 물리 치료사 도움 없이도 홀로 서서히 걸을 수 있게 되었다. 처음에 입원했던 병원과 비교해 보면 지금에 병원이 조금 크기는 하지만 물리 치료사들의 운동시키는 방법이며 환자를 다루는 자세가 확실히 다르다는 것이다. 틀림없이 걸어서 퇴원이다. 먼저 있던 병원에서는 물리 치료하는 것도 엉망이고 치료사들이 성의도 없을뿐더러 세심히 신경을 쓰지 않아서 회도 나고 어려움도 많았는데 이 병원을 달랐다. 정말 프로급 치료사 같은 느낌 체계적이고 성심 성의껏 최선을 다하는 모습에 틀림없이 여기서는 걸어서 나갈 수가 있겠구나 하며 매사에 최선을 다했다.

이 병원도 한 환자가 특별한 사항이 아니면 한 달에 한 번 퇴원을 해야 한다고 해서 한 달이 되면 집에 하루 정도 머물다 다시 입원해서 치료를 받고 했다. 한 달이라는 제도에 묶여서 7개월 동안 입·퇴원을 여러 번 했다. 어쨌든 간에 여러 의료진의 아낌없는 진료 덕분에 걸음걸이가 어색하긴 해도 홀로 걸을 수가 있게 되었다. 몸은 서서히 회복이 되었고 마침내 2024년 1월 6일 입원 치료를 끝내기로 하고 퇴원을 했다. 정들면 안 되는 곳, 다시는 오지 말아야 할 곳, 하면서 퇴원을 했다. 당

분간 주간 요양소에 들어가 몸이 혼자서 완전하지는 않지만 어느 정도 부자연스러워도 걸을 수 있을 때까지 생활을 하기로 하고 입소를 했다. 2개월의 요양소에서의 생활을 마무리 하고 집에서 생활하며 투석도 하고 운동도 하고 더 나은 생활을 하자고 마음을 든든히 먹고 생활을 하고 있다. 다행이 산을 많이 다니고 운동을 해서 그런지 다리에 힘도 붙고 그냥 일괄적으로 생활을 하는 데는 별 지장이 없어지게 되었다. 지금은 투석 치료를 열심히 받으며 생활을 하고 있다. 지나온 1년 2개월 20일간의 기나긴 병원생활을 추억으로 남겨야 할지 고행으로 없애야 할지 아리송하고 그저 답답하기만 하다. 끝으로 나에게 새로운 삶을 안겨 준 의료진들께 감사의 말씀을 드리고 싶다. 정말 고마웠습니다. 잊지 않겠습니다. 다음에 이어지는 글은 만약에 이 글을 병원 관계자분께서 보신다면 무척 화를 낼 것 같은 글이라 걱정도 되지만 참고 자료가 되었으면 하고 계속 이어가려고 한다.

제10절 병원 음식과의 싸움

병원 음식이라는 것이 환자가 먹는 음식이라 양념을 하지 않고 저염식 그냥 평범한 환자들도 먹기에 무척 힘들 정도로 맛이 없을뿐더러 밋밋한 맛이기에 먹기가 싫어진다. 물론 병원에서는 환자의 병명에 따라 그 병명에 맞은 음식을 만들어서 제공을 해 주겠지만 당뇨나 신부전 환자들은 정말로 밥 먹기가 이루 말할 수 없을 만큼 힘이 든다.

2022년 11월 16일 처음 병원에 입원을 했던 병원에서는 밥을 제대로 먹어 보지를 못했다. 더구나 중환자실에서 나와 일반 병실로 옮겨졌을 때 기운도 없고 입맛도 없는 음식까지 밋밋하니 정말 죽을 맛이었다. 배가 고프면 요양보호사에게 부탁을 해서 매점에 있는 빵이나 비슷한 음식을 사다가 먹곤 했다. 음식을 제대로 먹지를 못하니 근육이 빠져서 더욱 걸어 다니는 것이 힘들어지고 점점 몸이 가라앉아서 끝내 침대에 아주 누워서 병원 생활을 하게 되었다. 음식에 대해서 병동 간호사나 배식을 하시는 직원에게 얘기를 해도 시정이 되지 않고 영양사에게 얘기를 하면 병원 방침이고 개개인의 의견에 따라서는 업무를 할 수가 없다는 것이다. 그래서 했던 것이 요양보호사에게 부탁을 해서 매점에 있는 빵 종류, 음료수 등을 구입해서 음식을 해결을 하곤 했다. 나만 그런가, 하고 주위를 둘러보면 거의 어디서 나왔는지 다른 반찬들을 가지고 와서 음식을 먹는다는 것이다. 다들 밥맛이 그저 그래요. 그저 한숨만. 먹어야 살 수 있는데 그냥 그랬다.

음식과 힘든 생활을 하던 중 2022년 12월 29일 종합병원에서 치료가 불가능해서 대학병원으로 이송을 하게 되었다. 긴급 검사가 마무리 되고 점심이 제공되었는데 병원이라는 이름은 같고 장소 크기만 다른 것 같은데 음식도 다르다는 것이다. 물론 사람이 하는 것이고 병원마다 규정이 있을 거라 생각은 하지만 너무나 다르다는 것이다. '어, 먹을 수 있어. 먹을 만해. 열심히 먹자' 일어서기 위해서 음식이 제공되면 처음에는 반 정도는 내가 먹고 반은 간병인에게 주었다. 음식을 제대로 섭취를 하니 기운이 돌아오는 것도 느껴지고 병원이라는 곳이 의사도 중요한 대상이 되지만 영양사들도 잘해야 하지 않나 하는 생각을 여러 번 했다.

2023년 1월 9일 대학병원에서의 진료를 마치고 다시 기존 병원에 입원을 했다. 또 다시 먹는 것부터 걱정이 앞섰다.

어쩔 수 없다 하면서 반만 국물에 말아서 먹자 하며 정말 먹기 힘든 음식을 억지로 먹곤 했다. 의사 선생님이 병실 회진차 들어오시면 왜 밥을 안 먹느냐고 하는 것이다. 그러면 나는 되물었다. 의사 선생님들도 병원에서 이런 밥을 먹느냐고. 억지스러운 말인 것 같지만 얘기를 하면 "네, 우리도 똑같이 먹어요." 하신다. 어쨌든 음식 때문에 병원은 나갈 수는 없는 일. 내 몸을 음식에 맞춰서 정말 힘든 일이지만 헤쳐 나갔다. 또다시 대학병원 진료를 위해서 전원을 했다가 2023년 5월 26일 처음에 입원했던 정도의 규모인 종합병원에 입원을 했는데 비슷한 규모의 병원인데도 제공이 되는 음식의 질은 조금 다른 것 같은 느낌을 많이 받았다. 그런대로 먹을 만했다. 병원이라는 이름도 같고 장소 규모는 조금 다르지만 음식에 대해서는 비슷하지가 않은 것 같아서 그렇지 비슷할 수가 없지. 그럴 수밖에 없을 거야, 하며 잠시 생각을 해 봤다. 나는 강원도 산골에서 성장기를 보내고 혼자 다니며 하숙과 자취를 했던 사람이라 입이 짧다는 얘기를 들어 본 적이 없는 사람이었다. 뭐든지 잘 먹고 밥투정을 부린 적이 거의 없었다는 것이다. 그런데 아무리 병원 환자들을 위한 음식이라 곤란하지만 조금 먹기가 편한 음식이 되었으면 하는 바람인 것이다.

마지막으로 말하고 싶은 것은 일부 환자들이 음식이 맛이 없고 먹기가 힘들다고들 하지만 그래도 괜찮다. 먹을 만하지 않나 하는 환자들도 틀림없이 있을 거라 생각을 한다. 모든 환자의 입을 맞추기에는 한계가, 아니, 한계가 아니라 맞출 수가 없다는 것도 잘 안다. 끝으로 병원 식사에 신경을 쓰고 애써 주시는 관계자님들께 고맙다, 수고하셨다고 말씀드리고 싶다.

제11절 환자와 의사와의 관계

2022년 11월 16일 병원에 입원하기 전 2개월 정도 다리에 힘이 빠져서 병원 진료를 받기 시작을 했다. 몸이 좋지 못한 몸으로 인해서 많은 의사들을 만났다. 한의사, 정형외과 전문의, 외과 전문의, 신경과 전문의, 소화기내과 전문의, 간 전문의, 신장 전문의, 폐 전문의, 안과 전문의, 내시경 전문의 흉부외과전문의 등 지금부터 의사 선생님들에 대한 이야기를 해 보려고 한다.

다리에 문제가 생겨서 처음 접한 의사는 한의사였다. 그리 크지는 않지만 그래도 그 지역에서는 잘한다는 소문이 있는 쉽게 말하면 그 지역에서는 알아주는 한의원인 것이다. 처음 방문을 해서 진료를 받을 때 혈액 순환이 잘되지 않아서 힘도 없고 붓는 거라며 침도 맞고 약도 먹으면 회복이 될 거라며 침술과 약을 구입해서 한 달을 먹었다. 한 달을 치료하고 먹었는데 회복이 되지 않는다고 하니 의사 선생님 한 달을 더 먹어보라고 해서 또 한 달을 먹었는데도 회복이 되지 않아서 한방은 나하고 맞지가 않는다는 판단에 종합병원으로 갔다.

처음에 갔던 종합병원 민원실에 접수를 하니 안내 하는 직원이 나를 어떤 과로 보내야 할지 고민을 하다가 "정형외과로 가시면 될 것 같습니다."라고 해서 정형외과를 찾아갔더니 의사선생님 말씀 대뜸 "누가 이리로 가라고 했습니까."하며 짜증을 냈다는 것이다. '뭐지? 내가 스스로 왔나?' 머릿속에서 한 번 욱 하는 순간 '환자다. 참자' 하고 있는데 얘기인즉 자기 진료 과하고 맞지가 않다는 것이다. 병실을 나와 접수하는 곳으로 가서 다시 물어보니 외과로 가 보라는 것이다. 외과로 가니 외과 의사께서는 "우리 과로 오시면 안 되고요. 신경과로 가셔야 할 것 같아요." 하면서 아주 친절하게 말씀을 하신다. 다시 접수처로 가서 직원에게 정말 성질나게 한다. 여기 가라, 저기 가라 하느냐 하며 따졌다. 직원은 "죄송합니다. 신경과로 가 보시지요." 해서 세 번째 신경과로 갔다. 문을 노크하고 들어가니 여자 의사 선생님이 "어디가 불편해서 오셨나요?" 하시는 것이다. 그동안 진료를 받은 것을 말씀드리니 역시 혈액순환에 문제가 있다고 말씀을 하시는 것이다. 진료를 끝내고 처방전을 받아 약국에서 약을 구입해 먹는 중이었는데 2022년 11월 16일 진료 받는 병원에서 전화가 왔던 것이다. 전화를 한 과는 소화기 내과였다. 간에 문제가 있으니 빨리 병원에 와서 검사를 받아 보라는 것이다.

병원에서 처음 맞이한 의사는 소화기 내과 의사이며 보통 직급이 과장 같은데 진료 부장이었다. 진료를 받기 위해 대기하고 있고 전광판을 보면 대기 환자가 가장 많은 의사 선생님이었다. 대기하고 있다 들어가니 옛날 교통사고로 입원했을 때 나를 치료해 준 그때의 의사였다. 근번에 건강검진을 한 것 보니까 간수치가 너무 높아서 전화를 했다며 당뇨 진료할 때 술 조심하시라고 했는데 조심하시지 않고 술을 너무 많이 먹어서 간에 문제가 생긴 건지 검사를 해 봐야 한다는 것이다. 이때부터 이 의사 선생님과 환자로 엮이고 병원에 입원을 하게 되었다.

병원에 입원을 하면서 1차로 간에 대한 진료를 하기 시작 했고 초음파, CT 검사도 했다. 진료를 받던 중 어느 날 회진치 병실에 들러 신장에도 문제가 있다고 하면서 신장에 대한 치료를 같이 하고 있다는 것이다. 생뚱맞게 무슨 문제가 있느냐 하니 수치가 갑자기 올라가서 그렇다는 것이다. 그런데 입원을 해서 진료를 받는데 배에 물이 차고 다리가 부어서 의사 선생님한테 물어보니 "글쎄요. 다리 부은 거에 처방을 하고 있는데 치료가 잘 되지가 않아서 걱정이네요."라는 것이다. 다리가 부으면 신장에 문제가 있다고들 하는데 이 병원에도 신장내과가 있는데 왜 본인이 직접 진료를 하는지 의문이 생겼다. 나중에 얘기를 들어 보니 신장내과 의사에게 협조를 구했는데 연결이 잘 되지가 않았다고 하는 것이다.

그러던 중 간 두께 검사를 해 보자는 것이다. "간 두께 좋다." 했다. 결과는 큰 문제가 될 것 같지 않다는 것이다. 그러면서 왜 붓기가 빠지지 않는지 모르겠다는 것이다. 또 혹시 심장에 문제가 있지나 아는지 심장 초음파를 하자고 해서 심장 초음파도 했다. 심장내과 의사선생님도 심장에는 "아무 이상이 없습니다." 하는 것이다. 병원에 입원을 해 있으며 위 내시경 대장 내시경까지 검사를 다 했다. 지금 생각해 보면 다리에 붓기가 빠지지 않아서 여러 군데 검사를 한 것 같다는 생각을 하게 된다. 그리고 대장 검사를 하고 결과는 이 병원에서는 진료가 어렵다는 판단이 되어 2022년 12월 29일 대학병원에서 진료를 받고 30일 전원을 해서 입원을 하게 되었다.

일반 종합병원에 입원을 해서 진료를 받던 중 어떻게 하다가 온몸 검사를 다 하게 됐다. 치료 중 하루에 한 번은 피를 뽑은 것 같았다. 그러다 보니 피가 부족하고 부족해서 수혈을 하려니 피가 없다고 해서 온 식구들이 헌혈 장소로 가서 헌혈을 하기도 하고 어떤 때에는 한 몸에 링거를 세 개씩이나 달고 있을 때도 있었고 정말 환장할 일이 여러 번 있었다. 대학병원으로 간 것은 대장에 있는 용종이라는 것이 있는데 너무 커서 이 병원에는 기구 자체가 없고 해서 안전하게 진료를 받기 위해 큰 병원 대학병원으로 전원을 하게 되었다.

2023년 11월 30일 대학병원에 입원을 했다. 대학 병원은 달라 보였다. 입원하기가 무섭게 하루에 검사를 몇 가지를 해 버리는 것이다. 환자가 지치든 말든 병원의 계획대로 해 버리는 것 같은 느낌을 받았다. 처음 맞이한 간 센터장이란 교수 좀 으스댄다고나 할까. "환자분 입원했던 병원에서 간 이식 얘기하지 않았나요?" "네, 그런 말씀을 했습니다." 교수님 씩 웃으시며 "그랬을 것입니다. 위험하기는 했지만 그래도 빨리 와서 다행입니다. 크게 걱정은 하지 마세요. 물은 주사기로 뽑아내면 되고 디리 부은 것은 4일 정도 치료하면 빠질 겁니다. 입원은 5일 정도면 될 것 같습니다." 하시는 것이다. 다음은 신장과 교수를 찾아갔는데 교수님 말씀이, "만약에 회복이 잘되지 않으면 투석을 할지도 모르니 마음을 단단하게 먹으세요. 그리고 투석에 대한 상담도 해야 하니 상담도 하고 가세요." 하시는 것이다. 야, 투석 정말 걱정이다.

다음은 소화기 내과 교수를 찾아갔다. 교수님 겁을 주면서 내일 위 내시경 모래는 대장 내시경을 합시다. 하시는 것이다. '야, 죽었다' 병실에서 검사 날짜 시간만 보면서 있었다. 드디어 위 내시경 다음 날 대장 내시경을 다 했다. 교수님 처음에는 겁도 주지만 그래도 지내고 보니 다정하고 안정감을 주는 의사였던 것 같다. 또 폐에 물이 찼다고 해서 폐 검사를 했는데 호흡기 내과 교수님은 다정다감한 성격의 소유자였다. 이야기도 차분하게 알아듣기 좋게 말씀을 하시는 것이다. 폐 정밀 검사를 할 때도 마취를 하고 옆구리를 칼로 째야 했는데 먼저 겁부터 먹지 말라고 금방 끝난다고 안정하게끔 하신다는 것이다.

어느덧 대학병원에서의 진료는 모두 끝내고 이제 다시 종합병원으로 전원을 하게 되었는데 마땅한 병원이 없어서 특히 투석을 해야 하기에 병원 찾기가 힘들었다. 자식들이 여러 곳으로 알아본 결과 집에서도 가까운 거리에 위치한 종합병원을 알아내서 상담을 하고 입원을 하게 됐다. 병원과 진료과목을 보니 처음 입원했던 병원보다는 규모 면에서는 조금 큰 것 같았다. 이 병원에서는 재활의학과 의사선생님에게 진료를 아주 잘 받아서 침대에 누워 있던 내가 일어나서 걷게 되었고 걸어서 병원 문을 나서게 되었다.

지금 생각해 보면 나에게 처음 전화로 병원을 찾게 해 준 소화기 내과 천○○ 의사 선생님을 잊을 수가 없을 것 같다. 병원에 입원해 있는 동안 별 검사로 나를 힘들게 하고 피를 매일 많이 뽑아서 스트레스를 많이 안겨 주었지만 입원 치료 중 코로나 감염이 되었을 때에는 나를 중심적으로 집중치료를 해서 이 생명이 다시 이 세상에 존재할 수 있게 해 준 나에게는 큰 의인이 아닐 수 없다.

지금도 식구들이 모여서 애기를 나눌 때면 그때 그 병원 그 의사 선생님 애기들을 많이 한다. 죽어 가는 나를 살려 내려고 밤낮 가리지 않고 중환자실을 들락거리며 정말 많은 고생을 하셨다는 것이다. 지금 생각해 보면 천○○ 의사 선생님은 지금 내가 이 세상에 없을 수도 있을 거라고 생각을 할지도 모른다는 것이다. 몸이 좀 더 회복이 되면 한 번은 찾아뵐 예정이다. 꼭 살아 있다는 모습도 보여 드리고 싶다. 또 한 분은 재활의학과 의사 선생님이시다. 치료야 물리 치료실에서 치료사들에게 받지만 하루에 한 번은 꼭 나에게 용기를 심어 준 의사 선생님이었다. 그런 덕분에 지금 이렇게 두 다리로 걸어 다닐 수가 있는 것이 아닌가 한다. 침대에 누워 있을 때에는 정말 내가 일어나지 못하면 어떻게 될까 무척 걱정스럽고 겁도 많이 났었는데 좋은 재활의과 의사 선생님을 만나서 희망과 용기를 주시는 덕분에 아주 열심히 치료를 받아서 두 다리로 걸을 수가 있게 되었다.

드디어 2024년 1월 6일 종합병원을 나서던 날 다리가 멀쩡하구나, 함박웃음을 지으며 퇴원을 하면서 재활의과 '선생님 감사했습니다!' 속으로 외쳤다. 투병 생활을 하면서 주변 사람들의 이야기를 들어 보면 이런 말씀들을 하신다. 병원과 의사를 잘 만나야 한다. 맞는 데가 있다고 하신다. 그래야 정확한 치료를 받을 수가 있다는 것이다. 같은 의대 같은 동창이라도 진단 판단이 다를 수가 있기 때문에 그런 것이 아닌가 하는 생각을 해 본다. 듣고 가만히 생각해 보면 정말 맞는 것 같기도 하다. 투석에 대한 얘기를 하자면, 진작 대학병원을 갔으면 투석은 막지 않았을까, 하는 생각을 지금도 지울 수가 없다.

　퇴원을 해서 집에 머물러 뒤를 돌아보니 저를 위해서 여러 의사 선생님들께서 고생을 하셨지만 꼭 집으라면 나와 의견 충돌이 많았던 소화기 내과, 그리고 힘찬 희망과 용기를 넣어 준 재활의학과 선생님이 조금 더 생각이 난다. 어찌하든 지금은 모든 의료진에게 감사의 말씀을 드리고 싶다.

제12절 환자와 간호사와의 관계

　병원 입원생활을 1년 2개월 22일을 하면서 간호사들의 세계를 엿들어 보면 우선 병원 내부 중앙에 간호사실이 있고 양쪽으로 환자실이 6개 정도 총 12개실이 있는 것 같아 보였다. 간호사들의 움직임을 보면 6명씩 3교대로 환자들을 돌보는 것 같았다. 매번 교대로 근무 시간은 바뀌지만 간호사들에게도 담당 환자가 정해져 있는 것 같다. 간호사들의 도움을 받아 보면 여러 성격들이 나타나는데 그냥 느낀 것을 보면 강하고 약해 보이는 간호사, 차분하고 덜렁거리는 간호사, 너무 소심한 성격의 간호사 아주 급하거나 느린 간호사, 수동 및 능동적인 간호사 여러 성격의 간호사들이 있지 않았나 생각한다.

　간호사에게 담당 환자가 정해지듯이 환자 또 한 자기에게 좋은 간호사가 담당이 되어 주었으면 한다. 환자 입장에서 좋은 담당 간호사를 만나면 마음적으로 안정이 더 잘될 수도 있고 하니 생각하는 것이다. 주사도 덜 아프게 놓을 것 같기도 해서 그런 것이 아니었나 하는 생각을 해 본다.

처음 병원에 입원을 했을 때 음식을 제대로 먹지를 못해서 체중이 점점 줄고 중환자실에 있다가 나와서는 더욱 그랬던 것 같았다. 이때 한 간호사가 음식을 먹지 않고 음료수만 마시니 영양제라도 계속해서 넣어야 하는데 내가 못 하게 하니 링거로 주사 바늘을 꽂을 때마다 나하고 씨름하느라 무척 힘들어했었다. 그때 그 간호사가 많이 생각이 나고 그때 왜 그 간호사를 힘들게 했는지 지금 생각해 보면 멍청히고 어리석은 짓을 했구나 싶다.

환자의 건강을 위해서 영양 주사를 놓으려고 하는 건데 싫다고 화를 내고 했다니 지금 생각해도 무척 미련하고 미안하다는 것이다. 사람은 이성과 감정을 함께 가지고 있는 동물이다. 간호사님들도 개개인의 성격을 가지고 있지만 개인의 감정에 맞춰서 환자를 간호하지 말아 줬으면 한다. 병원에 입원을 해서 가까이에서 간호사님들의 업무하시는 모습을 보고 '저 간호사 오늘은 좀 불편한 데가 있나. 왜 저러지. 주사도 아프게 놓는 것 같아 저 간호사는 항상 환자들을 기분 좋게 한다. 좋은 사람이다. 주사 놓을 때도 그리 아프지도 않게 잘 놓는단 말이야'라고 환자들이 같이 이야기를 나눈다. 어쨌든 나를 위해서 열심히 돌봐준 여러 간호사님들께 감사의 말을 전하고 싶다. 진심으로 고맙고 감사했다고!

제13절 환자와 요양보호사와의 관계

요양보호사에 대해서 말하면 환자들의 온갖 시름을 모두 들어 주는 요양사로 코로나란 질병으로 인해서 병원마다 통합관리 병동이라는 제도가 생겨서 개인적으로 간병인을 쓰지 않고 병원에서 간병을 대신 해 주는데 그걸 대신 해 주는 사람들이 요양보호사라는 것이다.

처음 병원에 입원했을 때 통합 병실에 입원을 했는데 요양보사들이 하는 일을 보니 음식을 스스로 먹기가 힘든 환자 즉 소경, 팔을 다친 환자, 온몸을 움직이지 못하는 환자들에게는 음식을 먹여 주고 소·대변을 스스로 가리지 못하는 환자의 소·대변을 가려 주고 수건을 물에 축여서 몸을 닦아 주기도 했다. 세수는 물론 양치까지 해 준다는 것이다. 대학 병원에 있을 때는 짧은 기간의 입원으로 간병인의 도움을 받았고 마지막 병원에서는 통합병실에 자리가 없어서 간병인을 필요로 하는 병실에 입원을 해서 간병인의 도움을 받았다. 요양보호사들이 환자를 다루는 것을 보면 저거는 너무하는 것 아닌가 할 정도로 대하는 분이 있다. 환자를 살살 움직여야 할 것 같은데 자기 마음대로 하니 환자는 더 아프다고 소리를 지르고 욕도 하곤 한다. 그런가하면 정말 환자가 아플세라

살살 아프지 않게 다루는 요양보호사도 있다. 옆에서 지켜보면 어떤 환자 보호자는 면회시간에 요양보호사를 보면 특별히 자기 환자를 잘 보살펴 주기를 바라는 마음으로 사례를 하는 보호자도 있다.

소·대변을 갈아치우는 시간도 정해져 있는 듯한데 보통 새벽 2시에 한번 아침 식사 바로 전에 한번 병실을 돌면서 치우는 것 같았다. 물론 혼자서도 움직일 수 있는 환자는 제외하고 중증 환자를 한다는 것이다. 갑자기 기저귀가 떨어지면 기저귀를 서로 빌려 쓰기도 한다. 요양보호사들이 일을 하는 것을 보면 어떤 환자는 고맙게 생각을 하지만 더러 요양보호사를 깔보고 지시를 한 것 같은 자세로 임하는 환자도 이었다. 본인의 식구들도 하기 싫어하는 소·대변까지도 갈아 주는 사람인데 어떤 때에는 그런 환자를 보면 성질도 나고 그냥 넘기기가 힘들 때도 있었다. 어쨌든 가장 낮은 곳에서도 묵묵히 업무에 최선을 다하는 요양보호사님들께도 감사의 말씀을 드리고 싶다.

제14절 지금의 상태를 이야기하면

끝내 신장은 회복이 되지 않아서 신장 투석을 받고 있다. 최초에는 3시간 30분을 했었는데 4시간을 하고 있다. 마지막 종합병원에 입원했을 때 신장내과 의사선생님께서 서류를 보시더니 "어, 일주일에 두 번을 해도 될 것 같은데." 하시는 것이다. 속으로 파이팅을 외쳤는데 곧바로 "3

일 하시지요."하는 것이 환자에게도 부담이 적고 좋을 겁니다, 하시는 것이다. 금방 힘이 죽 빠졌다. 투석 회수에 대해서 물어보면 똑 부러지는 횟수가 정해져 있는 것은 없고 지금까지 의료계에서 치료해 온 통계학적 숫자로 한다는 것이다. 신장 투석을 하지 않으려면 오로지 신장 이식밖에 없다고 해서 투석 장기 수혈자로 등록도 해 놓았다. 혹시나 해서도 하고 싶었다는 것이다. 식구들이 있지만 자식들도 신장이 좋지가 않고 나 또한 절대로 자식에게까지 피해는 주는 그런 짓은 죽는 한이 있어도 하지 않겠다고 굳게 마음을 먹었기에 지금은 투석 생활에 잘 견디며 해나가고 있다.

호흡기 내과 진료는 대학병원 진료 한번으로 마무리가 되었고 위, 대장은 2년에 1회 정도 검진을 하는 걸로 결론을 내렸고 간은 지금도 퇴원해서는 3개월에 한번 지금은 6개월에 한 번 정도 외래진료를 받고 있다. 몸이 아프고 병원생활로 알게 된 것은 의사 선생님 말씀 잘 듣고 처방해 준 약을 빼먹지 말고 잘 먹는 게 중요하다는 것이다. 병원에 입원했을 때 보면 약 복용이 힘들어서 약을 간호사 몰래 버리는 환자들도 많았다. 앞으로는 운동도 열심히 하며 절대로 누구나 가기 싫어하고 가서는 안 될 병원은 가지 말아야 한다는 목표를 가지고 지키며 잘 살고 있다.

끝으로 나에게 새로운 삶에 희망을 준 의료진 모든 분들께 "고맙습니다. 감사했습니다. 꼭 말씀을 드리고 싶다."입니다.

2. 나는 혈액 투석 환자다

시한부 인생을 살아가면서 죽지는 않겠지. 누구보다는 더 오래 살겠지. 난 정말 죽지 않을 거야. 별 생각들을 하면서 하루하루를 근심과 걱정 속에서 살아가고 있는 사람이 있다.

어느 날 갑자기 회사 건강 검진 받는 협력 병원 소화기과의 의사 선생님한테서 전화가 왔다. 건강이 좋지 않으니 병원으로 들어오라는 것이다. 당뇨 질환이 있어 당뇨에 대한 치료를 계속해서 받아오던 병원이고 의사선생님도 잘 알고 지내 온 관계이기에 별 생각 없이 회사에서 하던 일을 정리 하고 병원으로 갔다.

그때가 2022년 11월 16일이었다. 의사 선생님 하시는 말씀 간에 문제가 있어서 몇 주간 입원 치료를 해야 한다는 것이다. 입원 얘기를 듣고 멍, 머리가 하얗게 되어 버렸다. 술을 많이 먹어서 그런지 간이 무척 나빠졌다고 하면서 치료를 잘 받아야지 잘못하면 간을 이식하는 상황이 생길 수도 있다는 것이다. 즉시 입원을 해서 치료를 받으며 병원 생활을 하던 중 2023년 1월 중순쯤 갑자기 신장도 나쁘다고 신장 치료도 같이 해야 한다는 것이다. 이때부터 링거도 한 번에 두 개씩 손에다 놓고 약도 두 배로 복용을 해야 하게 되었다. 그렇게 치료를 받던 중에 아들이 대학교 병원에 가서 검사를 받아 보자고 해서 퇴원을 하고 대학교 병원으로 입원을 하게 되었다. 입원 첫날 간을 주로 진료를 하는 교수님이 검사 및 치료를 했는데 다리 부종은 일주일 치료하면 되고 간도 치료를 잘 받으면 이식 같은 것은 안 해도 된다는 것이다. 다음 날 신장을 진료하는 교수님에게 신장 검사 및 치료를 받았는데 멀지 않아 투석은 해야 할 것 같다, 투석을 하지 않으면 간이 더 문제가 될 수 있다는 것이다. 일주일 치료를 마무리 하고 다시 처음에 입원 했던 중간 정도 되는 종합 병원에 입원을 했다.

또 다시 투석을 해야 한다는 것이다. 죽어도 싫다고 하니 신장과 의사 선생님이 우선 3개월만이라도 해 보자는 것이다. 안 하려고 했지만 대학교 병원에서 검사를 받은 결과를 알고 있는 한 안 할 수가 없었다. 우선 투석을 하려면 혈관 시술을 해야 한다고 해서 2023년 2월 중순 흉부외과 의사 선생님에게 혈관 시술을 받았다. 의사선생님 투석을 하려면 6주는 지나야 한다고 해서 기다리며 병원 생활을 이어갔다. 6주가 지났으니 소화가 의사선생님이 투석을 빨리 해야 한다는 것이다. 간이 힘들어지기 때문에 하루라도 빨리 해야 하는 것이 건강에도 좋다고 하셨다. 그리하여 2023년 3월 말경부터 투석을 하기 시작했다. 그것도 일주일에 3회 월, 수, 금요일 4시간씩 하게 됐다. 간을 살리기 위해서 투석을 선택했지만 정말 큰일이다. 주변 사람들의 얘기를 들어 보면 잘못되면 평생을 할 수도 있다고 한다. 아니면 콩팥 이식 수술을 할 때까지는 해야 한다. 솔직히 말해서 죽을 정도로 싫고 앞이 캄캄했었다. 그렇게 시작이 된 투석 치료가 3개월이 아니라 지금까지 이어지고 있으며 지금도 주에 3일 4시간을 하고 있는 중이다.

투석 치료를 1년 5개월 동안 해오고 있지만 보통 까다로운 병이 아니라는 것을 알게 된 것이다.

가장 중요한 것은 몸무게를 맞추는 일인데 병원에 입원을 하기 전에는 몸무게가 60키로 나가던 것이 병원생활을 하면서 식욕 문제로 음식을 제대로 먹지를 못해서 많이 야위어져서 50키로도 되지가 않는 것이다. 정확히 말하면 46키로인 것이다. 그러서 몸무게를 언제나 46키로에 맞춰야 한다는 것이다. 잘 안 되면 강제로 맞추기 위해서 투석이란 것을 해야 한다. 투석을 하게 되면 혈액도 깨끗하게 하고 몸무게도 줄이는 것이라고 한다. 몸무게를 맞추기 위해서는 음식도 절제를 해야 하고 특히 물을 아주 적게 마셔야 한다는 것이다. 그래야 환자도 고통이 덜하고 투석하는 시간도 짧아지고 잘되면 투석 횟수도 3회에서 2회로 줄일 수도 있다고 한다. 그냥 말하기는 쉽지만 일주일에 3회 4시간씩 투석을 하게 되면 실제로는 투석 준비하고 끝나고 정리를 하면 최소 걸리는 시간은 4시간 3~40분 걸리는 것이라 볼 수 있다. 투석이 끝나면 몸에 무리가 와서 안정을 취해야 할 사항이 생기게 되고 거의 하루를 치료로 보내게 되는 것이라고 볼 수 있는 것이다.

이런 식으로 해서 이식을 하기 전이나 안 되면 평생을 한다고 생각을 해 봐라. 끔찍하지 않나. 죽고 싶을 심정일 것이다. 아무리 의학이 발전을 한다고 해도 콩팥 이식 같은 것은 험난한 길일 것이며 치료에 지쳐서도 시한부 인생을 산다고 하는 것이 맞는 것 같다. 이식을 하려면 콩팥을 타인에게서 받아야 하는데 그렇게 쉬운 일이 아닌 것 같다. 그만치 공유자를 만나기가 어렵다는 것이다. 우선 콩팥 공유자가 건강해야 하고 혈액형도 맞아야 하고 너무 맞지가 않으면 이식을 해도 오래 가지 못하고 또 다시 투석을 해야 하는 일도 발생을 할 수도 있다는 것이다. 물론 면역제라는 약을 평생 복용을 한다고는 하지만 참으로 힘들고 어려운 일이라는 것에는 틀림이 없는 것 같다. 후회도 참으로 많이 했었다. 내가 왜 이렇게까지 되었을까. 병원에 입원을 하기까지 신장에 문제가 있다는 것을 전혀 알지도 못했고 건강했었기에 때문인 것이다. 물론 당뇨는 가지고 있었지만 1년 1회에 실시하는 건강검진에서도 신장이 문제가 있다는 것은 한 번도 없었기 때문에 더욱 의심이 가고 서럽고 후회가 되었다.

난 오늘도 어렵고 힘들지만 투석이란 병마와 친구가 되어 싸우며 용서를 하며 같이 편하게 가자고 밀고 이끌며 삶을 살아가고 있다. 언제쯤이면 이 악몽 같은 일들이 해결을 될지는 모르지만 지금까지 나의 생명을 위해서 최선을 다해 주신 의료계에 종사를 하시는 분들을 비롯해 가까이에 있는 나의 식구들에 고맙고 감사하다고 말씀드리고 싶고 수고 하신 분들을 위해서라도 최선을 다해서 살아가려고 한다.

투석을 하면서 병원 유리창 건너편으로 보이는 벽을 쳐다본다

벽면 가장 자리에 매달려 있는 공기 환풍기를 우두커니 바라본다

이내 몸이 침대에 누워서 옴짝달싹도 하지 못하면서

치료를 받고 있는 모습이

내 눈에 들어온 공기 환풍기가 꼼짝도 없이 매달려 있는

모습이 어쩌면 나와 똑같을까

나는 지금 의료기계에 도움을 받으며 그나마 체면을 유지하며 숨을

쉬고 있는데

꼼짝도 못하고 매달려 있는 온풍기도 전기의 도움을 받으면 움직일

수 있지 않을까

전기, 제발 불안에 떨고 있을 모를 환풍기를 위해서 도움을 주게나

3. 식구들의 간병일지

1년 1개월 20일간의 병원의 입원 생활을 하는 동안에 물심양면으로 도움준 일들에 대해서 고마움과 과정을 얘기해 보려고 한다.

2022년 11월 16일 입원을 해서 2024년 1월 6일 퇴원을 하기까지의 일들을 뒤돌아보려고 한다.

태어나 살아오면서 술은 참으로 많이 마셨던 것 같다.

또 술을 마셔도 얼굴도 변하지가 않아 비틀거리지만 않으면 남들은 내가 술을 마셨는지 쉽게 알아차리지도 못했었다. 살아온 생활환경도 그렇지만 이상하게 우리 식구들 중에 술을 나만큼 마시는 사람도 없는 것이다. 주변 사람들이 돌연변이라고들 했었다. 남들과 같이 술을 마시면 가장 늦게까지 자리를 지키고 남들이 잠자거나 안정된 자리로 돌아가면 나도 내가 갈 자리를 찾곤 했다. 그만큼 술이 세다고 할까? 그런 것이다. 아주 맛있게 잘 마셨다. 남들보다도 많이 마신 것 같다.

그렇게 술의 유혹을 이기지 못하고 아주 가깝고 죽마고우 친구만큼이나 절친한 관계가 되어 배속의 간에까지 문제가 생겨서 가지 않아도 될 곳에 입원을 하고 주변 사람들을 아주 많이 힘들게 하고 어떤 때에는 슬프게 하게도 했다.

간에 문제가 발생되어서 병원에 입원을 했는데 병원 생활을 하면서 코로나에도 걸리고 신장도 나빠져서 2달 정도의 예상을 잡고 입원을 한 것이 점점 치료 기간이 늘어나서 몇 개월을 해야 하고 식사 조절을 못 해서 근육이 약하게 되어 거동까지 힘들어서 소·대변을 직접 가누지 못 하고 타인의 손을 빌려야 할 지경까지 되었다.

최고로 몸 상태가 나쁘게 된 것은 침대에서 홀로 앉지를 못하고 누워 서만 생활을 해야 할 지경에까지 이르렀던 것이다.

처음 병원에 입원을 했을 때에는 스스로 모든 것을 해결 했지만 병원 생활을 하면서 점점 체력이 쇠약해지면서 문제가 되어 누군가 도움을 주지 않으면 생활을 할 수가 없게 되었다. 입원 처음부터 23년 5월까지 는 통합 병동이라고 해서 면회도 안 되고 간호조무사들이 간병을 하는 병실에서 생활을 했으나 큰 병원 다시 말하면 대학교병원을 옮겨 다니 다 보니 간병인을 써야 했던 것이고 그나마 나는 1년이 넘도록 병원 생 활을 하면서 간병인은 3주 정도 쓰고 거의 식구들이 간병을 했다.

처자식 둘이 어렵고 힘든 시기를 잘 이겨 내고 지금에 나를 건강하게 만들었다. 먹는 것부터 운동 소·대변 처리, 양치질, 목욕 등등 이루 말 할 수 없을 만큼 고생들을 아주 많이 했다.

더구나 투석을 하기 때문에 음식을 이것저것 마음대로 먹을 수도 없 고 아주 조심스럽게 먹어야 하고 음료수 같은 것도 먹으면 안 되는 등 무척 까다롭게 병원 생활을 했다. 그러다 보니 식구들이 투석에 대해서도 어느 정도 알게 되어 나의 병원 생활에 엄청 도움이 되었던 것은 틀림이 없다. 병원 생활을 하면서 힘들었던 것은 거동을 못 하니 꼭 이동기구를 이용해서 움직여야 하는 것이다. 투석하려고 투석실로 이동하는 거, 물리 치료를 받기 위해 물리 치료실로 이동을 해야 하고 또 다른 진료를 받으려면 이동기구로 이동을 해야 하고 참으로 힘든 일들을 했던 것은 확실하다.

병원에서 간호를 할 때면 먹는 것에 언제나 주의를 주며 잔소리들을 한다. "물 좀 적게 마셔라. 반찬은 골고루 먹어라. 병원에서 금기시하는 음식은 먹지 마라. 밥 먹고 나면 운동을 꼭 해라." 등등 수많은 잔소리들. 그때는 그렇게도 듣기 싫었던 말들이 훌륭한 메아리가 되어 지금은 나의 곁에서 맴돌고 나의 건강을 이 정도로라도 만들었다는 것이다.

일반 종합 병원에서 치료가 어렵다고 하면 대학병원으로 병원을 옮겨야 하는데 그러기 위해서 대학교 병원에 입원 및 진료 일정을 잡기 위해 이리저리 뛰면서 일들을 처리해야 한다. 그리고 내가 정신이 혼미하고 힘이 없기에 의사와 소통이 어렵다면서 꼭 동행을 하고 조금이라도 이동을 하게 되면 겨드랑이를 쳐들고 주말은 하루 종일 식구들이 돌아가면서 간병을 했다. 주변에 있는 환자들도 나를 무척 부러워했을 만큼 식구들의 간병이 아주 잘 이루어졌다고 할 수 있다.

지금은 퇴원을 해서 주기적으로 대학교 병원에 치료를 하러 다니는데 힘들고 거동이 불평하다고 택시를 불러 주고 병원에서는 어린 아이처럼 옆에서 꼭 같이 걸어서 이동을 하곤 한다. 내려가는 곳에서는 뒤에서 잡고 오르막에서는 뒤에서 밀어 주고 한다.

음식을 먹을 때에도 조심스러워 하고 국물은 많이 먹지 못하게 주의를 주곤 한다.

나 때문에 식구들이 신장병에 대해서 박사, 신장 음식에 대해서도 박사, 병원의 흐름을 읽는 대해서도 박사가 된 것 같기도 하다. 웃음이 나온다.

모든 사람들이 아프지 않았으면 좋겠다

아프지 않는 건강한 모습으로 살았으면

우리 모두가 편안한 세상을 그릴 텐데

아픔이 제발 우리 곁을 떠나가 준다면

우리들의 마음은 언제나 행복할 것 같다

아픔이여 하루라도 빨리 우리 곁을 떠나렴

떠나는 마음이야 슬프고 아프겠지만

먼 훗날 반가운 만남을 만들기 위해서라도

지금은 우리 곁을 떠나가 줬으면 좋겠다

제8장

정년

1. 인생의 동반자 연금이어라

1986년 5월 20일 처음 회사라는 곳에 취업을 해서 말단 사원으로 직장 생활을 시작하게 되었던 것이다. 직장 생활을 처음 할 때에는 연금이라는 것을 몰랐었다. 급여에서 공제되는 명칭을 보면 소득세 주민세 건강보험료 세 가지로 되어 있었던 것이다.

그러던 어느 날 회사 총무과에 공문서가 도착을 했는데 일반 사업장에서도 국민연금을 ○○년 ○○일부터 적용을 하며 급여에서 공제를 한다는 것이다. 이미 공무원, 교직원, 군인 등은 연금을 공제하고 있었다는 것이다. 일반 사업장도 노후를 대비하기 위해서 늦세라도 국민연금이라는 제도를 적용을 시켜야 한다는 것이다.

회사의 말단 사원이고 회사 재산을 보호하고 직원들의 복지를 위하는 부서라 국민연금에 대해서 교육을 받으러 다니기 시작을 했다. 언제 어디로 교육을 받으러 오라는 공문을 접수하고 날짜에 마쳐서 교육 장소로 가면 내가 근무하고 있는 지역에 존속하고 있는 사업장들의 직원들 즉 국민연금 업무를 담당할 직원들은 전부다 교육을 받아야 하기 때문에 피교육자들이 무척 많았었다. 교육은 주로 2시간이나, 4시간 정도로 진행이 되었으며 중간에 더러 간식을 제공해서 빵, 우유도 여러 번 먹었던 것 같다. 그러니까 1988년 7월부터 국민연금 제도를 적용하며 급여에서 몇 %를 공제를 한다는 것이라는 교육을 받는 것이다. 국민연금을 4%를 공제를 한다고 하면 이중 개인 즉 사원이 2% 내고 2%는 회사가 내준다는 것이다. 어떻게 보면 개인은 공제를 하니 그냥 기분이 나쁜 것이었고 처음에는 불만도 많았었던 것도 사실이었다. 나중에 퇴직을 하게 되면 전액을 회수할 수 있다고 설명을 아무리 해도 우선 내 급여에서 나가니 무조건 기분이 나빴던 거다. 급여도 줄고 하니 말이다. 그런 면에서 국민연금을 담당하는 회사 직원은 불만 등을 표출도 못 하고 그냥 끙끙 거릴 뿐 아무것도 해 줄 수가 없었다.

이렇게 하여 1988년 7월 급여분에 대해서 국민연금을 공제하기를 시작을 했다. 8월에 7월 급여를 지급하는 날 정말 힘들었던 기억이 생생히 난다. 왜 공제를 하느냐, 월급이 공제한 만큼 줄어드는데 회사에서 책임을 지고 공제한 만큼 채워 주면 안 되겠냐? 등등 실랑이를 많이 했던 것으로 기억이 난다. 또 국민 연금을 시행해 오면서 6%를 공제하며 개인이 2% 회사가 4%를 부담할 때도 있었던 것 같고. 다시 반반씩 1/2로 부담하는 것으로 돌아온 것도 있었다. 국민연금은 퇴사를 하게 되면 즉시 공단으로부터 수령을 할 수 있는데 지금은 규정상 정년이 되어야만 국민연금을 받을 수가 있게 되어 있다. 그것도 연금으로 받아야 한다는 것. 일시불로 받으려면 국민 연금 규정에 맞아야 받을 수가 있다는 것이다. 중간에 회사를 퇴사 하게 되면 국민연금을 일시불로 받을 수 있을 때가 있었다. 그 무렵에 회사를 그만두고 국민연금을 수령한 사람은 정년 후에 국민연금을 많이 받을 수가 없다. 중간에 국민연금을 받았기 때문에 받은 만큼 금액이 빠지니 그렇게 될 수밖에 없다는 것이다. 실제 중간에 퇴사를 하고 국민연금을 받은 사람 중에는 후회를 하는 사람들이 무척 많다. 실제로 2022년을 기준으로 살펴보면 국민연금을 25만 원 미만 받는 사람은 4.3%이고 25~50만 원 받는 사람은 39.6%로를 차지하며 50~100만 원 받는 사람이 35.2%로 이고 100~200만 원 받는 사람은 13.4%로가 된다는 것이다. 국민의 1인 최저 생계비가 62만 원이라고 하면 62만 원에 못 미치는 사람이 43% 넘고 기초생계비 42만 원보다는 조금 많다는 것이다.

금연 2024년 7월부터 국민연금 수령을 하는 정년이 되어 서류를 지참해서 6월 말 국민연금 관리공단을 방문했었다. 직원이 하시는 말씀 "많이 수령을 하겠네요. 거의 최고의 금액입니다." 하는 것이다. 정기적으로 국민연금 관리공단에서 예상 연금액을 알리는 통지서를 보내서 대충 알고는 있었지만 기분이 무척 좋았다. "8월부터 통장으로 입금이 될 겁니다. 알고 계세요." 하는 것이다. 정년이 되어 회사를 퇴사하게 되면 당장 수입이 끊어져 모든 것이 어려워질 것 같았는데 그동안 알지 모르게 열심히 부었던 국민연금이 정년 후 나의 인생을 책임지는 동반자가 되었다는 것이 얼마나 기분이 좋고 다행스러운 사건인지 행복한 순간이었던 것이다. 늙어서도 세상을 살아가는 동안에 사람을 만나면 최소

한이라도 설렁탕 한 그릇은 같이 나눌 수 있는 여유를 가져야 떳떳하게
어울리며 세상을 즐길 수가 있다는 것이다. 낙후되지 않게 난 나의 인생
을 끝까지 슬기롭게 지키며 생활을 하고 싶다.

2. 정년퇴직 후 인생살이

어느덧 세월의 흐름 속에서 정년이란 단어를 접하게 되었다. 아무런 정처 없이 흐르는 세월 사람의 어떠한 두뇌나 힘으로도 조절이나 막을 수 없는 것. 그저 벌써 이렇게 세월이 어떻게 흘렀지. 지금 뭐지, 하는 것뿐이라는 것이다.

지금 정년을 맞이하기까지는 그래도 아주 뛰어나지는 않지만 평범한 환경 속에서 세월을 보낸 것 같다. 다른 사람들과 같은 애기 시절을 보냈지만 유치원은 못 갔다 왜냐하면 내가 태어나 자란 곳은 강원도 오지 마을이라 유치원이 없어서 어쩔 수 없었다. 초등학교 중·고등학교, 대학교, 누구나 가기 싫어하는 군대도 갔다 왔다. 직장 생활도 남부럽지 않게 했던 것 같다. 첫 입사를 했던 직장이 직장인이면 이름만 대도 누구나 알 수 있는 대기업에 취업을 했으니 말이다. 직장 생활을 하면서 차곡차곡 사원부터 임원까지 직책을 부여받는 승진이란 것도 다 해 봤으니 그래도 아주 잘하지는 못했지만 평균은 하지 않았나 하는 생각을 해 본다. 열심히 업무를 추진 있게 또 잘 처리를 하여 특진이라는 것도 해 보고 표창장도 받아 보고 두루두루 열심히 잘했던 것 같다.

집안도 잘 일으켜 세워서 자식들도 모두 유치원부터 대학교까지 아무런 사고 한 번도 없이 잘 마치도록 열심히 뒷바라지를 했고 자식들이 대기업에 취업을 하기까지 부모로서 해 줄 수 있는 것이라면 억척스럽게 최선을 다했던 것 같다.

이 모든 것을 무사히 보내고 난 지금의 위치, 정년이라는 거대한 벽 앞에서 이런 벽을 어떻게 허물고 가야 할지 너무나 막막하다. 요즘 매스컴을 보면 100세 시대라고 많이들 떠들곤 하는데 나 역시 벌써 100세에서 중반을 조금 넘어서 서 있다. 정말 아찔하다. 100세 시대에 맞춰서 생활을 해야 한다고 가정을 해 보자. 앞으로 최소한 35년 정도는 숨을 잘 쉬면서 더 살 수 있다고 할 수 있는데 어떻게 살아가야 하는지 무덤덤하다. 지금까지 살아온 경험을 가지고 연장선에서 할 수 있는 생활을 해야 하는지 아니면 다른 새로운 일을 개척해서 생활을 할 것인가를 생각해 봐야 한다.

정년을 맞이하기 전에는 텔레비전을 많이 보지는 못했던 것 같다. 지금은 정년이 되어서 시간이 여유가 많아서 텔레비전을 볼 때가 많아졌다. 텔레비전 채널을 돌리다 보면 노년기 또는 정년 후에 보람 있는 직장 많은 소식 정보들이 흘러나온다. 그런데 자세히 들여다보면 직접 정년을 맞아서 생활하고 있는 사람이 쉽게 접할 수가 있는 일들이 아니다.

노후에 자격증을 따라. 평생직장이다. 대표적으로 나오는 것이 사회복지사, 공인 중개사, 간호요양보호사다. 정말로 다가서기 쉽지가 않다는 것이다. 나이 60이 넘었는데 다시 공부를 해서 자격증을 취득해서 취업을 하면 된다고 하는데 이런 것을 가르치는 사람들은 쉽게 말을 할 수가 있겠지만 당면해 있는 나와 같은 당사자들의 생각은 다를 수가 있다.

공부를 해서 자격증을 획득하는 것도 힘들겠지만 취업하기 점점 힘들어지는 현 시기에 취업이라는 과제를 풀어야 하니 얼마나 까마득한 일이 아니겠는가.

물론 도전을 하는 사람도 있을 거란 생각도 하지만 과연 얼마나 자격증 취득 취업이란 것을 이루어낼지는 모르겠다. 해도 그리 많지는 않을 것 같다.

난 직장 생활을 35년 정도를 했으며 직종도 바꾸지 않고 지금까지 대학교에서 배운 회계 파트에서 일을 했었다. 그런데 이 경력에 맞는 직장을 알아보는 게 쉬운 일은 아닌 것 같다.

어느 누가 말을 하지. 월급을 적게 받고 고문으로 계약직으로 취업을 하면 안 되냐고. 여러 곳 취업 알선 프로그램 또는 관공서 취업 알선 센터를 두들겨도 돌아오는 것은 기다려라는 말뿐, 그 이상도 이하도 아니다.

그렇지만 100년 시대다. 물론 앞으로 얼마를 살지는 모른다. 하지만 건강이 허락하는 날까지는 무슨 일이든 간에 틀림없이 해야 한다는 생각에는 변함이 없다.

요즘 취업 통계 소식을 들어보면 60세 이상 취업하는 사람들이 많이 늘었다는 것을 접하게 된다. 정말 그럴까? 의심스럽기는 하지만 믿고 싶다. 그래서 나도 꾸준히 내가 할 수 있는 일을 계속해서 찾아보려고 한다. 희망을 갖고 말이다. 아직은 퇴사를 한 지가 오래되지 않아서 세상의 환경을 살피는 중이며 앞으로 긍정적인 사고방식을 가지고 어렵지만 열심히 꾸준히 찾아볼 생각이다. 지금은 직장 생활을 하면서 시간이 허락될 때마다 적어온 글들이 많아서 정리를 하고 있는 중이며 정리가 완결되면 3권의 책을 낼까 계획을 세우고 있다. 책을 낸 일이 성공적으로 끝이 난다면 앞으로의 내 생활은 글을 쓰는 직업을 가지고 여유롭게 인생의 길을 가려고 한다.

3. 정년을 맞이한 지 10개월쯤에

"나는 36년 5개월이란 긴 기간을 회사란 조직에서 생사고락을 여러 사람들과 어울리며 생활을 하다가 나라의 노동법의 벽을 넘지 못하고 정년을 맞이한 정년 퇴직자다."라고 말하고 싶은 사람이다. 중소기업이 내가 근무할 때에는 정년이 55세였는데 회사에 잘 보여서 아니면 일을 잘해서 그런지 6년을 더 근무를 하고 회사를 퇴직하게 되었다. 건강에 적신호가 들어와 병원에 입원을 하지 않았다면 모르긴 해도 지금까지도 열심히 아주 열심히 회사를 다니고 있을지도 모르는 일인 것이다. 왜냐하면 노동법적으로 퇴사를 하고도 6년을 더 나녔으니 가능하지 않을까 하는 생각에서 그렇다는 것이다. 어쨌든 지금은 집에서 그럭저럭 시간을 때우며 보내고 있는 중인 것은 확실하다. 물론 나처럼 회사를 다니다 정년퇴직을 한 사람들이 많다는 것은 잘 알지만 내 나름대로의 생각과 퇴직을 하고 집에서 있으니 아쉬웠던 것, 보이지 않던 것, 몰랐던 것 등등 많은 것들을 느끼고 알아보고 싶어졌다.

나는 회사에서 근무를 할 때 사회를 아주 많이 봤다. 일개 년도가 시작되는 시무식과 년도가 마감되어지는 종무식을 과장 직급을 달고부터는 언제나 사회석 자리에는 항상 내가 서 있었다. 강당이 아니면 공장

내에 전 직원을 집합시키고 진두지휘를 하고 식을 거행했었다. 시무식이야 그냥 대표자님 훈시로 끝을 마치지만 종무식은 달랐다. 왜 그런가 하면 일 년 동안 회사의 발전에 기여한 직원들에 대한 표창장이나 상패를 수여하는 식이 항상 따르기 때문이다. 많은 직원들이 지켜보는 가운데서 손에 마이크를 잡고 직원들을 향해서 지휘를 하고 상장 및 상패 수여를 할 때마다 상장과 상패에 새겨져 있는 글을 읽어야 대상자에게 전달이 되었다. 과장 때부터 부장을 진급해서까지 했으며 임원이 되고 나서야 아래 직원에게 바통을 넘겨준 것이다. 사회자 업무를 하면서 가장 기억에 남는 일도 있다. 그것은 회사 워크샵이었던 것으로 기억을 한다. 회사 워크샵이라 각 부서별로 많은 준비를 하고 나 또한 사회를 보기 위해 여러 가지로 준비를 해야 했었다. 어떻게 하면 회의가 부드럽고 매끄럽게 잘 진행이 될까 하는 생각에 무척 바쁘게 준비를 했었던 것 같다. 사회를 보는 중간 중간에 멘트도 준비를 해야 하고 부서 소개를 할 때마다 업무의 특징도 실수 없이 전달을 해야 하기 때문에 많은 준비를 했다.

경영지원팀은 회사의 전반적인 살림을 하는 부서라고 하고 기술연구소 및 기술부는 회사의 발전을 위해서 새로운 제품을 개발하는 부서라고 소개를 하고, 영업부서는 회사 최전방에서 적과 싸우는 부서, 자재부서는 재품을 잘 만들 수 있게 재료 등을 원활하게 조달하는 부서, 생산부는 가장 힘들고 어려운 부서라고 소개를 한다. 특기 생산부서를 소개

할 때에는 광산을 비교해서 소개를 했던 기억이 난다. 이렇게 말이다. "다음은 마지막으로 생산부를 소개하겠습니다. 제가 태어나 자란 곳이 강원도 영월군이라는 곳인데 그곳에는 광산이 무척 많습니다. 광산이 란 곳에서 일을 하는 것을 보면 여러 부서가 있겠지만 최고로 어렵고 위 험하고 힘든 굴에서 연탄을 캐는 선산부, 즉 탄광의 꽃이라 불리는 작업 자들이 있습니다. 바로 생산 제조업체에서는 여름에는 덥고 겨울에는 춥지만 회사를 위해서 열심히 땀 흘리며 근무하는 생산부 직원들이 회 사의 꽃이 아닌가 합니다. 그 부서가 바로 생산부인 것입니다!"라고 소 개를 하면 전 직원들의 박수가 터져 나오곤 했다. 지금에서 생각을 해 보고 돌이켜보면 좀 더 잘 했으면 얼마나 좋았을까 아쉬움도 많았다.

회사 생활을 하면서 힘들었던 일들을 보면 1980년도 우리나라가 노 사분규가 한창일 때가 아니었던가 하는 생각을 해 보게 된다. 어느 날 아침에 출근을 하니 회사 정문은 닫혀 있고 경비실은 텅 비어 있으며 생 산부 직원들이 머리에 띠를 두르고 손에는 쇠 파이프를 들고 정문을 지 키고 있었다. 관리직 직원들은 모두 다 회사 사무실을 가지 못하고 회사 정문 밖에서 들여다보고 있을 뿐이었고 할 수 있는 일이 하나도 없었다. 협상과 협상을 거듭해서 노조와 합의를 해서 정문이 열리고 사무실에 들어섰지만 사무실 내부도 엉망진창이 되어 있었다는 것이다. 캐비닛, 서류함, 책상 등등이 이리저리 뒹굴고 있고 벽에는 빨간 글씨들이 나열 되어 있고 아수라장이었던 것이다. 엉클어진 사무실 정리를 하면서 왜 이렇게 되었을까. 무슨 문제가 많아서 직원들이 그랬을까. 내 입장이라면 서로 조금씩 양보를 하루라도 빨리 했으면 그나마 좋았을 거 하는 아쉬움이 많이 남았다. 더 아쉬운 것은 노사분규를 미리 막을 수도 있었을 것인데 안일한 생각도 했었다.

또 생각해 보면 1997년도 외환위기 IMF때가 무척 힘들었던 것이다. 물론 우리 회사뿐만 아니라 나라 자체가 힘들고 어려운 상태에 놓여 있었던 시기라 비참하기도 했다. 회사에서 피땀을 흘리며 애써 만들어 놓은 제품들은 출고를 하지 못하고 공장 내부에서 더러운 먼지만을 덮어쓰고 자리를 차지하고 있고 직원들은 회사에 출근을 해도 할 수 있는 일이 없었던 것이다. 주위에 여러 공장으로부터 들려오는 소리를 들어보면, 어떤 회사는 공장 문을 닫았다, 직원을 정리한다고 하더라, 어떤 회사는 월급을 반을 깎아서 지불을 한다고 하더라. 이런저런 말들이 빨리 우리 회사에까지 들려오고 했다는 것이다. 다행히 내가 다니고 있는 회사는 재무구조가 튼튼한 회사였기에 인원을 정리하거나 급여를 반을 깎아서 지급을 하는 그런 일을 하지는 않았었다. 대신 직원들이 출근을 하면 공장 내 미화운동을 했다. 공장 벽, 공장 바닥 등에 페인트칠을 하고 창고 사무실 등 정리정돈 등으로 근무시간을 가늠했었다. 어쨌든 엄청난 난제를 잘 극복을 했었다.

직장 생활을 할 때 나는 입사부터 회사를 퇴사할 때까지 경영지원부서를 떠나지 않았다. 인사, 노무, 총무, 회계 자금 이런 부서에서만 일을 했었다. 직원들도 여러 명이 같이 근무를 했었다. 평사원일 때에는 서로 어려운 일이 있으면 같이 의논도 하고 선임에게 물어보면서 근무를 했다. 그런데 시간이 흐르고 흘러 승진을 하고 직급을 달고 직급이 올라갈수록 힘들고 어려운 일들이 많았던 것이 아니었나 하는 생각을 해 본다. 업무적인 일보다는 인간관계에 있어서 더 많은 어려움이 있었던 것 같다. 모든 직원에게 골고루 관심을 가져 주어야 했는데 그런 것이 잘 되지가 않아서 항상 마음이 안 좋고 은근히 힘들었다. 이 또한 지금에 와서 생각해 보면 인간관계가 무척 어렵구나 하는 마음과 당시에 좀 더 세밀히 살피며 잘 좀 해 줄걸, 하는 보이지 않았던 사건들이 마음속에 남아 있다. 지금 정년이 된 현실에서는 하고 싶어도 할 수가 없다라는 사실에 더 아쉬움이 있고 마음 한 구석을 허전하게 한다.

직장 생활을 하다가 힘들고 근무하는 환경이 딱딱해지면 분위기 전환을 하기 위해서 회식을 하게 되는데 술을 마시게 되면 근무하면서 속상했던 일들을 하나 둘 겉으로 표출을 하기 시작을 하게 되는데 개개인의 이야기를 들어 보면 참으로 이상하고 어려운 것들이 많다. 인간관계부터 업무분배, 출·퇴근 시간관계, 업무 지시 방법 등 여러 가지로 같이 근무를 하면서도 몰랐었던 일들이 많다. 직원들의 이야기를 들으며 '내가 그랬나?' 난 그래도 잘해 주려고 할 만큼 했는데 그게 아니어서 몰랐던 일들을 알게 되며 다시 한 번 나 자신을 돌아보곤 했었다. '아, 그렇구나' 이제 알겠다라며 혼자서 다시 한 번 마음을 가다듬고 했었다.

어쨌든 정년으로 집에서 놀고 있는 일반 사람이 되었지만 지나 온 나의 직장 생활을 뒤돌아보면 그래도 그런대로 잘했다고 말하고 싶다.

이유는 과장급 이하 직원들의 모임에서 하는 존경하고 싶은 간부 투표에서도 언제나 1등을 했고 컴퓨터 세대가 아니면서도 열심히 컴퓨터를 배워서 모든 업무를 아래 직원에게 시키지 않고 모든 것을 스스로 해결을 했으며 타 부서 여 직원들이 우리 부서 여 직원들을 보고 너네들은 좋은 부서장을 두어서 참 좋겠다라고 부러워할 정도로 슬기롭게 부서를 잘 이끌었다는 것에서 잘했다라고 말하고 싶다.

직장 생활을 하면서 이다음에 퇴직을 해도 후회하지 않게 하고자 나름대로 열심히 했다. 나 자신을 장하다. 칭찬해 주고 싶다. 어, 잘했어!

정년 새로운 출발을 알리는 것

세월의 흐름으로 만들어진 정년

인간에게 장시간의 여유를 준 것

얼마나 길어질지 모르는 정년

인생을 살아가는 현실에서는

그리 멀지 않은 짧은 시간의

정년이 되었으면 행복할 것 같다

새로운 날개를 펼칠 수 있도록

아름다운 정년의 시간이 되기를
기대하며 정년의 끝이 하루라도
빨리 오기를 기다려 본다

4. 정년 이후의 삶을 생각해 보면

36년이란 긴 세월을 동고동락했던 직장 생활을 끝마치고 지금은 집에서 제2막 인생의 동반자를 찾고 있는 사람으로서 앞으로의 내 자신에 삶을 어떻게 해서 살아야 할지를 생각해 본다.

잘했든 잘하지 못했든 지나온 과거의 직장 생활은 가슴에 깊게 묻고 앞으로만 어떤 방법으로 나의 인생을 살아갈 것인가를 생각해 보자는 것이다.

우선 먼저 생각을 해야 할 것은 내가 건강한 몸 상태가 아닌 투석 중에 있다는 것이다. 22년도 11월 병원에 입원을 했었는데 치료를 받던 도중 코로나에 감염이 되어서 사경을 헤매다 투석이란 병을 업고 1년 1개월 22일이란 긴 시간을 병원에서 보내다 24년 1월 퇴원을 했으니 앞으로의 삶이 더 걱정이 된다.

그래도 생명이 붙어 있는 한 어떠한 방식이라도 해서 인생을 살아가야 한다는 것이다.

맨 먼저 나의 앞으로의 삶을 영위하기 위해서 현재 내가 가지고 있는 자산을 정리해 봐야 할 것 같다는 생각이 든다.

거주할 수 있는 주택으로는 아파트 그리고 매월 지급 받는 국민연금 직장 생활을 하면서 모아 둔 현금 자산 몇억이 있다.

집 식구들을 살펴보면 자녀가 2명 있는데 둘 다 대학교를 졸업하고 대기업에 취업을 해서 잘 지내고 있고 더 이상 자금이 크게 필요한 곳은 없는 것 같다는 생각은 든다.

먼저 건강과 취업이라는 것을 같이 생각해 보기로 하자.

투석은 일주일에 3회 4시간씩 하게 되는데 지금의 상태로는 일반 업종에 취업을 할 수가 없는 조건이기에 무척 어려울 것 같고 취업을 하려면 투석 시간을 야간에 실시하는 병원으로 옮겨야 하는데 그리 쉽지가 않다. 지금은 병원에서 투석을 하고 있으며 주위를 살펴본 결과 직장인을 위해서 야간에 투석을 하는 동네 의원들이 곳곳에 있기는 하지만 선뜻 옮기려니 마음이 내키지가 않는나. 그래도 아직은 열심히 일힐 나이이기에 몸이 좀 더 회복이 되면 일자리를 찾아야 되지 않을까 생각은 하고 있다.

만약에 취업이 어려워진다고 판단을 하게 되면 모아 둔 현금 자산을 어떻게 사용을 해야 자산을 줄이지 않고 현 상태를 유지하면서 생활을 할 것인가도 생각을 해야 한다. 그냥 일상생활은 국민연금으로도 생활을 하는데 에는 큰 어려움은 없을 것 같다. 우리나라 일반 직장의 국민연금이 시작된 것이 1988년도인데 처음부터 직장을 정년퇴직을 할 때까지 월 한 번도 빠짐없이 국민연금을 납부를 했기에 그래도 국민연금을 받는 수급자로는 최고의 등급으로 받으니 그냥 생활을 하기에는 어려움이 없다.

다음은 건강을 보살펴 보자.

병원에 입원을 했을 때 병원 밥이 너무나 맞지를 않아서 식사를 거를 때가 많았는데 그렇게 하다 보니 몸에 있던 근육들이 빠지면서 일어나는 것도 힘들고 걷지도 못했던 일이 있었다. 그래서 그때의 교훈을 받들어 움직이며 매일 운동을 하고자 한다. 요즘은 집 근처에 있는 산을 매일 오르내리며 걷고 있고 산이 아니면 시내를 구경하면서 하루 2~3시간을 걷고 있는 중이다. 병의 90%는 걷기만 해도 낫는다. 일본인 의사 니카오 가즈히로가 지은 책도 구입을 해서 읽고 아주 열심히 운동을 하고 있다. 물론 집에도 자전거 고무벨트도 구입을 해서 근육 운동도 잘하고 있다.

비록 투석을 하는 몸이지만 열심히 운동도 하고 긍정적인 마음을 항상 유지하며 생활을 해야 두 자식이 있는데 신경을 덜 쓰게 할 수도 있고 부와 자식 간에도 더 나은 행복한 관계를 갖지 않을까 싶다. 게으름을 피우다가 건강이라도 더 나빠지게 되면 자식들도 힘들어지고 부와 자식과의 관계도 힘들어지면 모든 것이 어려워지기 때문에 언제나 몸은 건강한 상태를 유지할 수 있게 노력을 해야 한다. 만약에 근육이 모두 소진되어 몸져누워서 생활을 한다고 생각을 해 보자. 살아 있는 나 자신은 물론 곁에서 지켜봐 주는 사람 자식 및 보호사 등 모두가 죽을 맞이라는 것이다. 이러한 끔직한 사건을 미연에 방지를 하기 위해서라도 아주 열심히 살아 있는 한 운동을 해야 한다는 것이다.

다음으로는 대인 관계를 잘해야 할 것 같다. 물론 초등학교 동창들도 있고 중·고등학교, 대학교 동창들도 있지만 지금 내가 거주하고 있는 주변에 가까운 지인을 만들어야 한다. 세상을 살아가면서 정년을 맞고 이야기 상대도 없고 홀로 생활을 하다 보면 고독이라는 복병을 만나서 가고 싶지도 않은 인생의 길도 들어설 수가 있기에 지인은 꼭 만들어야 한다. 자주 만나서 대화도 하고 식사도 같이 할 수 있을 정도의 지인을 만들어야 한다. 그래야 인생을 살아가는 보람도 있고 즐거움도 있으며 특히 외로움을 먼저 떨쳐 버릴 수가 있어 고독사라는 것은 피할 수가 있지 않을까 하는 생각에서 지인은 꼭 필요하다고 생각한다.

이제 정년을 맞은 지 11개월 정도 몸이 어느 정도 회복이 될 때까지는 그동안 조금씩 써 오던 글들을 정리를 해서 책으로 만들어 볼까 하고 지금 열심히 컴퓨터 앞에서 준비를 하고 있다. 집안 식구들의 이야기를 들어 보면 모두 다 몸도 건강하지 못하니 취업도 어렵고 내가 잘할 수 있는 것이 무엇인가를 한 번 더 생각해 보고 지금까지 모아 둔 자산으로 생활을 하는 데에는 큰 어려움은 없으니 잘 생각해 보라고 한다.

지금 나의 생각은 24년도 얼마 남지가 않았고 25년도에는 투석하는 병원을 옮기서라도 취업은 꼭 해야 한다는 마음이 굳게 섰다.

36년이란 직장 생활을 경영지원팀에서만 근무를 했고 대학교를 회계학과를 졸업을 해서 평생 회계업무를 했기에 마땅한 취업 자리가 있을지는 모르지만 환경만 맞는다면 어떠한 어떤 곳이라도 직종에 관계없이 취업을 하려고 한다.

취업이 어렵다고 판단이 되면 많은 사람 앞에서 강의를 하는 강사가 되고 싶은 생각도 하고 있다. 인간관계, 노동법, 회계 관계 일들, 각 관공서를 대응하는 일들, 특히 국세청, 세무 조사 같은 큰일을 대응하는 방법 등 멀고먼 희망 사항일 수는 있겠지만 여러 가지 강의를 하는 강사를 할 생각도 가지고 있다.

나의 제2막의 인생을 보람차게 보낼 수 있는 일이 일어나기를 기대하고 싶다.

걸어온 인생 가야 할 인생

ⓒ 김광수, 2026

초판 1쇄 발행 2026년 4월 15일

지은이   김광수
펴낸이   이기봉
편집   좋은땅 편집팀
펴낸곳   도서출판 좋은땅
주소   서울특별시 마포구 양화로12길 26 지월드빌딩 (서교동 395-7)
전화   02)374-8616~7
팩스   02)374-8614
이메일   gworldbook@naver.com
홈페이지   www.g-world.co.kr

ISBN   979-11-388-5859-5 (03810)